The
Middle
Temple
Murder

J. S. Fletcher

論創海外ミステリ
Ronso Kaigai MYSTERY
187

ミドル・テンプルの殺人

J・S・フレッチャー

友田葉子◉訳

論創社

The Middle Temple Murder

1919

by J.S.Fletcher

目次

主要登場人物

フランク・スパルゴ……『ウォッチマン』紙の副編集長
ロナルド・ブレトン……新米の法廷弁護士
ラスベリー……ロンドン警視庁《スコットランドヤード》の部長刑事
セプティマス・エルフィック……法廷弁護士。ブレトンの後見人
ニコラス・カードルストーン……法廷弁護士。エルフィックの友人
スティーヴン・エイルモア……下院議員
イヴリン・エイルモア……エイルモア議員の長女。ブレトンの婚約者
ジェシー・エイルモア……エイルモア議員の次女
ジョン・マーベリー……身元不明の謎の人物
ベンジャミン・クウォーターペイジ……マーケット・ミルキャスターの元競売人
ジョン・メイトランド……〈マーケット・ミルキャスター銀行〉の元支配人
ジェーン・ベイリス……ジョン・メイトランドの義妹
サビーナ・ガッチ……ベイリス家の家政婦
ジェイムズ・カートライト・チェンバレン……元株式仲買人
E・P・マイヤースト……貸金庫会社の社員
ジェイムズ・クリーダー……切手商

ミドル・テンプルの殺人

第一章　灰色の紙切れ

スパルゴは、〈ウォッチマン新聞社〉を午前二時に退社するのが常だった。すでに朝刊が印刷に回っている時間だ。担当しているコラムの原稿を提出してしまうと、副編集長に昇進したばかりの彼にすることはなく、本来なら輪転機がガタガタと音をたて始める前に帰宅できるのだが、たいていは社内をしばらくぶらぶらして二時頃まで過ごした。ほかでもないこの日、一九一二年六月二十二日の早朝、スパルゴは外信部のハケットと話し込んで、いつもより長く居残っていた。アルバニアのドゥレスから送られてきた最新の電報についてハケットが興味深い話を始めたので、つい長々と耳を傾けて議論を交わしていたのだった。結局、無意識のうちに煙草をふかしながら社を出て、夜が明ける直前の外気に触れたときには、二時半をだいぶ過ぎていた。フリート街《ストリート》の空気は清々しく、甘やかさを感じさせるほどで、高くそびえる静寂に包まれたセントポール大聖堂の周囲が、夜明けを予感させるグレーに微かに染まりかけていた。

スパルゴはラッセル広場《スクエア》の西側にあるブルームズベリーに住んでいる。〈ウォッチマン新聞社〉への朝晩の往復には、毎日同じルート——サウサンプトン・ローからキングズウェイを抜けストランドへ出て、フリート街へと続く道を通っていた。何人か顔見知りもでき、特に警察の面々とは親しく言葉を交わす仲だった。一服しながらゆっくりと帰宅する途中に決まった地点で出会う警官たちと挨拶を交わすのが習慣となっていたのだ。そしてこの朝、ミドル・テンプル・レーンの近くに差しかかったとき、知り合いの警官ドリスコルが路地の入り口に立って辺りを警備しているのを見かけた。さらに、その向こうに現れた別の警官の姿も目に留まった。片手を上げて彼に合図したドリスコルが、振り向きざまにスパルゴに気づいた。一、二歩近づいてきたその顔を見て、スパルゴは何かが起きたことを察した。

「何があったんです?」と、スパルゴは尋ねた。

ドリスコルは路地の先の、少し開いた門を自分の肩越しに親指でさし示した。門の向こう側で急ぎベストと上着を着込んでいる男が見える。

「あいつの話じゃ」と、ドリスコルは答えた。「ほら、あそこにいる男――門番なんだが――路地沿いの家の入り口に男が倒れていて、どうやら死んでるようだって言うんだ。しかも、殺されていると思う、ってな」

反射的にスパルゴは、「殺されている」という言葉を繰り返した。

「しかし、なぜ彼はそう思うんでしょう」好奇心に駆られ、ドリスコルのがっしりとした体越しに覗き込みながら訊いた。「根拠は?」

「血痕があるらしいんだ」と、ドリスコルが答えた。こちらへ近づいてくる巡査をちらっと振り返り、再びスパルゴに目を向けた。「あんた、新聞記者だったよな」

「ええ、そうです」

「だったら一緒に来るといい」ドリスコルはニヤッと笑った。「特ダネが拾えるかもしれないぞ。とりあえず記事のネタにはなるだろう」それには応えず、この奥にどんな秘密が隠されているのだろうと思いながら路地を見つめていると、もう一人の警官が近づいてきた。それと同時に、着替えを済ませた門番も出てきた。

「こっちです！」と、門番がぶっきらぼうに言った。「ご案内します」

ドリスコルは、新たにやって来た警官と一言二言交わすと門番に尋ねた。

「発見した経緯は？」

門番は、たった今、一同があとにした門のほうを向いた。

「あの門が閉まる音を聞いたんですよ」いかにも不愉快だったと言わんばかりに、苛立たしげな声で答えた。「確かに聞いたんだ！　だから、わざわざ起きて見に行ったんです。そしたら……なんと、あれを見つけちまった！」

門番は片手を上げて路地の奥を指した。三人の男たちは門番が伸ばした指の先に顔を向けた。すると、左手の入り口から突き出た、グレーのソックスに靴を履いた男の片足がスパルゴの目に飛び込んできた。

「あのとおり、あそこに突き出てたんです。触っちゃいませんよ。ただ――」

一瞬言葉をのみ込んで、不快なものを思い出したように顔をしかめた。ドリスコルが、わかっているというふうに頷いてみせた。「ただ、見に行ったんだよな。そりゃあそうだ。誰の足なのか、普通は確かめに行くよな」

「ええ、そうですとも。とにかく確かめに行ったんです」門番は相づちを打った。「そうしたら血溜まりが見えるじゃありませんか。だから……その、あんた方に知らせに行ったというわけでして」

「賢明な判断だ」と、ドリスコルは言った。「さてと――」

一行は、入り口の前で足を止めた。冷たく重苦しい雰囲気が漂うその場所は、死者が眠るのにふさわしいとはとても言えなかった。壁は白いタイル張りで、床はコンクリートだ。どんよりとした朝の空気のもとで見る建物は、スパルゴの脳裏に遺体安置所を思い起こさせた。しかも、階段の上に足を投げ出している男性は、間違いなく死んでいるのだ。微動だにしない体が、それを物語っていた。

少しのあいだ、四人は無言で佇《たたず》んでいた。二人の警官は無意識に両手の親指をベルトに挟んで指をもぞもぞと動かし、門番は思案顔で顎をこすっていた――のちにスパルゴは、このときの髭をこする耳障りな音を思い出すことになる。スパルゴ自身はポケットに両手を突っ込み、小銭と鍵をチャリンチャリンと鳴らし始めた。四人とも目の前に倒れている遺体を見つめながら、それぞれの思いにとらわれていた。

「見てのとおり」押し殺した声で、唐突にドリスコルが私見を述べた。「明らかに遺体は不自然に横たわっている。まるで、そこに置かれたかのようにな。壁に立てかけられていて滑り落ちたって感じだ」

スパルゴは記者らしい視点で細かな所まで観察していた。足元にある初老の男の遺体に目をやる。顔は壁に押しつけられていて見えないが、白髪と白い頬髭から初老だと判断した。仕立てのよいグレーのチェックの服――ツイードだ――に身を包み、上等な靴を履いている。力なく垂れ下がった袖口から覗くリネンのシャツも高級品だった。片脚は体の下で折れ曲がり、もう一方は戸口をふさぐように伸びきって、胴体はねじれて壁にもたれかかっていた。ぐしゃりと肩が押しつけられた白いタイルの壁には血痕がついている。ドリスコルがベルトから片手を離して血痕を指さした。

「どうやら」と、おもむろに口を開く。「ここから出てきたところを背後から殴られたようだな。その鼻血は、倒れたときに出たんだ。どう思う、ジム」

もう一人の警官が咳払いをした。「警部を呼んだほうがいいだろう。それから、医者と救急車もな。死んでるんだよな」

ドリスコルは屈んで、歩道に伸びた手に触れた。

「そのようだ」と、短く答える。「硬直もしている。急いで連絡だ、ジム！」

スパルゴは、警部が到着し、救急搬送用のストレッチャーが来るまで待った。警官の数はさらに増えていった。遺体安置所へ運ぶために動かされたとき、死んだ男の顔が見えた。ストレッチャーに載せた遺体の手足の位置を警官が整えているあいだ、スパルゴはずっと、目の前のこの男は誰なのか、どうしてこのような最期を遂げることになったのか、殺人者の目的は何かなど、さまざまな思いを巡らせていた。職業上の好奇心もあったが、同じ人間がこんなにもあっさりと殴り殺され、この世から消されてしまったことに対する嫌悪感を禁じ得なかったのである。

死んだ男の顔に際立った特徴はなかった。見たところ、年齢は六十から六十五といったところだ。平凡で家庭的な感じさえする顔立ちで、流行遅れのスタイルを踏襲した、耳と顎先の中間で切り揃えられた白い頬髭以外は、きれいに剃られている。唯一の特徴と言えるのは、やけに皺《しわ》が多いことだった。口の端や目元にある皺は、数が多いうえに深い。険しい人生を送り、精神的にも肉体的にも激しい嵐の風雨にさらされてきたのかもしれなかった。

ドリスコルはスパルゴを肘で軽く小突いてウインクをしてみせた。「安置所までついてきたほうがいいぞ」と耳打ちする。

「どうしてですか」

「遺体をくまなく調べるからな。所持品もすべてチェックするんだ。そうしたら、この男の素性やなんかがわかるかもしれない。記事を書くのに役立つんじゃないか？」

スパルゴは躊躇《ちゅうちょ》した。夜中までハードな仕事をこなしていた彼は、ドリスコルに出くわすまで、自宅でゆったりと温かい食事を済ませてからベッドにもぐり込むのを楽しみにしていたのだった。電話一本で会社から遺体安置所に誰かを派遣してもらえばいい話だ。こういうことは、もうスパルゴの専門ではない。今の彼の立場は――。

「この件にまつわる謎から、何か大きなネタがつかめるかもしれないじゃないか」と、ドリスコルがそそのかした。「こういう事件には、何が潜んでるかわからんぞ。予想もつかないことが隠れていたりしてな」

その一言がスパルゴに決断させた。なにより、これまでに培ってきた特ダネをつかむ習性がうずき始めてもいた。

「わかりました。お供しましょう」

煙草にまた火をつけ、まだ人けのない静かな街の中を小さな行列のあとについて歩きながら、殺人という行為が人目につくことなくひっそりと行われたことについて考えていた。他殺であることが九分九厘間違いない被害者がここにいて、ロンドンの幹線道路を、そうした事件を扱うのを日課としている警察官らの手によって音もなく運ばれている。黙々と、着実に――。

「私の考えじゃ」スパルゴの傍らで声がした。「あの人は別の場所で殺されたんだ。あそこじゃない。あそこは遺体が置かれただけだ。きっとそうですよ」スパルゴが顔を向けると、門番がすぐ横にいた。彼も遺体に付き添ってきたのだった。

「ほう！　すると、あなたは――」

「どこか別の場所で殴り殺されてあそこに運ばれたんだと思いますね。たぶん、どこか人目につかない部屋でしょう。ロンドンも、あちこちにおかしな連中がいますからね。まったく困ったもんだ！　殺された人は、ゆうべ、私の門番小屋の前からは入ってこなかった――その点は断言できる。それに、あの人はいったい誰なんでしょうね。見たところあそこの住人じゃなさそうだ」

「それを今から聞きに行くんです」と、スパルゴは言った。「警察が彼の素性を突き止めますよ」

しかし、まもなくスパルゴは、警察が何も突き止められなかったことを知らされた。警察医によれば、死んだ男は背後から強烈な一撃を食らって頭蓋骨を骨折し、ほぼ即死だったという。ドリスコルの見立ては金品目的の強盗犯の線だった。遺体の着衣に何も残されていなかったからだ。きちんとした身なりをした男性なら、懐中時計やチェーンを所持し、ポケットに現金を入れているだろうし、指輪をはめていたっておかしくはない。ところが、金目のものは何も発見されなかった。それどころか、身元につながるものが一切ない――手紙も、書類も、何一つないのである。どうやら、犯人は被害者を殴打したあと、所持品をすべて奪っていったようだ。唯一、身元特定の手がかりになりそうなものといえば、ウェストエンドの高級店で買ったと思われる、グレーの布製のソフト帽だった。

これ以上粘っても何も出そうになかったので、スパルゴは自宅に帰った。空腹を満たしてベッドにもぐり込んだが、どうにも寝つけない。恐怖におののくタイプではないが、やはり早朝の一件のせいで神経が休まらないのだと観念した。仕方なく起き上がり、冷たいシャワーを浴びてコーヒーを飲み、家を出た。ブルームズベリーをあとに歩き始めたときには特に当てもなかったのだが、三十分後、自然と足は身元不明の遺体が眠る安置所の近くにある警察署に向かっていた。すると、勤務を終えて出てきたドリスコルと出くわした。ドリスコルはスパルゴを見てにやりとした。

「ツイてるな。ほんの五分前に、哀れな男のベストのポケットに押し込まれていた、灰色のメモ用紙が見つかったところだ。裂け目に入り込んでいたらしい。中に入って見せてもらうといい」

スパルゴは警部のオフィスへ向かった。そして一分後、その紙切れに目を凝らしていた。そこには、鉛筆で殴り書きした住所が書かれていた。ロンドン市テンプル、キングス・ベンチ・ウォーク。法廷弁護士ロナルド・ブレトン――。

第二章　初の訴訟

　スパルゴはさっと頭を起こして警部を見た。「この人、知ってます」

　警部があからさまな関心を示した。

「何だって？　ロナルド・ブレトンをか」

「ええ、ご存知のとおり、私は『ウォッチマン』紙で副編集長をしていますが、先日、ある記事のことで彼に協力してもらいましてね。『理想の野外キャンプ』という記事です。その件で社まで出向いてもらったんですよ。これが死んだ男性のポケットに入っていたんですか」

「ポケットに空いていた穴の中に入り込んでいたらしい。私はその場にはいなかったんだがね。大発見とまでは言えんが、身元特定の手がかりにはなるかもしれん」

　スパルゴは、その灰色の紙切れを手に取ってしげしげと眺めた。ホテルやクラブによくあるメモ用紙のようだ。紙切れは乱暴に引きちぎってあった。

「それで」と、スパルゴは思案に暮れた顔つきで尋ねた。「どうやって身元を特定するつもりですか」

　警部は肩をすくめた。

「まあ、いつものやり方だろうな。マスコミを利用する手だ。まずは君が記事にしてくれればいいんじゃないか。そうすれば、ほかの社も追随する。われわれは通常どおりに情報を流すだけだ。すると、じきに誰かが名乗り出て身元を特定してくれる――おそらくはな――。そして――」

そこへ、一人の男が入ってきた。いかつい顔つきだが、静かな物腰できちんとした身なりをした人物だ。ぶらりと現れた商社マンのようなその男は、自分のデスクに歩み寄りながら警部に横目で軽く挨拶をし、同時に、スパルゴが置いたばかりの紙切れに手を伸ばした。

「これからキングス・ベンチ・ウォークへ行って、ブレトンという人物に会ってきます」男は時計を見ながら言った。「ちょうど十時だ。そろそろ出勤している時間でしょう」

「私も行きます」と、スパルゴは独り言のように呟いた。「ぜひ行かせてください」

入ってきたばかりの男はちらりとスパルゴを見て、それから警部に目を向けた。警部は顎をしゃくって言った。

「新聞記者だ。『ウォッチマン』紙のスパルゴ君。遺体発見時にたまたま居合わせてな。しかも、そのブレトンという男と顔見知りだそうだ」そして、今度はいかつい顔の男に向かって顎をしゃくった。

「こちらは、ロンドン警視庁《スコットランドヤード》のラスベリー部長刑事。この件を担当することになった」

「ほう」スパルゴはぼんやりと応えてから、「なるほど、それで――」と、急に思いついたように続けた。「ブレトンに会ってどうするおつもりですか」

「遺体を確認してもらう」と、ラスベリーは答えた。「ひょっとすると、被害者を知っているかもしれん。とにかく、彼の名前と住所がここに書かれているのは間違いないんでね」

「行きましょう」と、スパルゴは言った。「私もお供します」

テューダー街《ストリート》を歩きながら、スパルゴはずっと考え続けていた。連れの男もまた、黙り込んでいた。どうやら、もともと口数の少ない質《たち》のようだ。キングス・ベンチ・ウォークの、ロナルド・ブレトンの事務所が入る建物の手すりのついた古い階段を連れだって上り始めたとき、ようやくスパルゴが口を開いた。

「あの老人は、何かを持っていたがために殺害されたのだと思いますか」と、唐突にラスベリーに向かって尋ねた。

「その質問に答える前に、そもそも彼が何を持っていたのかを知りたいね」と、ラスベリーは口元を緩めた。

「ええ……」スパルゴはどこか遠い目つきだ。「確かに。もしかしたら――何も持っていなかったかもしれませんし」

ラスベリーは笑って、名前が印字されたボードを指さした。

「現段階では何もわからない。ブレトン氏が五階に住んでいるということ以外はな。つまり、彼は法廷弁護士になる勉強を終えて間もないということだろう」

「ええ、彼は若いですよ、かなりね。二十四歳くらいだと思います。私が会ったのはほんの――」

そのとき、若い娘の笑い声が階段の上から聞こえてきた。どうやら二人の女性が笑っているようだ。そのうちに、軽やかな娘の声に男の笑い声が混じった。

「ここじゃ、ずいぶん楽しげに法律の勉強をしているようだ」と、ラスベリーが言った。「ブレトンの事務所も例外じゃないらしい。ドアが開いているな」

ロナルド・ブレトンの事務所の廊下に面したオーク材の扉は、いっぱいに開かれていた。内側のドアも半開きだったので、スパルゴとラスベリーはロナルド・ブレトンの部屋の中をしっかりと見ることができた。法律関係の書籍、ピンクのテープでくくられた書類の束、黒いフレームに入れられた法曹界の重鎮らの写真を背に、ウィッグとガウンを身に着けて椅子にちょこんと腰をかけた生き生きとした目をした美しい娘が、手の切れるような紙の束を振りまわしながら仮想の判事と陪審員に熱弁を振るって、ドアに背を向けた若者と、打ち解けた様子でその肩に頭をもたせかけたもう一人の若い女の子を楽しませていた。

「陪審員のみなさん、私は確信を持って言えます。きっと……みなさんは誰かの兄弟であり、夫であり、また父親であることでしょう。そんなみなさんが、私の依頼人に取り返しのつかない大きな傷を負わせることなど、良心にかけてできるはずがありません。その……その……」

「もっといろいろな形容詞を考えて！」と、青年が大きな声で言った。「センセーショナルで説得力のある言葉を積み上げるんだよ。陪審員はそういう言葉が好きなんだ。彼らは――おやっ！」

急に驚きの声を上げたのは、ちょうどこのときラスベリーが内側のドアを叩いて顔を覗かせたからだった。すると演説していた娘は慌てて椅子から跳び下り、もう一人の若い女性はもたれていた青年の腕から体を離した。女性らしいクスクス笑いとスカートの衣擦れの音をたてて二人は大急ぎで奥の部屋に退散し、ロナルド・ブレトンが進み出て、やや顔を赤らめながら、突然現れた客に挨拶をした。

「どうぞお入りください」と、早口で呼びかける。「僕は――」

と、そこでスパルゴに気がついて言葉をのむと、驚いた顔で片手を差し出した。

「あれ、スパルゴさんじゃないですか。こんにちは。僕たち……僕は……いやその僕らは、ちょっとふざけていたんですよ。数分後に法廷に行くことになっていましてね。どんなご用でしょう、スパルゴさん」

言いながら後ずさったブレトンは、ドアを閉めて訪問者に向き直ると、二人の顔を交互に見た。ラスベリーは若き法廷弁護士をじっと観察していた。長身ですらりとしたハンサムなその青年は、愛想がよく、身だしなみも完璧で、染み一つない清潔な服に身を包んでおり、裕福そうな雰囲気を漂わせている。つまりは、仕事を始める幸運に恵まれはしたものの、まだ一人前にはなっていない若者、という印象だった。ラスベリーはスパルゴに目をやった。

「やあ、どうも」スパルゴがおもむろに口を開いた。「その、私は実を言うとラスベリーさんのお供で伺ったんです。彼が君に会いたいと言うものだから。こちらは、ラスベリー部長刑事、ロンドン警視庁の刑事さんです」

スパルゴは、まるで練習をしてきたかのように堅苦しい紹介をしながらも、若き法廷弁護士の顔を注視していた。ブレトンは驚いた顔をラスベリーのほうへ向けた。

「へえ！　それはまた、どういう……」

ラスベリーはポケットの中で、注意深くメモ帳に挟んだ灰色の紙をいじっていた。「お尋ねしたいことがあるんですよ、ブレトンさん」と切りだす。「今朝方、三時十五分前くらいに、ミドル・テンプル・レーンで、男——年配の男性ですが——の遺体が発見されましてね。どうも殺害されたのに間違いないようなんです。ここにいるスパルゴさんが、たまたま発見時に居合わせたそうで——」

「正確には、発見直後です」と、スパルゴが正した。「数分経っていました」

「そのご遺体を遺体安置所で調べたところ」ラスベリーは冷静に事務的な口調で続けた。「身元につながるものは見つかりませんでした。どうやら強盗に遭ったようです。何も持っていませんでした。ただ一つ、ベストのポケットの裏地に空いた穴から、この引きちぎられた紙切れが出てきましてね。あなたの名前と住所が書かれていたんですよ、ほらね」

ブレトンは紙切れを受け取って、眉をひそめた。

「本当だ」と呟く。「確かに僕の名だ。妙ですね。その男性はどんな感じの方ですか」

ラスベリーはマントルピースの上に置かれた時計にちらりと目をやった。

「すみませんが、安置所に立ち寄って確認してもらえませんか、ブレトンさん。すぐそこですから」

「あの、それが……実はボロー判事の法廷で弁護をしなければならないんです」ブレトンも時計を横目で見ながら答えた。「ですが、十一時すぎまでは大丈夫だと思います。それまででしたら――」

「それだけあれば充分です。行って戻るまで十分もかかりません。ほんの少し見ていただくだけですからね。筆跡に見覚えはありませんよね」

紙切れを手に持ったままだったブレトンは、もう一度まじまじと見た。

「いいえ、見覚えはありません。まったく見たことがない――僕の名前と住所のメモを持っていたという男性が誰なのかも見当がつきません。もしかしたら、僕に用件のあった事務弁護士かもしれませんね」はにかんだ笑みをスパルゴに向けて続けた。「でも、三時――午前三時だったんですよね」

「医師によれば、死後二時間から二時間半経過していたそうです」

ブレトンは内側のドアを振り返った。

「じゃあ、あのお嬢さんたちに十五分ほど留守にすることを言わなくちゃ。一緒に法廷へ行く約束をしているんですよ。昨日、事務弁護士から初めて、訴訟事件摘要書を受け取ったんです」そう言うと少年のように笑いながら、訪問者を代わる代わる見た。「たいした公判じゃないんです――小さな事件でしてね。でも、僕の婚約者と彼女の妹に見学してもいいと言ったものですから。ちょっと失礼します」

いったん隣の部屋に姿を消したかと思うと、すぐに新品のシルクハットをかぶって颯爽《さっそう》と現れた。同じ若者でもファッションに気を遣ったことのないスパルゴは、自分の服装と青年弁護士の華やかないでたちを思わず比べた。さっき向こうの部屋に引っ込んだ二人の娘がすてきな装いをしていたことにも、スパルゴは気づいていた。新聞業界の集まるフリート 街《ストリート》 というより、高級住宅街メイフェアの雰囲気だ。スパルゴは、いつの間にかブレトンに好奇心をそそられていた。そして、奥の部屋で話す声が聞こえる若い女性たちに対しても。

「さあ」と、ブレトンが言った。「さっそく行きましょうか」

ラスベリーが案内した遺体安置所は、夏の朝の明るい雰囲気とは相反する、寒々とした殺風景な場所だった。足を踏み入れて室内をひと目見たとたん、スパルゴは思わず身震いした。だが、若き法廷弁護士は感情や関心といったものを微塵も出さず、素早く辺りを見まわすと、ラスベリーの手で顔を覆う布がめくられようとしていた遺体のそばに近寄った。遺体の顔を熱心なまなざしでじっくり見てから、一歩下がって首を振った。

「いいえ！」と、ブレトンは断言した。「知りません――まったく知らない人です。僕の知るかぎり、これまで一度だって会ったことはない」

ラスベリーは布を戻した。

「そうだろうと思ってました。まあ、通常の段取りで捜査するしかありませんね。そのうちに身元を特定してくれる人間が現れるでしょう」

「殺されたとおっしゃいましたね。それは――確かなんですか」

ラスベリーは親指で遺体をさし示した。

「頭蓋骨の後部が陥没していましてね」と、きびきびとした口調で答える。「医師は、背後から殴られたに違いないと言っています。しかも、強烈な一撃を食らったらしい。ご協力感謝します、ブレトンさん」

「ああ、いいんですよ。何かあったらいつでもご連絡ください。僕にとってもこの事件は興味深いので。それでは、僕はこれで——失礼します、スパルゴさん」

ブレトンは急いで出て行き、ラスベリーはスパルゴのほうに向き直った。

「初めから期待はしていなかったんだ。だが、どうしてもやっておく必要があるからな。この件を記事にするんだろう?」

スパルゴは頷いた。

「だったら」と、ラスベリーは言葉を継いだ。「例の帽子を購入したフィスキーズ帽子店に部下を向かわせた。そこから何か情報がつかめる可能性はある。十二時にここに来たら結果を教えるよ。とりあえず、私は腹ごしらえをすることにしよう」

「必ず伺います。十二時にここへ来ればいいんですね」

ラスベリーが角を曲がるのを見届けてから、スパルゴは歩きだして別の角を曲がった。〈ウォッチマン新聞社〉のオフィスに着き、数行の記事を書いて、昼間の編集主任に託すために原稿を封筒に入れると再び外へ出た。いつの間にか、彼の足は真っすぐフリート街を通り抜け、ほとんど無意識なまま裁判所へと向かっていた。

第三章　帽子の手がかり

なぜ訴訟事件の裁判が行われる場所にやって来たのか自分でもよくわからないまま、スパルゴが大きな正面玄関から続く廊下を当てもなくふらふらしていると、迷っていると勘違いした職員に建物内のどこに行きたいのか尋ねられた。一瞬、スパルゴは質問を理解できないといった顔で職員を見つめたが、やがて再び頭がはたらき始めた。

「今朝、ボロー判事はどこかの法廷を担当していませんか」と、不意に言葉が口をついて出た。

「七号法廷です」と、職員は答えた。「あなたの訴訟は何ですか。予定は何時？」

「私が訴訟を抱えているわけではありません。私は、報道関係者です。新聞記者でして……」

職員は指を突き出した。

「あの角を曲がって、最初を右に、次を左に」と、機械的に言う。「傍聴席はガラガラだから、席はすぐ見つかりますよ。今朝はあの法廷じゃたいした事件を扱っていませんからね」

職員は立ち去り、スパルゴは陰気くさくて気の滅入る廊下を、どう考えても目的のないまま、また歩き始めた。

「いったい、何をやってるんだ」と呟く。「どうしてここへ来てしまったのかさっぱりわからない。こんな所に用事なんかないのに」

ちょうどそのとき、角を曲がったスパルゴは、ばったりブレトンと出くわした。若き法廷弁護士はウィッグとガウンを身に着け、ピンクのテープでくくられた書類の束を手にしている。傍らには二人の若い娘が付き添っており、軽やかな足取りで歩きながら談笑していた。むっつり顔で彼らを一瞥《いちべつ》したスパルゴは、とっさに、ラスベリーとともに耳にした、ふざけて弁論の真似事をやっていたのはどっちの娘だっただろうと考えた。まるで自分のものだと言わんばかりにブレトンと歩いている年上のほうではなく、きらきらと瞳を輝かせ楽しそうな笑みを浮かべている若い子のほうだ。そして突如、スパルゴの心のどこか奥底で、この娘にいつかまた会いたいという思いが芽生えた――それがなぜかは、そのときはよくわからなかった。

こうして三人と鉢合わせしたスパルゴは、反射的に軽く帽子を上げて挨拶した。ブレトンは怪訝そうな表情を浮かべて足を止めた。いかにも、もの問いたげな目だった。

「やあ」と、スパルゴは口を開いた。「その……実は、君がここへ来るって言っていたのを思い出して、追いかけてきたんだ。ええと……もし時間があったらでいいんだけれど、少し話をして、いくつか訊きたいと思ったものでね。あの……例の殺された男性の件に関してなんだが」

ブレトンは頷いてスパルゴの腕を軽く叩いた。

「わかりました。この訴訟裁判が終わったら、いくらでも時間はあります。少し待ってもらえますか。いいですよね？　実を言うと、お願いしたいことがあるんですよ。このお嬢さん方を傍聴席にお連れするつもりだったんですが――あそこを曲がって階段を上った所なんですけど――ちょっと時間が押してまして、事務弁護士が待ってるんです。申し訳ないんですが、彼女たちをエスコートしてくれませんか。裁判終了後に二人を連れてここへ来てくれたら、そのあと話をしましょう。さてと、簡単に紹介しますね。こちらは、ミス・エイルモア。そして、ジェシー・エイルモア。で、こちらが『ウォッチマン』紙のスパルゴさん。じゃあ、僕はこれで！」ブレトンは素早く踵《きびす》を返すと、ガウンを翻し、廊下の角を曲がって行ってしまった。取り残された格好のスパルゴは、微笑んでいる娘たちを見た。二人とも美しく魅力的で、姉は三、四歳上のようだ。

「ロナルドったら厚かましいんだから」と、年上のほうが言った。「ずうずうしいお願いですよね、スパルゴさん。どうかお気になさらないで――」

「いえ、かまいませんよ！」いつになく放心した状態でスパルゴは言った。「どうせ暇ですし。でも、ブレトンさんはどこへお連れしろと言ったんでしょう」

「七番法廷の傍聴席ですわ」と、妹が即答した。「そこの角を曲がって……場所はたぶんわかります」

スパルゴは、その朝の目まぐるしい事の展開に戸惑いながらも、気を取り直して案内役を務め、二人の女性を一般傍聴席の最前列に誘導した。そこからなら、どんなに無精な人間だろうと特別な関心を持つ傍聴人だろうと、正義が行われている裁判所の、換気が悪くてほの暗い閉鎖的な室内で進行する成り行きを見逃すことはなさそうだ。ほかに傍聴人は一人もいなかった。外の廊下にいた案内係は、傍聴する人間がいたことに相当驚いた様子で、少しするとドアを開いてスパルゴを手招きし、途中まで階段を下りてきた。

「今朝は、ここではたいした裁判はありませんよ」と、手で口元を隠しながらささやいた。「でも、五号法廷では面白い背任事件をやります。三人でしたら、いい席を確保できますけど」

スパルゴは心惹かれるこの誘いを断り、世話を任された二人のもとへ戻った。この頃までには、ミス・エイルモアは二十三歳くらい、妹は十八くらいだろうと見当をつけていた。そして、こんなに魅力的な未来の妻と、同じように可憐な義理の妹を持てるとは、若きブレトンはなんと幸運な男だろうとも思った。ジェシー・エイルモアの隣に腰を下ろし、雰囲気に気圧されて周囲を見まわす。

「判事が入廷するまでは喋ってもいいんですよね」と、小声で言った。「これって、本当にブレトンさんが担当する最初の訴訟なんですか」

「まさに初めてなんです――自分だけでやるっていう意味では」スパルゴの隣に座る娘は、にっこりして答えた。「彼、とても緊張しているんですよ――姉もですけど。そうよね、イヴリン」

イヴリン・エイルモアはスパルゴを見て静かに微笑んだ。

「初法廷ですもの、誰だって緊張しますわ。でも、ロナルドには充分な自信があると思います。それに本人も言っていたとおり、たいした事件じゃありませんし、陪審員裁判でさえないんですから。スパルゴさんが退屈なさらなければいいんですけど……。」

「私なら心配要りません、お気遣いなく」と応じ、スパルゴは自分でも無意識に、よく使う社交辞令を口にしていた。「弁護士の弁舌を聞くのは好きなんです。彼らは、実にうまく話しますからね――その――」

「何でもないことについて」と、ジェシーが口を挟んだ。「でも、それを言うなら新聞記者だって同じでしょう?」

確かに一理あるとスパルゴが認めそうになったそのとき、突然、ミス・エイルモアが法廷に入ってきた人物に妹の注意を向けさせた。

「見て、ジェシー！　エルフィックさんだわ！」

スパルゴはその人物を見下ろした。きれいに髭を剃った、顔の大きい太り気味の年配の男が、ウィッグとガウンを身に着け、勅撰弁護士だけが座ることを許される奥まった聖域のすぐ脇にある、隅の席にゆっくりと向かっていた。その立ち振る舞いからは、ゆったりとした雰囲気を好む性格が見て取れる。丸々と太った体をいちばん心地よい角度に整えると、片眼鏡《モノクル》を右目にはめ、周囲を見まわした。近くには数人の同業者もいたし、互いに言葉を交わしている六人ほどの事務弁護士とその事務官らのほかに裁判所の職員もいたのだが、片眼鏡の紳士は彼らに無関心な視線を投げかけたあと、ふと目を上げて二人の娘に気がついた。するとすかさず、そちらに向かってうやうやしくお辞儀をし、その大きな顔に満面の笑みを浮かべて白い手を振った。

「スパルゴさん、エルフィックさんをご存知?」と、妹のジェシーが尋ねた。

「見たことある気がします、テンプルのどこかで。いや、確かに見たことがあるな」

「彼の事務所はペーパー・ビルにあるんです。時々、そこでティーパーティーが開かれるんですよ。エルフィックさんはロナルドの後見人ですし、師匠でも庇護者でもあるの。きっと弟子の様子を見にいらしたのね」

「ドナルドが来たわ」と、ミス・エイルモアがささやいた。

「裁判長もずいぶん不機嫌そうね」と、妹が言った。「さあスパルゴさん、いよいよ開廷よ」

実を言うとスパルゴは、法廷で行われていることにほとんど注意を払っていなかった。ブレトン青年が担当しているのは、約束手形における権利と財産に関する経済訴訟だった。新聞記者の目から見ても、ブレトンはよくやっていた。金融分野に精通したところを見せ、準備万端整えて自信を持って弁舌を振るっている。それよりもスパルゴの関心は、一緒にいる二人の女性、特に年下の娘に寄せられていた。どうやったら、もっとよく知り合えるだろうかとあれこれ考えるうち、気がつけば、分が悪いと悟った被告側が主張を撤回し、ボロー判事はすでにブレトン側に有利な判決を下していた。

ほどなく、スパルゴは姉妹の後ろについて傍聴席から出てきた。

「よかった……上出来でしたよ、実際」スパルゴはうわの空で言った。「きわめて明瞭かつ簡潔に主張できてましたね」

一階の廊下で、ブレトンがエルフィックと話していた。娘たちと現れたスパルゴを、ブレトンが指さしている。おそらく、スパルゴが関わりを持つことになった殺人事件のことを説明しているのだろうと思った。二人が近づいてきて、ブレトンが口を開いた。

「こちらは『ウォッチマン』紙の副編集長、スパルゴさんです」と紹介する。「こちらはエルフィックさん。今ね、例の気の毒な男性が発見された直後に、あなたがその場に出くわしたことをエルフィックさんに話していたんですよ」

ちらっとエルフィックに目をやったスパルゴは、彼が並々ならぬ関心を示していることに気がついた。高齢の法廷弁護士は、スパルゴの服のボタンをつかまんばかりの勢いで話しかけてきた。

「本当なのかね！　君が――その哀れな被害者を見たというのは。倒れて死んでいたんだそうだね――ミドル・テンプル・レーンの三軒目の入り口で。確かに三軒目だったんだね」

「ええ」スパルゴは端的に答えた。「見ました。三軒目の入り口でした」

「それはまた奇妙な！」と、エルフィックは感慨深げに言った。「そこの家に住んでいる男は知り合いでね。実を言うと、昨夜、彼を訪ねて深夜近くまでその部屋にいたのだ。それで、その不運な被害者がブレトン君の名前と住所が書かれたメモをポケットに入れていたと？」

スパルゴは頷いた。ブレトンに目をやり、懐中時計を取り出す。そのときのスパルゴは、自分がエルフィックに対して情報提供者の役目を果たしているとは思ってもみなかった。

「そうです」と短く答え、スパルゴは意味ありげにブレトンを見て付け加えた。「さっきの約束どおり、今話せるかな」

「ええ、もちろん」ブレトンは首を縦に振った。「話せますとも。イヴリン、君とジェシーはエルフィックさんと一緒にいてくれ。僕はちょっと行かなくちゃならない」

エルフィックがさらにスパルゴに話しかけてきた。

「ものは相談だが」と熱心に言う。「どうだろう——私がその遺体を見ることは可能だろうか」

「遺体は安置所です」と、スパルゴは答えた。「警察の規則がどうなっているかは私にもわかりません」

そして、ブレトンと二人でその場をあとにした。フリート街《ストリート》を渡り、ミドル・テンプル法曹院の建物の静かな物陰に来るまで、スパルゴは黙っていた。

「君に話したかったのは」ようやく口を開いた。「つまり、こういうことなんだ。私は……その……新聞記者として、かねてから特ダネになるような殺人事件を扱いたいと願っていた。この事件こそ、まさにそれだと思う。それで、この件について調べてみるつもりだ——最初から最後まで徹底的にね。そこで相談なんだが、君に力を貸してもらえないかと思っているんだ」

「なぜ殺人事件だとわかるんですか」ブレトンが落ち着いた声で尋ねた。

「間違いなく殺人だよ」スパルゴは淡々と言った。「わかるんだ、直感ってやつかな。きっと真実を探り出してみせる。それにしても——」

言葉を切って、真剣なまなざしでブレトンを見た。

しばらくしてスパルゴは、「どうしても私には、あの紙切れに鍵があると思えてならない。あの紙と被害者は、何らかのつながりを示しているんだ。君と、誰かほかの人間とのね」と言った。

「そうかもしれませんね」と、ブレトンも同意した。「その誰かを突き止めたいってことですか?」

「その人物を見つける手助けをしてもらいたいんだ。これは大きな、とても大きな事件だと思う。だから、自分の手で探ってみたい。警察の捜査手法は当てにできない——それほどはね。それはそうと、これからラスベリーに会いに行くんだ。彼が何か情報を得ているかもしれない。一緒に行くかい?」

ブレトンは急いでキングス・ベンチ・ウォークの事務所へ戻ってガウンとウィッグを脱ぎ、スパルゴとともに警察署に出向いた。署内に足を踏み入れたところで、ラスベリーが姿を現した。

「おや、ちょうどよかった。役に立ちそうな情報が手に入ったんだよ、スパルゴさん。フィスキーズ帽子店に部下をやったと言っただろう。そいつがたった今戻ってきてね。被害者がかぶっていた帽子は、昨日の午後フィスキーズで購入され、アングロ・オリエント・ホテルの二〇号室に泊まっているマーベリー氏に届けられたものだったんだ」

「そのホテルはどこにあるんです?」スパルゴは尋ねた。

「ウォータールー地区だ。小さなホテルだと思う。これから向かうんだが、同行するかね」

「ええ、もちろん。ブレトンさんも行きたいそうです」

「お邪魔でなければ」と、ブレトンが言った。

ラスベリーは笑みを返し、「この紙切れについて、何かわかるといいんだが」と言うと、近場にいたタクシーの運転手に向かって手を挙げた。

第四章　〈アングロ・オリエント・ホテル〉

しばらくしてスパルゴが連れの二人と車で到着したのは、ウォータールー駅からすぐの所に立つ、古めかしいホテルだった。地味な入り口の四角い建物の外観は、基本的にはヴィクトリア王朝中期のものだが、どことなく昔の列車旅の時代を思い起こさせる。現代のホテルの概念とは対照的で、ロンドンでは珍しい代物だ。連れだって歩道を横切りながら、ロナルド・ブレトンはそう感想を述べた。

「これでも昔は、サウサンプトンと行き来する人たちの中継地として人気があったんだ」と、ラスベリーが言った。「今でも、久しぶりに東方から帰国する年配の旅行者は、ここを好んで利用するようだ。なんといっても駅に近いからね。蒸気船と鉄道で何千マイルも旅してきた人間は、できるだけ歩かずに済む場所を選びたがるものだ。ほら、あっちを見てみなよ」そう言いながら敷居をまたぎ、どっしりとした調度品で飾られた玄関ホールに足を踏み入れると、ラスベリーは左手のバーのほうへ顎をしゃくってみせた。バーには、つばの広いソフト帽をかぶり褐色に日焼けした顔をした、全体の雰囲気から見て、植民地住民か、そうでないとしてもかなり長いこと東洋の地で暮らしていたと思われる何人もの男たちが、立ったまま飲んだり、ゆったり座ってくつろいだりしていた。植民地訛りのある話し声が聞こえ、スマトラやインドの葉巻らしき香りが漂っている。ラスベリーはしたり顔で頷きながら、「スパルゴさん、賭けてもいいが、被害者は植民地帰りだろうよ」と言った。「どうやら、あれがホテルの主人と女房のようだ」

玄関ホールの奥にフロントがあり、宿泊者名簿が置かれたカウンターの上の小窓から男女がこちらを見つめていた。二人とも中年で、男は肉づきがよく丸顔、どこか気取って見えるその様子からすると、執事でもしていた経験があるのかもしれない。女のほうはほっそりとした長身の細面で目つきがきつく、入ってきたばかりの見慣れない客を不審そうにじろじろ見ている。ラスベリーは鷹揚に二人のもとへ歩み寄った。

「あなたがこのホテルのご主人のウォルターズさんかい？　そして——こちらは奥さんかな」

主人はぎこちない会釈をして、鋭い視線を相手に送った。

「何のご用でしょう」

「ちょっとお訊きしたいことがあるんだよ、ウォルターズさん」と答えながら、ラスベリーは名刺を出した。「ここにあるように、私はラスベリー部長刑事だ——ロンドン警視庁《スコットランドヤード》のね。彼は新聞記者のフランク・スパルゴさん。こちらは法廷弁護士のロナルド・ブレトンさんだ」

彼らの紹介を聞いたウォルターズ夫人は、脇のドアを指して、刑事と連れの二人に入るよう合図した。促されるまま部屋に入ると、そこは小さな応接室になっていた。ウォルターズが二つあるドアを閉め、訪問者の中心人物であるラスベリーに話しかけた。

「どういうことです、刑事さん。何かあったんですか」

「二、三、情報をいただきたくてね」ラスベリーは素っ気なく答えた。

「昨日、こちらにマーベリーという名の男性が泊まらなかったかね——年配で白髪頭の、血色のいい人物なんだが」

ウォルターズ夫人が、はっと驚いて亭主に目をやった。

「やっぱり！」と、大きな声を上げる。「調べられるようなことになるんじゃないかと思ったのよ。ええ、マーベリーさんなら、昨日の昼にチェックインしましたよ。サウサンプトンからの正午の列車が着いたすぐあとにね。二〇号室に入りました。でも、ゆうべは部屋を使っていません。出かけたんです、ずいぶん遅くに。そのあと戻っていらっしゃいませんでした」

ラスベリーは頷いた。主人に勧められて椅子に座ると、夫人を見た。

「なぜ、調べられると思ったんだね。何か気づいたことがあるのかい？」

ウォルターズ夫人は、単刀直入にそう訊かれて、やや面食らったようだ。亭主がうめくような声を発した。

「気づいたことなんてありませんよ」と、ぼそりと呟く。「こいつの口癖のようなもんでして――何でもないんです」

「いえね、つまりこういうことなんですよ」と、ウォルターズ夫人が説明した。「たまたまマーベリーさんから聞きましてね。ロンドンはかれこれ二十年ぶりで何も覚えちゃいないって。それに、もともとロンドンのことはよく知らないんだって言ってました。それなのに、あんなに遅くに出て行って戻ってこなかったんですから、何かあったのかと思うじゃありませんか。調べられるようなことにでも巻き込まれたんじゃないかってね」

「なるほど、それはそうだろうな」と、ラスベリーは言った。「当然だ――まさに、おっしゃるとおり。実際、そうなったんだよ。彼は亡くなった。しかも、どう見ても殺されたと考えざるを得ないんだ」

いきなりこう告げられたウォルターズ夫妻は驚きを隠せず、恐れおののいていた。主人は、何か飲み物でもお持ちしましょう、と申し出た。スパルゴとブレトンは、午後から仕事があるのでと断ったが、ラスベリーは当然のように主人の申し出を受け入れた。

「すまんね」と、彼はグラスを片手に持って言った。「さて、そこでだ、マーベリーという人物について知っていることを教えてもらえんかね。詳しい事情をお話しするとだね、実は今朝、三時十五分前にミドル・テンプル・レーンで彼が死んでいるのが発見されたんだ。身に着けている衣服と、こちらの紳士の名前と住所が書かれた紙切れ以外、所持品が何もなくてね。ところが、この人は彼とまったく面識がないときた。で、昨日、マーベリーがウェストエンドの帽子店で帽子を購入してお宅のホテルに届けさせたとわかったので、こちらへ伺ったというわけだ」

「ええ」ウォルターズ夫人がすかさず言った。「そのとおりです。ゆうべは、その帽子をかぶってお出かけになられました。でも、その……私たちもよく知りませんでね。さっきも言ったとおり、昨日の十二時十五分頃ここへやって来て、二〇号室をお取りになったんです。ポーターにトランクとかばんを運ばせてました。もちろん、今も二〇号室にありますよ。二十年以上前に、オーストラリアへ行く途中、このホテルに宿泊したことがあるって言ってましたっけ。当然、私どもがホテルを引き継ぐずっと前のことですけど。そして、宿泊者名簿にジョン・マーベリーと記名されました」

「差し支えなければ見せていただけるかな」

ウォルターズが名簿を取ってきて、前日にチェックインした客のページを見せた。全員で屈み込むようにして、死んだ男の筆跡を見つめる。

「ジョン・マーベリー。ニューサウスウェールズ州クーランビッジー」ラスベリーが読み上げる。

「ふむ、例の紙切れの筆跡と一致するかと思ったんだが。ねえ、ブレトンさん、どうやら違いますな。全然違う字だ」

「まったく違いますね」ブレトンもまた、食い入るように筆跡に見入っていた。熱心に見ている様子に気づいたラスベリーは、別の質問をした。

「この字に見覚えはありますか」

「いいえ」と、ブレトンは答えた。「だけど……なんとなく親しみを感じる気がしないでもない」

「じゃあ、前に見たことがあるのかもしれんな。さてと――マーベリー氏のここでの行動をもう少し聞かせてもらおうか。ご主人も奥さんも、知っていることは何でも話してほしい」

「家内のほうが詳しいですよ」と、ウォルターズは言った。「私はその人とほとんど会っていませんからね。話した覚えもないくらいで」

「そのとおり」夫人が口を挟んだ。「あなたは口もきいちゃいないわ。ろくに顔を合わせなかったもの。ええと、私が部屋まで案内しました。そのとき少しお話ししましてね、メルボルンからサウサンプトンに到着したばかりだって言ってましたよ」

「どの船か言ってたかい？」と、ラスベリーが訊いた。「まあ、聞かなかったとしてもいいんだが。こちらで突き止められるからね」

「船名なら、荷物を見ればわかると思います。荷札がついてますもの。すぐに外出するから、急いでチョップを作ってくれって頼まれたんです。それを召し上がってから、一時きっかりに出かけていきました。もともとロンドンはよく知らなかったし、地理も全然わからないから迷子になるかもしれない、って言ってね。あそこから出て行きました。私も見送ったんですけど、きょろきょろ見まわして、ブラックフライアーズのほうへ歩いていきましたよ。午後に、刑事さんの言ってた帽子がフィスキーズ帽子店から届きましてね。だから、きっとピカデリーの辺りにいるんだなって思ったんです。でも、本人が帰ってきたのは十時を回っていて、連れの紳士と一緒でした」

「何だって！」と、ラスベリーが声を上げた。「今、紳士って言ったのかね？　顔を見たのか」

「ちらっとですけど。すぐに二〇号室に上がっていかれたので、階段を上る姿を一瞬見ただけです。背が高くて体格のいい、白髪交じりの顎髭を生やした紳士で、私の見るかぎり、ずいぶんいい身なりをしてましたよ。シルクハットに首にはシルクのマフラー、手に傘を持ってましたね」

「二人で、マーベリーの部屋に行ったんだね。それから？」

「ええと、それからマーベリーさんにベルで呼ばれて、ウイスキーソーダを頼まれました。ウイスキーをデカンタで注文されましてね。ソーダもサイフォン瓶に入れたものをお持ちしたんですよ。そのまま真夜中近くまで何事もなかったんですけど、そうしたらポーターが、今しがた二〇号室のお客様が外出されて、そのとき、夜間のポーターがいるかどうか尋ねられたって言うじゃありませんか……もちろん、いますけれどね。お出かけになったのは、十一時半でした」

「それで、連れの紳士は？」

「お連れの方もご一緒でした。ポーターが言うには、二人は駅のほうに向かったそうです。ホテルの者がマーベリーさんを見たのは、それが最後です。それ以降、戻ってくることはありませんでした」

ラスベリーは穏やかな笑みを浮かべた。「それは間違いないんだね。ふむ……二〇号室に行って、残されたものを確認したほうがよさそうだな」

「全部、お出かけになったときのままにしてあります」と、ウォルターズ夫人は言った。「何にも触っちゃいません」

訪問者のうち二人には、触るものさえないように思えた。鏡台の上に、ごく普通の洗面用具が二つ三つ置かれていたが、どれも、質も値段もたいしたことのないものだった。被害者は平凡な生活必需品で満足していたようだ。フックにコートが掛かっており、ラスベリーは無造作にポケットを探った。同様に、無遠慮にトランクとかばんも調べ、どちらにも鍵が掛かっていないことがわかり、中身をすべてベッドの上に並べて一つ一つ入念にチェックした。その結果、そこから被害者の身元につながる手がかりを得るのは無理だと判明した。

「やれやれ」作業の終わりを告げるように、ラスベリーが言った。「被害者が身に着けていた服と同じだ。書類はないし、あの男が何者で、どこから何のために来たかを示すものが何もない――まあ、それはいずれ別の方法で突き止められるかもしれんがね。それにしても、一人の人間が身元のわかるものを一つも持たずに旅をするなんてことは、そうはない。ここにある下着がメルボルンで買ったものだという以外、彼について何もわからないとは……。だが、絶対に書類や金は持っていたはずだが。彼が金を持っているのは見たかね」いきなり、ウォルターズ夫人のほうを向いて尋ねた。「目の前で財布を出さなかったかい？」

「見ましたとも」と、夫人は即答した。「チェックインしたあとで、バーに飲みにいらっしゃいましたから。支払いのときに金貨を一握り取り出しました――片手いっぱいにですよ。きっと三十から四十五ソブリンはあったでしょうねえ」

「それなのに、発見されたときには一ペニーも持っていなかった……」ラスベリーは呟いた。

「もう一つ気づいたことがあります。とても上等な金時計とチェーンを身に着けてましたよ。左手に見事な指輪も——小指にね——金に大きなダイヤがはめ込まれたものです」

「ああ」ラスベリーは考え込みながら言った。「彼が指輪をはめていて、それが少々きつかったらしいことは私も気がついた。それと、もう一つだけお尋ねしたい。客室係は、破った紙か何かに気づかなかったかな。破り捨てた手紙といった類いのものだが」

しかし、呼ばれた客室係は、何も気づかなかったと証言した。それどころか、二一〇号室の紳士は、部屋を実にきれいに片付けていなくなったのだと言う。そこでラスベリーは、とりあえずこれ以上訊くことも言うこともないと、〈アングロ・オリエント・ホテル〉の主人と夫人に挨拶をして、若者二人を引き連れホテルをあとにした。

「次はどうします?」通りを歩きながらスパルゴが訊いた。

「昨夜、このホテルをマーベリーと一緒に出た男を見つけることだろうな」

「どうやって?」スパルゴが重ねて尋ねた。

「現段階ではわからんよ」

ラスベリーは曖昧に頷くと、明らかに一人になりたい様子で去っていった。

第五章　スパルゴ、担当を志願

その場に取り残された弁護士と新聞記者は、顔を見合わせた。ブレトンが笑いだした。

「どうも、たいした情報は得られませんでしたね。ちっとも前進していないような気がする」

「いや、そんなこともない」と、スパルゴは言った。「いくつかわかったことがある。少なくとも、私はそう思う。被害者がジョン・マーベリーと名乗っていたこと、オーストラリアから来たこと、昨日の朝サウサンプトンに着いたばかりだったということ、そして、昨夜は連れがいたこと――長身で白髪交じりの顎髭を生やし、身なりのよい、おそらくは紳士と思われる人物とね」

ブレトンは肩をすくめた。

「そんな人物はロンドンに十万人はいそうだ」

「確かにそうだろうな。だが、目当ての人物はその十万人の中の一人だ。五十万人のうちの一人かもしれない。その一人を見つけなければならないんだ――たった一人をね」

「できると思いますか」

「ちょっと大がかりなことをやってみようと思う」

ブレトンは再び肩をすくめた。

「何をするって言うんです？　まさか、当てはまる人間一人一人に訊いてまわるわけじゃないですよね。『すみません、ジョン・マーベリーと一緒にいたのはあなたですか。アングロ・オリエントに滞在している――』」

ブレトンの言葉をスパルゴが遮った。

「なあ、君はマーベリーが発見された区画に住んでいる人を知っていると言ってなかったか」

「僕は言ってません」と、ブレトンは答えた。「言ったのはエルフィックさんです。といっても、僕もその人を知ってますけどね。カードルストーンさんという法廷弁護士です。エルフィックさんの友人で――二人とも熱心な切手研究家でね――いわゆる収集家ってやつです。昨夜も、エルフィックさんはカードルストーンが新しく手に入れた切手を見にあそこへ行ったんだと思いますよ。どうしてですか」

「その人にいくつか質問したいと思ってね。もし、君の都合が許すなら――」

「いいですとも、お供しましょう！」ブレトンは乗り気で応じた。「僕もあなたと同じくらい、この事件には関心がありますからね。マーベリーって男がいったい何者で、どうして僕の名前と住所の書かれた紙切れを持っていたのか、ぜひ知りたい。僕が有名弁護士だっていうんならまだしも――」

「ああ」と、タクシーに乗り込みながらスパルゴは言った。「確かに、それならいろいろと説明がつくんだけどね。とにかく、あの紙切れをたどるほうが、ラスベリーの追っている線よりずっと早く殺人犯に行き着くんじゃないかと思うんだ。どうも私にはそう思えてならない」

ブレトンは興味深げに相手を見た。

「だけど、ラスベリーがどういう線を追っているのか知らないじゃないですか」

「いや、それはわかってる。ラスベリーは、昨夜マーベリーがアングロ・オリエント・ホテルを出たとき一緒にいた男が誰なのかを探しに行ったと思う。それが彼の追っている線だよ」

「それで、あなたのほうは？」

「私は、例の紙切れが持つ意味と、誰が書いたものなのかを解明したいんだ。あの老人が殺されたとき、なぜ君の所へ行こうとしていたのかを知りたい」

ブレトンは驚いて目を見張った。

「まさか！」と、大声を上げる。「僕は——僕はそんなこと考えもしなかった。あなたは——その、本当にマーベリーは僕に会いに来るところだったと思うんですか」

「間違いない。彼が持っていたのはテンプル法曹院の住所だろう？　そして、実際テンプルにいたんだぜ？　当然、君を捜していたことになる」

「でも——あんな遅い時間に？」

「関係ないよ。それ以外に、彼がテンプル法曹院にいた理由を説明できるかい？　おそらく道を尋ねていたんじゃないかと思う。だから、あの区画で訊き込みをしてみたいんだ」

スパルゴの見たところ、死んだ男についてあれこれ訊きたがっている人間はかなりいるようだった。主に会社で使い走りをしている少年たちだ。殺人事件のニュースはすでに広まっており、昼休みということもあって、ミドル・テンプル・レーンの死体発見現場には、詮索好きな野次馬が大勢集まっていた。死体があったというだけで、今は石畳しか見るものはないというのに、例の入り口の周辺にはスパルゴが見たこともないほどたくさんの人たちが群がり、口をぽかんと開け、物珍しそうに見物している。生活に差し障りが出てきたため、近隣の住民たちの苦情を受けた警官が野次馬を追い払いに駆けつけていた。スパルゴたちが現場にやって来たときには、古びたシルクハットをかぶり、かぎ煙草で薄汚れた流行遅れの服を着た萎《しな》びた顔の紳士から、警官が小言を言われているところだった。この異様な騒ぎに老人は見るからに動揺していた。

「やつらを全員、通りに追い出してくれ！」と、その人物はがなりたてていた。「おい巡査、早くあいつらをどかしてくれ。フリート街《ストリート》でもエンバンクメントでもどこでもいいから、とにかく何とかしろ。体裁が悪いし、はた迷惑だし、邪魔なことこのうえない。それに――」

「あれがカードルストーン老人ですよ」と、ブレトンが耳打ちした。「いつも怒りっぽい人でね。彼からは何も聞けないと思いますよ。どうも、カードルストーンさん」自分と同じくらい古そうな傘を振りまわしながら石階段を上って部屋へ戻ろうとしていた老人に近づき、ブレトンは声をかけた。「ちょうどお宅をお訪ねしようとしていたところなんですよ。こちらは今回の殺人事件に関心を寄せている新聞記者のスパルゴさんです。彼は――」

「事件については何も知らん！」と、カードルストーンは大声で言った。「それに新聞記者と話すつもりはない。本人の前で言うのもなんだが、新聞記者はただの詮索好きな連中だからな。殺人事件が起きたなど承知しとらんし、うちの玄関先に会社の使い走りや暇な野次馬が押しかけているのにも我慢ならん。殺人事件などと、ばかげとる！　おおかた、この階段で転んで首の骨でも折ったんだろう――酔っ払っとったんだな」

話しながら老人が玄関ドアを開けたので、ブレトンは心強い笑顔を浮かべてスパルゴに向かって頷くと、最初の踊り場のそばにある彼の部屋へと入っていき、あとに続くようスパルゴに合図した。

「エルフィックさんから、昨夜遅くまであなたと一緒だったと伺ったのですが」と、ブレトンは切りだした。「怪しい物音なんて聞いていませんよね」

「テンプル法曹院で、どんな怪しい物音を聞くって言うんだね」カードルストーンは怒ったように言った。「テンプルという所は、そういうものとは無縁な場所でなければならんのだよ、ブレトン君。君の立派な後見人と私は、いつものように平穏で静かな夜を過ごし、彼が帰っていったときも、それはひっそりとしたものだった。上階や周囲の部屋で何か起きとったかもしれんが、私は知らん！　幸い、この建物の壁は厚くて、音が漏れんのだ。その男は、きっと転んで首の骨を折ったにきまっとる。ここで何をしとったかは知らんが」

「まあ、それもあり得ますけどね」と言って、ブレトンはまたスパルゴに目配せした。「ただ、僕の名前と住所が書かれた紙切れ以外、被害者からは何も見つかっていないんですよ。実際、彼に関してわかっているのはそれだけでしてね。オーストラリアから到着したばかりだということは判明したんですが」

とたんにカードルストーンが若き弁護士に鋭い視線を向けた。

「何？」と声を上げる。「どういうことだ。その男は、君の名前と住所を書いた紙切れを持っとったと言うのかね、ブレトン君。ほかでもない君の？　そして、彼はオーストラリアから帰国したばかりだと――」

「そのとおりです」と、ブレトンは答えた。「わかっているのはそれだけです」

カードルストーンは傘を脇へ置き、色鮮やかな大きなハンカチを取り出して、何かを考える様子で鼻をかんだ。

「それは確かに謎めいとるな。ふむ……エルフィックはこのことを知っとるのかね」

カードルストーンの態度が急に変わった説明を求めるかのように、ブレトンはスパルゴに目をやった。それを受けて、スパルゴが会話を引き継いだ。

「いいえ。エルフィックさんがご存知なのは、遺体から見つかった紙切れにブレトンさんの名前と住所が書かれていた、ということだけです。エルフィックさんは」スパルゴはそこで言葉を切り、ブレトンを見た。「エルフィックさんは……」と再び続けながら、ゆっくりと年かさの弁護士のほうに視線を移す。「遺体を見に行くとおっしゃっていました」

「なんと！」カードルストーンは勢い込んで言った。「見ることができるのかね？　だったら私も行こう。どこにあるのだ」

ブレトンが目を見張った。

「それはまた、どうしてです？　なぜご覧になりたいんですか」と、思わず尋ねる。

カードルストーンは再び傘を手に取った。

「うちの玄関先で起きた謎に興味を持っても不思議ではなかろう。それに、私はオーストラリアに渡った人間を何人も知っておる。もしかすると――あくまでも可能性の話だが――私の知人かもしれん。遺体のある場所に案内してくれ」

ブレトンは困惑した表情でスパルゴを見た。明らかに、事の成り行きに戸惑っている様子だ。だが、スパルゴはこのチャンスを逃さなかった。すぐさま曲がりくねったテンプル法曹院内を歩きだし、カードルストーンを連れてブラックフライアーズを目指した。そして、テューダー街《ストリート》まで来たとき、ばったりエルフィックと出くわした。

「遺体安置所に行くところでね。察するところ、君もそうなんだろう、カードルストーン。何か新たな発見はあったかね、スパルゴ君」

スパルゴは賭けに出てみることにした。ひょっとしたら、自分がまだ知らない事実がつかめるかもしれない。「被害者の名はマーベリー、オーストラリアから来た男です」

エルフィックの反応に目を凝らしたが、残念ながらカードルストーンのようには驚かなかった。むしろ無表情だ。

「ほう、マーベリー？　オーストラリアから。ふむ、ぜひとも遺体を確認させてもらいたいものだ」

二人の老紳士が安置所にいるあいだ、スパルゴとブレトンは外で待たされた。再び現れた彼らからは、何も得られなかった。

「知らん男だ」と、エルフィックが静かに言った。「すでにカードルストーンから聞いたと思うが、われわれはオーストラリアに行った人間をたくさん知っておるし、被害者がテンプルをうろついていたというので、ひょっとしたら知り合いが帰国したのかと思ったのだ。だが知らない男だった」

「見ず知らずの男だ」と、カードルストーンも口を揃えた。「まったく知らん」

二人は腕を組んで去っていった。ブレトンはスパルゴを見た。

「まるで彼らが被害者を知っていると思う人間がいそうな言い方だな。で、スパルゴ、これからどうします？　僕はもう行かなくちゃいけないいけど」

どこかうわの空で、手にしていたステッキで舗道の割れ目をつついていたスパルゴが、ふとわれに返った。

「私かい？　ああ……私は社に戻るよ」そう言うと突然くるりと向きを変え、真っすぐ〈ウォッチマン新聞社〉に戻ると、編集長の秘書がいる部屋に向かった。「編集長に少し時間をもらいたいんだが――」

秘書が顔を上げた。

「本当に大事な用事なんですか」

「重大な案件だ」スパルゴは答えた。「なんとか頼む」

上司と二人きりになると、相手の性格をよく知っているスパルゴは単刀直入に用件を切りだした。

「ミドル・テンプル・レーンの殺人の件は耳に入ってますよね」

「簡単な事実だけはな」編集長は短く答えた。

「私は遺体発見現場に居合わせたんです」スパルゴは、これまでの経緯をざっと報告した。「これはひどく奇妙な事件です」と、彼は続けた。「とにかく謎だらけだ――これ以上ないほどにね。私はどうしてもこの事件に関わってみたい。ぜひ自分に担当させてください。しばらくわが社になかった、いい記事を書きますよ。ここ何年かでいちばんの記事にしてみせます。やらせてください。手始めに明日の朝刊に二段分のコラムを載せようと思います。絶対に成功させます――それも大成功に」

編集長はデスク越しにスパルゴの熱心な顔を見据えた。

「抱えている仕事は？」

「大丈夫。一週間先の分まで書き終えています、記事も論評もね。ですから並行してこなせます」

編集長は両手の指先を合わせた。

「何かいい考えでもあるのかね」

「名案があります」上司の顔を真正面から覗き込むように見つめる彼に、編集長は思わず苦笑いをした。「だからこそやらせてほしいんです」と、スパルゴは付け加えた。「それに、自慢するわけでも、うぬぼれるわけでもありませんが、ほかの誰よりも私が適任だという自信があります」

編集長は少しのあいだ考えていた。

「つまり、犯人を見つけ出すって言うんだな」ほどなく彼が口を開いた。

スパルゴは頷いた——それも二度。

「必ず見つけ出します」と、きっぱりした口調で答えた。

編集長は鉛筆を手に取り、デスクの上に屈み込んだ。

「よかろう、やってみろ。二段分のコラムを任せよう」

スパルゴは黙ってその場を離れると、自分のオフィスにこもった。原稿用紙をつかみ、さっそく記事を書き始める。思う存分、持てる力を発揮するつもりだった。

第六章　遭遇の目撃者

翌朝、朝刊を握り締め、ロナルド・ブレトンが〈ウォッチマン新聞社〉のスパルゴのオフィスへ現れた。まるで少年のようにはしゃいだ様子で新聞を振ってみせる。

「なるほど！」と、大声を出した。「この手があったんですね、スパルゴ！　さすがだ。うん、これは名案だ、間違いない！」

退屈そうに手紙の山をひっくり返していたスパルゴは、あくびをした。

「どれが？」と、素っ気なく訊く。

「この、あなたの記事の書きっぷりですよ。よくあるお決まりの殺人事件の記事なんかより何十万倍もいい。何て言うか――まるで小説みたいだ！」

「ニュース報道の新たな手法ってだけさ」スパルゴはそう言って『ウォッチマン』紙を手に取り、自分が書いた二段分のコラムに目をやった。目立つ見出しと被害者の写真、ミドル・テンプル・レーンにある現場の入り口の見取り図、灰色の紙切れの写しと、全体としては三段を使った記事を客観的な目で見やる。「そう、単に新しいやり方にすぎない。問題は――はたしてこれで目的を遂げられるかどうかということだ」

「目的って？」と、ブレトンが尋ねた。

スパルゴは散らかった引き出しの中から煙草の箱を取り出すと、ブレトンに差し出して自分も一本取り、椅子に反り返って両足をデスクに載せ、事もなげに言った。

「目的？　ああ、それはね、最終的に殺人犯を見つけることとさ」

「そんなことを狙ってるんですか」

「そうだ、狙っているのはそれだけだ」

「つまり……単に斬新な記事を書こうと奮闘しているのではないと」

「ジョン・マーベリーを殺害した犯人を見つけようと奮闘してるのさ」スパルゴはわざとゆっくりした調子で言った。「そして、きっと見つけ出してみせる」

「そうは言っても、今のところ、たいした手がかりはなさそうですよね」と、ブレトンは言った。

「僕のほうは皆無と言っていい。あなたは？」

スパルゴは香りのよい煙を空中にひと吹き吐き出した。

「私には、知りたいことが山ほどある。知りたくてたまらないんだ。ジョン・マーベリーが何者なのか。アングロ・オリエント・ホテルを元気に出て行ってから、ミドル・テンプル・レーンで頭を殴られて死体で発見されるまでのあいだ何をしていたのか。あの紙切れをどこで手に入れたのか。そして何よりもねブレトン、彼が君とどう関係しているのか知りたいのさ！」

鋭い視線を若き弁護士に送ると、ブレトンも頷いた。

「ええ。まさにそこが肝心な点なんですけど、ただ――」

「ただ、なんだい？」

「僕は、何かしらの法的な問題を抱えているか、今後抱えることになるかもしれないので誰かに紹介されたのでは、と思うんです」

スパルゴはにっこりとやや皮肉めいた笑みを浮かべた。

「そいつは傑作だ！」と、彼は言った。「君は初公判を終えたばかりなんだぜ、しかも昨日ね。なあ、考えてもみろよ、君の名声はまだ海外にとどろいちゃいないだろう。それに、依頼人は普通、直接アプローチしてこない。法廷弁護士に近づくには、事務弁護士を通すのが普通じゃないかい？」

「確かに、どちらもあなたの言うとおりです」ブレトンは快活に答えた。「もちろん、僕は少しも世間に知られちゃいませんが、法廷弁護士のもとへやって来て事務弁護士を紹介してもらうというケースは、いくつか聞いたことがあります。誰かが僕にそうしてほしくて、被害者に僕の住所を渡したのかもしれない」

「一理あるな。だが、真夜中に君の所へ相談に行かなくてもいいだろう。いいかい、ブレトン。考えれば考えるほど、この事件は謎が増えてくるんだよ。だからこそ、編集長に頼んでコラムを書かせてもらったんだ。この写真――死人の顔ではあるが――これと紙切れの写しを見て、誰かが名乗り出てくることを期待しているのさ。誰か事情を知る人間が――」

そのとき、大理石の柱が並ぶ〈ウォッチマン新聞社〉の玄関に待機していた制服の少年が、タイムリーな知らせを運んできたとひと目でわかる表情をして部屋に入ってきた。

「何の知らせか、大金を賭けてもいい」スパルゴは小声で言った。「どうした？」と、少年に声をかける。「何の用だ」

使い《メッセンジャー》の少年はデスクに歩み寄った。

「スパルゴさん、階下に、朝刊に掲載された殺人事件について話をしたいという人が来ています。バレットさんにこちらに行くようにと言われまして」

「その人は何という名だ」

「言わないんです。書類に記名してもらおうとしたんですが、書きたくないと言い張って……。とにかく記事を書いた人に会いたい、の一点張りなんです」

「通してくれ」と、スパルゴは命じた。少年が立ち去ると、ブレトンのほうを向いて微笑んだ。「遅かれ早かれ誰かが現れるだろうと思っていたよ。だから、急いで朝食を済ませて十時までに出社したんだ。さて、この人物が役立つ情報をくれることに何を賭ける?」

「何も」と、ブレトン。「きっと自分の推理を披露したいだけの、物好きな変わり者ですよ」

使いの少年《メッセンジャー》に案内されてきた男は、一見して、ブレトンの予想を裏づける雰囲気をたたえていた。見るからに田舎者の、背の高い小太りの中年男性で、黄色い髪に青い目をし、一張羅のパールグレーのズボンに黒い上着を着て派手なネクタイをひけらかすように身に着けている。社屋の堂々たる構えに気圧されたのか、堅い山高帽を脱いで少年のあとに従って入ってきた男は、床の豪華な厚いカーペットを踏みしめながら、二人の若者に向かって頭をひょいと下げた。近代的な新聞社の豪華さに、青い目をいっぱいに見開いてきょろきょろしている。

「ようこそ」スパルゴはウォッチマン新聞社名物の安楽椅子の一つを指さして勧めた。「私にご用だとか」

訪問者は黄色い頭をもう一度下げ、椅子の端にちょこんと腰かけて帽子を床に置いたかと思うとまた取り上げ、膝に引っ掛けようとしてみる。そして、おずおずと邪気のない目をスパルゴに向けた。

「わしが会いてえのは」と、田舎訛りで言う。「おたくの新聞の、ミドル・テンプル・レーンの殺人について記事を書いた人なんでさあ」

「それなら目の前にいますよ、私がそうです」

訪問者は相好を崩した。

「そうなんですか。とっても面白い記事でしたよ、本当に。で、おたくのお名前は？　名前を知ってると話しやすいもんでね」

「私もそうです」と、スパルゴは答えた。「私の名はスパルゴ――フランク・スパルゴです。あなたは？」

「ウェブスターでさあ、ウィリアム・ウェブスター。オークシャーのゴスバートンでワン・アッシュ・ファームっていう農場をやっとります。わしと女房は――」再度にっこりし、二人の聞き手に代わる代わる笑顔を向けて続けた。「休暇でロンドンに来てましてね。満喫してるところなんでさあ、天気も何もかもね」

「そうですか。それで、今回の殺人事件について私に会いたいということでしたね、ウェブスターさん」

「そうなんでさ。おたくの記事に役立つことを知ってる気がしたもんでね。なあスパルゴさん、わしはどうもこんな喋り方なんだが、こんなんでもかまわんですかい？」

「もちろんです。ぜひ、そのままでどうぞ」

「といっても、ほかの喋り方なんかできるわけねえんですがね。実は今朝、朝食を待つあいだ――ホテルの朝食ってのは、えらく遅いんだ――おたくの新聞を読んでましてね。写真を見てわしは女房に言いましたよ。『朝食を食べ終わったらすぐに、この新聞社に行って話すことがある』ってね。『何だって?』って女房のやつは言うんだ。『いったい何を話すって言うんだい?　教えてもらおうじゃないか』と、こうでさあ、スパルゴさん」

「奥さんは現実的な考えをお持ちの女性なんですね。それで、お話というのは何ですか」

ウェブスターは自分の帽子に視線を落とし、それから目を上げて、心得たとばかりに微笑んだ。

「それがね、旦那」と、彼は話し始めた。「おとといの晩、女房はクラパムって地区に、古くからの女友達とお茶と夕食を一緒にするって出かけましてね。その友達ってのがその辺りに住んでて、女同士積もる話があるってんで、わしは行かなかったんでさ。で、ふと、下院の議事堂を見に行ってみようと思いついた。入り口の警官に、自分のとこの下院議員に会いたいって言えば入れてくれるって、近所のやつに聞いたもんでね。それで下院まで行って、わしらの地元議員のストーンウッドさんに会いたいって言ったんだ。旦那も聞いたことがあるでしょう。わしのこともよく知っとる人でね。係の人が入れてくれて、面会票ってのを書いたら、議員を捜してくるから座って待ってろって言われましてね。だから、立派な絵や肖像画が飾ってあるでっかい玄関ホールに腰かけて、ものすごく大勢の人が行ったり来たりするのをしばらく眺めてたら、そのうちに、すぐそばにわしみたいに待ってる人がいるのに気がついたんでさあ。それがだ、わしが洗礼を受けたまっとうな人間だってのと同じくらい確かなんだが、おたくの新聞に載ってた写真の紳士なんですよ——例の殺されたっていう——その人が、わしの隣に座ってたんだ!　今朝あの写真を見て、すぐわかりましたよ」

原稿用紙に意味のない落書きをしていたスパルゴは、急に顔を上げて訪問者を見た。

「それは何時でした?」

「九時十五分から九時半のあいだだったね。二十分頃——いや、二十五分だったかな」

「先を続けて」

「それでね、その死んだ紳士とちょっとだけ話をしたんでさ。議員を連れてくるのにずいぶん時間がかかるもんですね、とかなんとか。下院に来たのは初めてだって打ち明けたら、『私もなんですよ』って言いましてね。『好奇心から来てみたんです』って言って笑っていたんです——なんだか妙な笑い方だったね。そのすぐあとですよ、わしが話したいことが起きたのは」

「話してください」と、スパルゴが催促する。

「それがね、わしらの座ってる玄関ホールに一人の紳士がやって来たんです。背が高くて顔立ちの整った人で、白髪交じりの顎髭を生やしてましてね。帽子はかぶってなくて、手にたくさんの紙や書類を持ってたんで、議員の一人かな、と思ったんでさ。そしたら、いきなり隣にいた男が驚いた叫び声を上げて席を立って——」

スパルゴが片手を上げて遮った。鋭い目つきで訪問者を見つめる。

「叫び声を上げたというのは確かですか。間違いないんですね。でしたら、そのとき彼が何と叫んだのかお聞きしたいんだが」

「わしは確かなことしか言いませんよ、旦那。その人は『こりゃあ驚いた!』って叫んだんだ。大声でね。それから名前を口にした。はっきりとは聞き取れなかったんだが、デインズワースだかペインズワースだか——まあとにかく、そんな感じの名前でしたね。それからその紳士に駆け寄って、いきなり腕に手をかけたんでさあ」

「それで、その紳士の反応は?」と、スパルゴは静かに訊いた。

「面食らったみたいでしたよ、跳び上がってましたからね。そして、じっと男を見つめてから、握手したんです。で、二、三、言葉を交わして、そのまま二人で話しながら行っちまいました。もちろん、そのあとはどっちの姿も見ちゃいません。でも今朝、おたくの新聞を開いて、あの写真を見たとたん思いましたね。『下院の玄関ホールで隣に座ってた男だ！』って。そりゃもう間違いないですよ！」

「もし、背の高い白髪交じりの髭の紳士の写真を見たら、その人だとわかりますか」

「わかりますとも。しっかり顔を見たからね」

スパルゴは立ち上がってキャビネットへ行き、分厚い本を引っ張り出すと、数分間ページをめくっていた。

「こちらへお願いします、ウェブスターさん」

農夫は部屋を横切って近づいた。

「ここに現職の下院議員の顔写真があります。ここから、あなたの見た人物を選び出してください。時間をかけていただいてかまいません。確信が持てるまでじっくりご覧になってください」

アルバムをめくっている訪問者のもとを離れて、スパルゴはブレトンの所へ行った。

「ほらな」と、小声でささやく。「近づきつつある――ほんの少しだがね。だろう？」

「何に？」と、ブレトンは訊いた。「僕には、よくわから――」

突如、農夫が発した大声がブレトンの言葉を遮った。

「この人だ！　この紳士でさあ、見間違いやしねえ！」

二人の若者は部屋を突っ切って歩み寄った。農夫のずんぐりした指が一枚の写真をさしている。写真の下には「ブルックミンスター選出下院議員　スティーヴン・エイルモア殿」と書かれていた。

第七章　エイルモア下院議員

観察力が鋭く注意深いスパルゴは、横でブレトンがはっと体を硬くしたのを感じ取った。が、彼自身はあくまで平静を保ち、ウェブスターが指さしている写真にちらりと目をやっただけだった。

「ほう！」と、彼は言った。「この人ですか」

「この紳士でさあ。実物そっくりだ。これなら見間違うわけがありませんや、スパルゴさん」

「本当に間違いないですか」スパルゴが念を押した。「ご存知でしょうが、議員には髭をたくわえている人が大勢いますし、多くは白髪交じりですよ」

だがウェブスターは、うんうんと頷くばかりだった。

「この人に間違いねえ」と繰り返す。「わしの名前がウィリアム・ウェブスターだってのと同じくらい確かだ。おたくの新聞に載ってた写真の人と話してたのは、この人ですよ。何回訊かれたって同じでさあ」

「いいでしょう。ありがとうございました。エイルモア氏に会ってみます。ロンドンでのご滞在先を教えてください、ウェブスターさん。こちらにはいつまで？」

「ブルームズベリーのビーチクロフト・ホテルに泊まってます。あと一週間はいますんで」と、農夫は答えた。「お役に立てたでしょうかね、スパルゴさん。女房にも言ったんですが――」

スパルゴは丁重に訪問者の話を切り上げ、会釈をして送り出した。振り向くと、ブレトンが立ったままアルバムの写真にじっと見入っている。

「ほらね！　言ったとおりだろう」と、スパルゴは話しかけた。「きっと情報が得られるはずだって言ったよな、まさにそのとおりになった」

ブレトンは頷いた。何か考え込んでいる様子だ。

「ええ、そうですね。実はね、スパルゴ」

「何だい？」

「エイルモアさんっていうのは、僕の義理の父になる人なんです」

「知ってるよ。君が娘たちを紹介してくれたんじゃないか、それも昨日ね」

「だけど、二人が彼の娘だとどうしてわかったんですか」

スパルゴは笑いながら自分のデスクに座った。

「勘さ——第六感ってやつだな。まあ、そんなことは今はどうでもいい。それより大事なことがわかった。マーベリー——それが死んだ男の本名かどうかはわからないが、現時点ではそう呼ぶしかない。彼はあの晩、エイルモア氏と一緒だったんだ。よし！」

「どうするつもりです？」

「どうするって？　もちろんエイルモアに会いに行くのさ」

電話帳のページをめくりながら、片手はすでに受話器を取り上げている。

「それなら、いつも十二時にエイルモアさんがどこにいるか知っています。A&P——セントジェームズにあるアトランティック&パシフィック・クラブです。よろしければご一緒しますよ」

スパルゴは時計をちらりと見て、受話器を置いた。

「いいだろう。今、十一時だ。私はやらならければならないことがあるから、正午きっかりにA&Pの前で落ち合おう」

「じゃあ、あとで」と返事して出口へ向かっていたブレトンは、ドアを開けかけたところで振り向いた。「あなたは何をつかんだんですか、たった今聞いた話から……」

スパルゴは肩をすくめた。

「そいつはエイルモア氏の話を聞くまで待とう。マーベリーっていうのは彼の昔の知り合いじゃないかと思う」

ブレトンはドアを閉めて立ち去った。一人残されたスパルゴは独り言を呟いた。

「よし、いいぞ！　デインズワースか、ペインズワースか、そんな感じの名前――たぶん、そのどちらかだ。素晴らしい！　あの農夫の観察眼に感謝だ。それにしても、なぜスティーヴン・エイルモアがデインズワースとかペインズワースなんて名で呼ばれたんだろうか。スティーヴン・エイルモアというのは何者なのか、表向きとは違う顔があるとでもいうのだろうか……」

スパルゴの指がデスクの上にある参考書の一冊に反射的に伸びた。訓練を積んだ素早さでページをめくり、それに負けないくらいのスピードでページを目で追う。そして声に出して読んだ。

「エイルモア、スティーヴン。一九一〇年よりブルックミンスター選出下院議員を務める。住所、ケンジントン地区セントオーシス・コート二三番地、および、グレイト・マーロウ地区ブエナビスタ。アトランティック&パシフィック・クラブ、シティ・ベンチャーズ・クラブ会員。南米開発に関心あり」

「ふむ！」と呟いて、スパルゴはデスクに本を戻した。「これじゃわからないな。だが、最初の一歩は踏み出せた。今度は次の一歩だ」

アルバムを再び手に取り、器用にエイルモアの写真を剝がして封筒に入れると、それをポケットにしまいオフィスを出た。タクシーを呼び止め、〈アングロ・オリエント・ホテル〉へ行くよう運転手に告げる。これが、ブレトンに話した「やらなければならないこと」だった。これだけはどうしても一人でやりたかったのだ。

スパルゴが玄関に入ると、事務所にいたウォルターズ夫人は低い小窓からすぐに彼に気がつき、応接室へ入るよう手招きした。

「覚えてますとも。刑事さんと来た方ですよね――ラスベリーって刑事さんと」

「あのあと、彼は来ましたか」

「いいえ、いらしてません。でも、刑事さんが来ないかなって思ってたところだったんですよ。だってね――」そこでふと口をつぐみ、いやに疑い深げな目つきでスパルゴを見た。「あなたはあの刑事さんのお友達なんですよね。この事件について、刑事さんと同じくらいお詳しいんでしょう?」

「彼と私は」スパルゴは自信をにじませて答えた。「協力してこの事件の捜査に当たっているんです。彼に話すことは何でも私に話してもらってかまいません」

ウォルターズ夫人はポケットをごそごそやって古びた財布を出すと、内ポケットからティッシュにくるまれた小さな物を取り出した。

「それがね……」と、ティッシュを開きながら言う。「今朝、これを二〇号室で見つけたんですよ。鏡台の下に落ちてたんです。これを見つけた女の子が私の所に持ってきまして、私はガラスのかけらかなと思ったんですけど、主人がひょっとしたらダイヤかもしれないぞって言いましてね。そうしたら、あの晩マーベリーさんが別の紳士と戻ってきたときに二〇号室にウイスキーを持って上がったボーイが、部屋に入ると二人がこんなのを紙の上にいっぱい広げていたって言いだしたんです。ほら、どうです?」

スパルゴは輝きを放つ石のかけらに触れてみた。

「これはダイヤですね、間違いありません。とりあえずしまっておいてください。すぐにラスベリーに報告します。ところで、そのもう一人の紳士ですが、その人物を見たとおっしゃいましたよね。顔を見ればわかりますか。写真を見ればってことですけど。この人でしたか」

夫人の表情は、ウェブスターと同じくらい確信を得たことを物語っていた。

「ええ、そうです! マーベリーさんと来たのはこの人ですよ。千人の中からだってわかります。誰だってわかりますとも。ポーターと、今言ったボーイにも見せるんですよね」

「私が個別に会って、この人物に似た男を見たことがないか訊いてみます」と、スパルゴは答えた。

その二人は、何も言わないうちから、写真を見てすぐに特定した。ウォルターズ夫人と一言二言話したあと、スパルゴは〈アトランティック&パシフィック・クラブ〉へ向かい、階段の上で自分を待っているブレトンの姿を見つけた。何をしてきたのかには触れずに、二人で建物内に入り、エイルモアを訪ねた。

しばらくして応接室に現れた人物を、スパルゴは並々ならぬ関心を持って眺めた。写真では見知っていたが、本物を見たのは初めてだった。このブルックミンスター選出の議員は、急速に力の弱まっている政党の一員だった。自分が脚光を浴びることも、おおっぴらに意見を述べることも許されず、党の指示に逐一従って、人目につかない所で黙々と仕事をこなさなければならない立場にある。実際に会ってみると、新聞記者の自分が予想していたとおりの人物に思えた。どこか冷淡で打ち解けない、まるで抑圧された環境で育って無駄口を叩かないよう教え込まれたような雰囲気だ。ブレトンに紹介されても、スパルゴに対してほとんど関心を示さず、訪ねた理由をスパルゴがごく簡単に説明しても——意図的に詳細を省いたのだった——なお無表情だった。

「ああ」と、エイルモアは淡々と言った。「確かに、その情報提供者が言うように、マーベリーに会ってしばらく一緒にいたのは事実だ。君が聞いたとおり、下院のロビーで偶然会ったんだ。驚いたよ、ずっと会っていなかったからな。何年ぶりかも思い出せないくらいだ」

彼は言いよどみ、新聞記者に話すべきかどうか迷っているようだった。スパルゴは黙って待った。ややあって、エイルモアが続けた。

「今朝、『ウォッチマン』紙の君の記事を読んだよ。ちょうど君か警察に連絡しようと思っていたところへ、うまい具合にそちらから来てくれたんだ。実は……それはそうと、話を聞きに来た目的は、やはり記事を書くためなんだろうな」急に話の腰を折って尋ねた。

「書くなと言われれば、決して記事にはしません」と、スパルゴは答えた。「情報さえくだされば——」

「いや、かまわん。実際のところ、私はほとんど何も知らんのだからな。マーベリーは仕事上ちょっとした関係のある男だった。ずっと昔の話だ。二十年にはなるだろう——もっと前かもしれん。その間《かん》、まったく会っていなかった。あの晩、ロビーで彼が近づいてきたとき、思い出すのに時間がかかったほどだ。せっかく会ったので相談したいことがあると言われ、ちょうど議会の仕事も一段落していたし、一度は友人と呼んでもおかしくない間柄だったわけだから、彼の泊まっているホテルに行って話をしたんだ。彼はその日の朝、オーストラリアから着いたばかりだと言っていた。私に相談というのは、主にダイヤモンドのことだった――オーストラリア産のダイヤだ」

「知りませんでした、オーストラリアでダイヤが採れるとは」

エイルモアは微笑んだ。心なしかあざ笑うかのような笑みだった。

「そうだろうな。だが、ヨーロッパの人々にオーストラリアが知られるようになった頃から、時々、ダイヤは見つかっていた。専門家によれば、いずれは相当な量が発見されるだろうとのことだが、ともかくマーベリーはオーストラリア産のダイヤを持っていて、それをホテルで見せられた。かなりの数だった。われわれは部屋でそれらを検分していたのだ」

「そのあと、彼はダイヤをどうしました？」

「ベストのポケットに入れた。ダイヤが入っていた、ごく小さなセーム革の袋にしまってね。全部で十六から二十くらいの石があった。それ以上ではないし、どれもサイズは小さかったがね。私は専門家に見せるよう助言して、ストリーターズという店を教えてやったんだ。では、なぜ彼がブレトンの住所を持っていたのか説明しよう」

二人の青年は耳をそばだてた。メモを取りながら鉛筆を握るスパルゴの手に思わず力が入った。

「私が彼に渡したのだよ」と、エイルモアは続けた。「紙切れに書かれていた文字は、私が急いで走り書きしたものだ。彼は法的な助言を求めていた。私は弁護士をほとんど知らないので、ブレトン君を訪ねれば、きっと一流の有能な事務弁護士を紹介してくれるだろう、と言ったんだ。そこで、マーベリーがポケットから取り出した便箋を破った紙切れにブレトンの住所を書いた。それはそうと、遺体が発見されたとき、書類や金品の類いはまったくなかったそうだね。彼と別れたときには、間違いなくかなりの金貨を持っていたし、ダイヤと書類もポケットに入れていたんだが……」

「どこで別れたんですか」と、スパルゴが尋ねた。「あなたは、彼と一緒にホテルを出たんですよね」

「そうだ。ホテルを出てからぶらぶらぶら歩いた。久しぶりに再会して、話すことは山ほどあったし、気持ちのいい晩だったからな。ウォータールー橋を渡ってすぐに別れた。私が知っているのはそれだけだ。私の印象では――」ふと口をつぐんだので、スパルゴは黙って待った。

「私の印象では、たいした根拠があるわけじゃないんだが、遺体が発見された場所におびき出され、彼が金目のものを持っていることを知っていた何者かによって強盗に遭ったうえで殺害されたんじゃないだろうか。所持品を盗まれているのは確かなわけだしな」

「僕も考えたんですけど……」ブレトンがおずおずと口を開いた。「当たっているか自信はありませんが、僕なりに推理してみたんです。マーベリーと同じ船に乗っていた誰かが、ずっとあとをつけていたんじゃないでしょうか。ミドル・テンプル・レーンは夜になるとほとんど人通りがありませんから」

ブレトンのこの見解に、誰も何も言わなかった。スパルゴがエイルモアに目をやると、議員はやおら立ち上がってドアをちらっと見た。

「私が話せるのはこれだけだ、スパルゴ君。あまり役に立つ話ではないがね。もちろん、マーベリーに関する捜査が行われたら、また話さなきゃならんだろうが……。だが、話したことは記事にしてもらってかまわんよ」

スパルゴは、ブレトンと未来の舅《しゅうと》を残してロンドン警視庁《スコットランドヤード》に向かった。ラスベリーとは、情報を共有する約束を交わしている。今こそ、彼に会って話すときだ。

第八章　貸金庫会社の男

　スパルゴが訪ねてみると、ラスベリーは陰うつな雰囲気の小さな部屋の中に一人で座っていた。家具がきわめて少なく、驚くほど事務的で、どこか秘密めいた空気が漂っている。地味な書き物用テーブルに堅い椅子が一、二脚と、壁に貼られた変色したロンドン市内の地図、犯罪界の名だたる一味の色あせた写真が数枚、それと同じくらいの手垢がついた参考書があるだけだ。スパルゴが現れたとき、ラスベリーはテーブルの前に座って火のついていない葉巻を口にくわえ、紙切れに象形文字のようなものを書くという、どう見ても意味があるとは思えない作業に没頭していた。入ってきた新聞記者を見上げ、片手を上げた。

「今朝の『ウォッチマン』の記事、よく書けてたな。とびきり出来のいい内容だと思うよ。会社があんたを担当にしたのは正解だ。このままこの事件を追うんだろう、スパルゴさん」

　スパルゴは、ラスベリーの右手にある椅子に腰を下ろした。煙草に火をつけ、煙をひと吹きして、質問の答えが「イエス」だとわかるよう首を縦に振った。

「それで、昨日で話はついていると思いますが、この仕事に関して、あなたと私は共同戦線を張ると考えていいんですよね」ラスベリーが静かに頷いたので、スパルゴは続けた。「よかった――何か進展はありましたか」

ラスベリーはベストの両方の袖ぐりに親指を突っ込み、椅子の背にもたれかかってかぶりを振った。

「正直言ってないいんだよ。もちろん、通常の捜査手順を踏んで、いろいろとやってはいる。部下たちがあちこち訊き込みに行っていてね。マーベリーのイギリスまでの船旅について訊いてまわったんだが、これまでに確認できたのは、アングロ・オリエント・ホテルの従業員に本人が話したように、サウサンプトンに着いた定期船に乗客として乗船していたことと、特に変わった様子もなく船を下りてロンドン行きの列車に乗ったことだ——昨日聞いたとおりにな。それだけだ。新たな事実は何もない。マーベリーに関する情報が何か得られないかとメルボルンに電報も打ったが、そっちはあまり期待できん」

「そうですか。それで、あなたは何を調べているんですか。あなた自身は？　情報を共有するのなら、パートナーが何を追っているのか知っていなくちゃね。どうやら今はお絵描きをしているように見えるんですが」

ラスベリーが笑いだした。

「実はな、考え事をしたくなるとこの部屋に来るんだ。見てのとおり、ここは静かだからね。そして考えているあいだ紙に落書きをする。今、次の手を思案していたところだったんだが——」

「思いついたんですか」スパルゴが即座に切り返す。

「さしあたって、マーベリーとあのホテルに行った男を見つけたい」と、ラスベリーは答えた。「私が思うに——」

スパルゴは、相棒の顔の前で人差し指を振ってみせた。

「その男なら見つけましたよ。彼を捜すためにあの記事を書いたんです。きっと見つかると思っていましたよ。あなたのような捜査の経験はないけど、記事が見つけてくれるはずだという自信はありました。そして、そのとおりだった」

ラスベリーが称賛のまなざしをスパルゴに送った。

「それはお手柄だ！　で、いったい誰なんだ」

「説明しましょう。要点をかいつまんでね。今朝、ロンドンを訪れているウェブスターという農夫が社を訪ねてきて、事件のあった夜、下院の議事堂で、マーベリーと下院議員らしき人物が偶然出会って一緒に立ち去るのを目撃したと話してくれたんです。現職議員のアルバムを見せたところ、その中の一人が問題の人物だとすぐに確認しました。そこで、その写真を持ってアングロ・オリエント・ホテルへ行くと、ウォルターズ夫人も、マーベリーとやって来て彼の部屋にしばらく滞在し、連れだって出て行ったのはその男だと、すぐに気がついた。その人物というのは、ブルックミンスター選出議員のスティーヴン・エイルモアです」

ラスベリーは、口笛を吹いて感情を表現した。

「彼なら知ってる！　そうか、ウォルターズ夫人の話した人相を思い出したぞ。だが、よくいるタイプだからな。背が高くて白髪交じりの顎髭を生やした身なりのいい男か――なるほど。よし、直ちにエイルモアに会わなければ」

「もう会ってきました」と、スパルゴは言った。「当然ですよ。だって、夫人がもう一つ証拠をくれたんですから。今朝、従業員の女の子が二〇号室の床に落ちていたダイヤを一粒見つけたんです。そしたら、あの晩マーベリーと客のもとへ飲み物を持っていったボーイが、部屋に入ったとき二人の紳士が同じ物を紙の上にたくさん広げていたのを思い出したんだそうです。ですからエイルモア氏に会いに行ったわけです。若い法廷弁護士のブレトンを知ってますよね。昨日、私と会った彼、覚えているでしょう」

「マーベリーの所持品に名前と住所が書かれていた若者だな。覚えてるよ」

「ブレトンはエイルモアの娘と婚約しているんです」と、スパルゴは続けた。「彼がエイルモアのクラブへ案内してくれましてね。エイルモア氏は率直で明快な説明をしてくれました。記事にしてもかまわない、とね。おかげで、だいぶはっきりしてきました。彼はマーベリーと二十年以上前からの知り合いで、その後、音信不通だったんですが、殺人が起きた前の晩、下院のロビーでばったり再会した。マーベリーは彼に珍しいオーストラリア産のダイヤモンドについて相談を持ちかけたらしい。一緒にホテルへ行ってしばらく部屋にいたあと、連れだってウォータールー橋まで歩き、そこで別れて帰宅したそうです。それと、灰色の紙切れのこともわかりましたよ。マーベリーが有能な事務弁護士を紹介してもらいたがったんです。エイルモアには心当たりがなかったので、若きブレトンを訪ねれば誰か紹介してくれるだろう、と。それで、マーベリーはブレトンの住所を書き留めたわけです。それがエイルモアから聞いた話なんですが、もう一つ重要な情報を得ました。彼が言うには、別れたとき、マーベリーはかなりの数のダイヤが入ったセーム革の袋と、たくさんの金貨と、胸ポケットにいっぱいの書類を持っていたそうなんです。ところが、ミドル・テンプル・レーンで死体で発見されたときには何も持っていなかった」

スパルゴはいったん言葉を切って、新たな煙草に火をつけた。

「私が突き止めたのはそこまでです。どう思います?」

ラスベリーは、お気に入りのポーズらしい、椅子の背に寄りかかった姿勢のまま、頭上の埃っぽい天井をじっと見つめていた。

「わからん。確かに、ある程度は判明した。深夜、エイルモアとマーベリーはウォータールー橋で別れた。ウォータールー橋はテンプルの目と鼻の先だ。しかしマーベリーは、どうやって誰にも見られずにテンプルに入れたんだろう。いくら訊き込んでも、そこのところがまったくわからない。ブレトンの住所が書かれた紙切れから、彼がそこへ行ったのだろうと推測できるものの、いくら植民地帰りだって、真夜中にテンプルで仕事の話ができないことくらい知ってるはずだ。そうだろう？」

「そうですね。一つ二つ思いつくことはあるんです。彼は時々いる、夜歩きまわるのが好きなタイプなのかもしれない。そのときに見えた――たぶん見たでしょう――あの時間にテンプルに灯っているたくさんの明かりを。それで、人に見られることなく入った可能性は大いにあります。私自身、真夜中すぎに月明かりのなかテンプルをぶらついたことがあったし、あそこに出入りするのも簡単でした。ただ――もしマーベリーが所持していたもののために殺されたのだとしたら、どうやってあそこで殺人者と出くわしたのかが疑問だ。犯罪者はミドル・テンプル・レーンなんかをうろうろしませんからね」

ラスベリーは首を振った。鉛筆を取り、さらに多くの象形文字を書き始める。

「あんたの推理はどうなんだい？」と、唐突に質問してきた。「考えていることがあるんだろう」

「そちらはどうなんです？」スパルゴも言い返した。

「そうだな……」ラスベリーは口ごもった。「特になかったんだが、たった今あんたの話を聞いて、一つ思いついた。マーベリーはエイルモアと別れたあと、一人でぶらぶら歩いているうちにテンプルに入り込んで、そこで強盗に遭って殺されたのかもしれない。あの古い一角には妙にくねくねした路地がたくさんあるからね。犯人に土地鑑があるとしたら、朝を待って逃げるまでどこかに身を隠しておくのは簡単だ。犯人は、あの辺りの弁護士の住まいや事務所に出入りしている可能性もあるな。そういう人間なら、被害者を殺して金品を奪ったあと、何時間でも隠れていられるだろう。ひょっとしたらあの朝、あんたが遺体を見たとき、犯人は二〇フィートと離れていない場所にいたとも考えられる。どうだい？」

スパルゴが返事をする前に、警官が部屋に入ってきてラスベリーに何か耳打ちした。

「すぐに通せ」と、ラスベリーは命じ、警官が部屋を出て行くと、スパルゴに向かって意味ありげに微笑みかけた。「マーベリーの事件について話をしたいという男が来たらしい。何か進展があることに期待しよう」

スパルゴは奇妙な笑みを浮かべた。

「あなたともあろう人が、情報を得るために詮索好きな一般市民に関心を寄せるとはね。重要なのは、得た情報を吟味することですよ。その男は何者なんです？」

警官が、フロックコートにシルクハットというこざっぱりした身なりをした、見るからに実業家らしい紳士を連れて戻ってきた。男はスパルゴを一瞥し、じろじろと値踏みするような視線をラスベリーに送って椅子に座ると、この人と話そうと心に決めたのか、刑事に相対した。

「あなたがマーベリー殺人事件の責任者ですね。その件について、重要な情報があるんです。今朝、『ウォッチマン』紙の記事にある殺された人の写真を見たとき、最初は新聞社に情報を持ち込もうかと思ったんですが、やっぱり警察に知らせることにしたんですよ。警察のほうが、その――より信頼できますからね」

「それはどうも」スパルゴをちらりと見て、ラスベリーが言った。「それで、あなたは――」

「私の名は」と言いながら、訪問者は名刺を取り出して置いた。「マイヤースト――E・P・マイヤーストと申します。ロンドン&ユニバーサル貸金庫会社の社員です。あなたを信頼してお話しするんですが」と言いながら、横目でスパルゴを見た。「私の情報は内密なことなので……」

ラスベリーは首をかしげ、両手の指を合わせた。

「信頼してお話しいただいてかまいませんよ、マイヤーストさん。あなたの話が本当にマーベリー事件と関連するなら、いずれ世間に公表すべきでしょうが、とりあえずは秘密扱いにいたしましょう」

「関連はあります。それは間違いありません。実は、六月二十一日のだいたい――いや、正確には午後三時です。ジョン・マーベリーと名乗って、ウォータールーのアングロ・オリエント・ホテルに滞在しているという見知らぬ男性がわが社を訪れまして、小さい金庫を借りたいと言ってきたんです。そこに、持参なさった小さな革製の箱を預けたいとおっしゃいました。それがずいぶんと古びた箱でしてね。ですから、お望みのサイズの金庫をお見せして料金と規則の説明をしましたら、契約すると言って一年分の料金を前払いし、革の箱――縦横一フィートほどの箱――を預けられたんです。即金で契約なさいました。そのあとで一言、二言、ロンドンがずいぶん様変わりしたといったような会話を交わしましてね。もう何年もご無沙汰だったそうです。そして、鍵を受け取ってお帰りになられました。殺されたマーベリーさんに間違いないと思います」

「そのようですね」と、ラスベリーは言った。「わざわざ来てくださって、礼を言います。ところで、もう少し伺ってもよろしいですか。マーベリーは箱の中身について何か言ってましたか」

「いいえ。くれぐれも大切に扱ってほしいとだけおっしゃってました」

「中身についてほのめかすこともしなかったんですか」

「何も。ただ、火事に遭うとか、盗まれるとか、いたずらされることがないようにと、ひどく気になさっていましたね。金庫にはご自身以外、誰も触れることができないと知って安心されたようでした」

「なるほど！」ラスベリーはスパルゴに目配せした。「それはそうでしょうな。それで、マーベリー本人についてはどうです、どういう印象を持ちました？」

マイヤーストはこの質問について真剣に考えた。

「マーベリーさんは……」と、少し間をおいて答えた。「いろいろと大変な目に遭ってきた人じゃないかって気がしました。それと、立ち去る前に思いもよらないことを言ったんです。彼のその――革の箱についてなんですが」

「革の箱について、何と言ったんですか」

「その箱は」と、貸金庫会社の社員は言った。「これでもう安全だが、これまではもっと安全だった。埋められていたんだから――地中深くに、何年ものあいだ。そう言っていたんですよ」

第九章　切手商

「埋められていた――しかも地中深くに、何年も」と、マイヤーストは聞き手の二人を熱心に見つめて繰り返した。「驚くべき言葉だと思いませんか。まさに注目に値する一言だ！」

ラスベリーは再びベストの袖ぐりに両親指を突っ込み、椅子の上で体を前後に揺らした。スパルゴに視線を向ける。人間を熟知している刑事の目には、スパルゴのジャーナリストとしての本能が掻き立てられ、鋭い嗅覚で新たな匂いを追い始めたことが見て取れた。

「面白い。確かに注目に値しますよ、マイヤーストさん」ラスベリーも同意した。「あんたはどう思うね、スパルゴさん」

スパルゴはゆっくりと振り向き、マイヤーストが入ってきてから初めて、その姿をじっくり観察した。数秒間念入りに眺めてから、ようやく口を開いた。

「で、あなたはそれに対して何と言ったんですか」と、静かな声でマイヤーストに尋ねる。

マイヤーストが、質問者の顔から自分のほうへ視線を移したのを受け、そろそろ知らせてもいいだろうと、ラスベリーは思った。

「お話ししたほうがよさそうですね、マイヤーストさん」と、笑みを浮かべながら言った。「こちらは『ウォッチマン』紙のスパルゴさんです。あなたがさっき言っていたマーベリー事件の記事を書いた、当の本人ですよ。おわかりだと思いますが、スパルゴさんはこの事件に多大なる関心を持ってましてね。彼と私は異なる情報網を生かして共同戦線を張っているんです。だから、いいですよね？」

マイヤーストはあらためてスパルゴをまじまじと見た。しばらく、そのまま見続けている。スパルゴはもう一度同じ質問を繰り返した。

「ですから、それに対して何と言ったんですか」

マイヤーストは言いよどんだ。

「それが、その——何も言わなかったと思います。だって、まさか重要なことだとは思わないじゃありませんか」

「どういう意味か尋ねなかったんですか」

「ああ、いえ……まったく」と、マイヤーストは答えた。

スパルゴは弾かれたように立ち上がった。

「だとすると、あなたはとんでもなく興味深いネタを聞くチャンスを逸したってわけだ！」と、半ば冷笑するように言った。「またとない話が聞けたかもしれないっていうのに……」

それ以上続ける価値はないとでも言うようにそこで言葉を切り、面白そうにこちらを見ているラスベリーのほうを向いた。

「ラスベリー、その箱を開けることは可能でしょうか」

「ぜひとも開けなくては」ラスベリーは立ち上がりながら答えた。「どうしても開ける必要がある。われわれの欲しがっている手がかりが入っている可能性が高いからな。今すぐこちらのマイヤーストさんに案内をお願いして、箱を開ける手続きをしてもらおう。令状を取らなくちゃならない。今日中に手に入るかわからんが、遅くとも明日の朝には間に合うはずだ」

「そのときには立ち会えるように取り計らってもらえますか」と、スパルゴが頼んだ。「できそうですか。確かですね、それはよかった。じゃあ、これで失礼します。何か進展があったら電話するか訪ねるかしてください。私もそうしますから」

それ以上何も言わずに、スパルゴは素早く立ち去り、大急ぎで社に戻った。オフィスでは、この新たな大仕事のあいだ彼の指示に従って動くよう命じられたアシスタントが、一枚の名刺を手に待っていた。

「スパルゴさん、この紳士が一時間ほど前にあなたに会いに来たんです。マーベリー事件についての情報があるとかで、待っている時間がないから、戻ったら自分の所まで来てくれないかって言ってました」

スパルゴは受け取った名刺を見た。

稀覯《きこう》切手商　ジェイムズ・クリーダー　ストランド二〇二一番地

その名刺をベストのポケットにしまって再び社屋を出ながら、なぜジェイムズ・クリーダーは「貴重な切手の販売業者」といったような、わかりやすい言葉を使わないのだろう、と思った。使えないのか、あるいは使いたくないのか。フリート街《ストリート》を真っすぐに歩いていくと、名刺に書かれた店はすぐに見つかった。ひと目見ただけで、創業当時の商売の状況がどうだったかは別として、もはやクリーダーによる未来のないことはわかった。貸店舗と記された印刷したての紙が窓に貼られていたのだ。

中に入ってみると、背が低くでっぷりとした年配の男性が、在庫品の荷造りや片付けを指揮しているところだった。男は問いかけるように、くりくりとした瞳をスパルゴに向けた。

「クリーダーさん？」と、スパルゴが声をかけた。

「そうですが、あなたは」

「『ウォッチマン』のスパルゴです。私を訪ねていらしたとか」

クリーダーは、狭い店の奥にある小さな部屋のドアを開け、入るよう促した。スパルゴはあとに続いて入っていき、そっとドアを閉めた。

「お会いできてよかった、スパルゴさん」クリーダーは愛想よく言った。「どうぞおかけください。今、とっ散らかってましてね。ご覧のとおり、商売をやめるもので。ええ、先ほど伺いました。例のマーベリー事件についてあなたが書いた『ウォッチマン』の記事に殺された人の写真があったものですから、少しばかり情報を提供できるんじゃないかと思いまして」

「重要なことですか」スパルゴは簡潔に訊いた。

クリーダーは心得顔にスパルゴをじろりと見て咳払いをした。

「それは、あなたが決めることです、話を聞いたうえでね。いろいろ考え合わせると、重要ではないかと思いますが。話というのは、こうです。私は、昨日まで店を開けていました。何もかも、いつもどおりにです。ウィンドウには商品も並べてありました。ですから通りがかりの人はみな、当然、営業が続いていくものと思ったでしょうが、実のところ、閉める――いや、もう閉めたのです」クリーダーは笑いながら言い添えた。「ゆうべを境にね。さて、ここからが本題です――それはそうと、私の話をメモしないんですか」

「メモなら取ってますよ」と、スパルゴは答えた。「一言一句、この頭の中に」

クリーダーは両手をこすり合わせて笑った。

「なるほど！　私の若い頃は新聞記者といえば真っ先に鉛筆とノートを取り出していたものだった。だが、あなたのような今の若い人たちは――」

「そうなんです」スパルゴは話を合わせた。「それで、情報というのは？」

「そうだった。話を先に進めましょう。一昨日の午後、マーベリーという人が店にやって来たんですよ。その人は――」

「何時に？　正確な時間は」

「二時です。セント・クレメント・デーンズ教会の時計の針が、きっかり二時を指していました。その点については、二十回宣誓したっていい。服装から何からあなたが書いていたとおりの風貌の人でした。写真を見てすぐに思い出しましたよ。その人は小さな箱を持ってまして――」

「どんな箱でしたか」

「風変わりで古くさい、かなり擦り切れた革の箱――いや、小さなトランクとでも言ったほうがいいのかもしれません。約一フィート角の、近頃じゃ、とんと見かけない代物です。相当にくたびれていましてね、それで覚えているんですよ。その人は、それをカウンターの上に置くと私を見て、『君は切手商だね、珍しい切手の』と話し始めたんです。『そうです』と、私は答えました。すると『見てもらいたいものがあるんだ』と言って箱の鍵を開けました。『見せたいものというのは――』」

「ちょっといいですか」スパルゴが割って入った。「鍵はどこから取り出したんですか」

「鍵束にあった鍵の一つで、ズボンの左ポケットから取り出しました。いえね、私は細かい所までよく見てるんですよ。それで、箱を開けたんです。書類がいっぱい入っていたようでした。少なくともいちばん上にあったのは、赤いテープで結んだ法律関係のような書類の束でしたね。私がいかに物をよく見ているかおわかりになると思いますが、書類はだいぶ古びて汚れていて、赤いテープはすっかり色あせて薄いピンク色になってました」

「なるほど、いいぞ」と、スパルゴは呟いた。「素晴らしい！　続けてください」

「いちばん上に載っていた書類の下から、一枚の封筒を取り出しました」クリーダーは話を続けた。「そして、その封筒の中から、きわめて珍しい植民地の切手セットを出したんです。最初に発行された、非常に価値のある物でしてね。『私はオーストラリアから着いたばかりなんだ』と言うんですよ。『向こうに住む若い友人に、この切手をロンドンで売ってきてやると約束したんだが、ここを通りかかったら、おたくの店が目に入った。これを買ってはもらえんかね。いくらで買ってくれる？』ってね」

「ずいぶん性急だな」スパルゴが小さく言った。

「くどくど無駄口を叩かないタイプに見えましたね」と、クリーダーも同意した。「切手に不審な点はありませんでしたし、価値があるのも確かでしたが、私は今日をかぎりに店を閉じるので取引はできないことを説明し、力にはなれないと断りました。そしたら『わかった。だが、おたくの同業者は大勢いるだろう、どこかいい店を教えてくれないか』と言うんで、『とびきりの店を一ダースはご紹介できますが、もっといい方法があります。あなたから喜んで大金を払ってそのセットを買ってくれるに違いない、個人収集家の名前と住所をお教えしましょう』と答えたんです。『お手数をかけて申し訳ないが、先方の住所を書いてくれ』と言われ、価格の相場について少しアドバイスをしてから、私の名刺の裏にお勧めする人の名前と住所を書きました」

「誰の名前と住所ですか」

「ミドル・テンプル・レーン、ピルコックス・ビル二号室のニコラス・カードルストーンさんです。カードルストーンさんは、ヨーロッパ屈指の熱心なベテランの切手収集家でしてね。それに、そのセットはお持ちじゃないことを存じておりましたから」

「カードルストーン氏なら知っています」と、スパルゴは言った。「マーベリーの遺体が発見されたのは、彼の部屋の外階段の下でした」

「そうなんですよ。ですから、マーベリーって人はカードルストーンさんに会いに行こうとしていたところを襲われて殺され、強奪されたんじゃないかと思うんです」

スパルゴは引退した切手商をじっと見た。

「しかし、テンプルに住む年配の紳士の部屋を、珍しい切手を売るために真夜中すぎに訪ねるというのはどうなんでしょう。それはどうも、普通じゃないですよね」

「いいでしょう。あなたは、現代的な方法で推理なさっているようだ。もちろん、そのほうがずっと優れたやり方なのかもしれません。しかし、私がマーベリーにカードルストーンさんの住所を渡したことと、その数時間後に彼がカードルストーンさんの自宅前の階段で遺体となって――しかも殺されて――発見されたことはどう説明なさるんです？」

「説明はしません。説明がつくよう努力はしていますがね」

クリーダーはこれに応えず、一瞬、能力を値踏みするかのように訪問者を上から下まで見たかと思うと、唐突に煙草を勧めた。スパルゴは言葉少なに礼を述べ、受け取って半分くらい吸ってから、おもむろに口を開いた。

「そう。説明がつくよう努力しています。きっと解明してみせますよ。お話しくださったことに感謝します、クリーダーさん。ところで、もう少し質問してもよろしいですか」

「いくらでもどうぞ」クリーダーは愛想よく言った。

「ありがとうございます。マーベリーはカードルストーンを訪ねると言っていましたか」

「ええ。できるだけ早く訪ねてみると言ってました。その日のうちにも、と」

「今の話をカードルストーンにもしましたか」

「しましたよ。といっても、ほんの一時間前ですが。実は、あなたの会社から戻る途中、フリート街でばったり会ったんで、話したんです」

「実際にマーベリーは彼を訪ねたんでしょうか」

「いいえ。見たことも聞いたこともないそうですよ。少なくとも殺人事件のことを聞くまで、彼のことは知らなかったらしい。お友達の同じ切手収集家のエルフィックさんと二人で、ひょっとしたら知り合いかもしれないと思って遺体を見に行ったけれど、違っていたと言ってました」

「それは知っています。遺体安置所で二人に会いましたから。そうですか。じゃあ、もう一つ聞かせてください。マーベリーが店を出たとき、切手を元通りに箱にしまいましたか」

「いいえ」と、クリーダーは答えた。「切手は右の胸ポケットに入れて、古い箱の鍵を閉めてから、その箱を左手にぶら下げて出て行きました」

　店を出てフリート街を歩くあいだ、スパルゴの目には何も映っていなかった。独り言を呟き、会社の自分のオフィスに入ってもまだ、ぶつぶつ言っていた。口にしていたのは、同じ言葉だった。何度も何度も繰り返し、こう呟いていたのだった。

「六時間、六時間、六時間！　その六時間なんだ！」

翌朝、『ウォッチマン』紙には、マーベリー事件に関する最新ニュースが四段分組まれ、その記事の上には、黒々と目を引く大きな文字で、二行にわたって次のような見出しが書かれていた――。

殺害前日の午後三時十五分から九時十五分、

誰がマーベリーを目撃したのか？

第十章　革の箱

　これだけ目立つ見出しにすれば、自分の欲しい情報がもたらされるだろうと期待するほどスパルゴが楽天的かどうかは、彼自身にしかわからなかった。見出しに書かれた時間に、大勢の人間がジョン・マーベリーを目撃していたのは確かだ。問題は、そのうちのどれだけの人がマーベリーを記憶しているかだ。はたして覚えているだけの理由があるだろうか。ウォルターズ夫妻には覚えている理由があったし、クリーダーにもあった。マイヤーストにも、ウィリアム・ウェブスターにもあった。だが、三時十五分に〈ロンドン&ユニバーサル貸金庫会社〉を出て、九時十五分に下院のロビーでウェブスターの隣に座るまでのあいだ、帽子店のフィスキー以外、彼を記憶している人間は現れていない。フィスキーにしてもぼんやりと覚えている程度で、それだって、マーベリーが自分の店で流行の布製の平たい帽子を買ったからだ。ともかく、朝刊が出てから正午までに、彼を目撃したと申し出る者は一人もいなかった。〈フィスキーズ帽子店〉で帽子を買ってからマイヤーストに会い、その後ウェストエンドに行ったのは間違いない。下院の議事堂に姿を現しているのだから、最終的には南西部に向かったということだ。しかし、ほかにどこに行ったのか？　何をしたのか？　誰と話をしたのか？

そうした疑問に対する答えは、皆目見当がつかなかった。

「要するに――」若きロナルド・ブレトンは、昼とも午後ともつかない、忙しい人間でも何もしないであろう時間帯に〈ウォッチマン新聞社〉のスパルゴのオフィスで一時間ほどぶらぶら過ごしながら話し始めた。「よそのアリ塚に迷い込んだアリみたいに、誰でもロンドンを自由にうろつきまわれるってことだな。まったく気づかれずにね」

「初歩の昆虫学について少し勉強したほうがいいな、ブレトン」と、スパルゴは言った。「私も詳しくはないが、よそのアリ塚に迷い込んだアリは、何秒も生きていられないはずだよ」

「まあ、僕が言いたいことはわかりますよね。ロンドンはアリ塚みたいなものだ、そうでしょう？　アリのような人間が一人迷い込んだところで誰も気にしない。マーベリーって男も、例の六時間、几帳面に動きまわっていたに違いないんだ。バスに乗ったかもしれない――きっと乗っただろうな。タクシーにも乗っただろう――こっちのほうがもっとありそうだ。彼にとっては目新しいでしょうからね。お茶を飲みたくなった可能性だってある。とりあえず、一杯引っかけたくはなっただろうから、どこかに入って一、二杯飲んだんじゃないかな。店で買い物をしたりとか。植民地帰りの人は、みんなそうだ。夕食も食べたでしょう。それから……。スパルゴ、こんなことを並べ挙げて何の役に立つんですか」

「月並みな言葉を積み上げているだけだな」

「つまり、僕が言いたいのは、大勢の人間が彼を見かけたはずなのに、朝刊が出てから何時間経っても、誰も情報を寄せてこないってことですよ。考えてみれば、当たり前かもしれないな。グレーのツイード・スーツ姿の平凡な男を覚えていろって言うほうが無理だ」

「グレーのツイード・スーツ姿の平凡な男、か」スパルゴが繰り返した。「なかなかうまいフレーズだ。そのままいただいてもかまわないよな。いい中見出しになりそうだ」

ブレトンは笑った。「あなたっておかしな人だな、スパルゴ。だが真面目な話、少しは真相に近づいていると思いますか」

「何かするたびに少しずつ近づいているさ。こういう仕事は、生み出すものがなかったら始められないよ」

「そうは言っても、僕にはそれほど謎があるとは思えないけど。遺体から僕の住所が見つかった理由はエイルモアさんが説明してくれたし、切手商のクリーダーだって――」

スパルゴが、はっと顔を上げた。

「何だって！」と鋭く言う。

「だから、マーベリーの遺体があそこで発見された理由ですよ。もちろん、僕にはすっかりわかってる。マーベリーは、フリート街《ストリート》をぶらぶらしているうちにミドル・テンプル・レーンに迷い込んだ。時間が遅かったから、せめてカードルストーンが住んでいる所を見るだけ見ておこうと思って、そこに向かった。ごく単純なことだと思うな。あとは、犯人を見つけるだけでしょう」

「ああ、そうだな。そこが問題だ」デスクの上に置かれたスケジュール帳のページをめくる。「それはそうと――」と、興味深そうなまなざしを相手に向けた。「持ち越された検死審問が明日の午前十一時にあるんだ。君も行くかい？」

「もちろん。僕だけじゃなく、ミス・エイルモアと妹さんも連れていきます。おぞましい詳細については一回目で済んでいるから、明日は新たな証拠についてだけでしょうし、彼女たちは検死法廷を見たことがないから――」

「明日の審問では、エイルモア氏が主要な証人になる」と、スパルゴはブレトンの言葉を遮った。

「もっと多くのことを話してくれるだろうな、私に話したよりも」

ブレトンは肩をすくめた。

「あれ以上、たいして話すことはないんじゃないかな。でも――」と含み笑いをしながら付け加えた。

「あなたはもっといいネタが欲しいんでしょう?」

スパルゴはちらっと時計を見て立ち上がり、帽子を手に取った。「私が欲しいものを教えようか。私はジョン・マーベリーの正体を知りたい。それこそ、いいネタになる。彼が何者だったのか。二十年前、二十五年前、四十年前にね。そうだろう?」

「エイルモアさんなら、それがわかると思ってるんですか」

「エイルモアは」ドアに向かって歩きながら、スパルゴは答えた。「これまで会ったなかで、唯一、ジョン・マーベリーを知っていると認めた人物だ。過去に、ではあるがね。しかし、私には多くを語らなかった。検死官や陪審員になら、もう少し詳しく話してくれるかもしれない。さて、私は出かけるよブレトン、約束があるんだ」

ブレトンには勝手に出て行ってもらうことにして、スパルゴは足早にオフィスを出てタクシーに飛び乗り、〈ロンドン&ユニバーサル貸金庫会社〉へ急いだ。建物の角で、ラスベリーが待っているのが見えた。

「それで?」車からひらりと降りたスパルゴは、勢い込んで尋ねた。「どうなんです?」

「大丈夫。あんたも同席できるよ。必要な許可は取ったからな。身内がいるのかどうかわからないから、役人が一人二人と、お前さんと、貸金庫会社の人間と、私が立ち会うことになった。さあ行こう、そろそろ時間だ」

「なんだか墓を暴いて死体でも掘り起こすみたいですね」

ラスベリーは笑った。「確かに、死んだ男の秘密を掘り起こすのには違いない。少なくとも、そういうことになるだろうな。私はね、スパルゴさん、この革の箱から何らかの手がかりが見つかるはずだと思っているんだ」

スパルゴは答えなかった。二人が通された部屋には、マイヤーストと、社長らしき紳士と、ラスベリーが言っていた役人らがすでに集まっていた。間髪入れずに社長が説明を始めた。会社はすべての金庫の合鍵を持っており、当局の許可が下りたので、この場にいる面々の立ち合いのもと、ジョン・マーベリー氏が最近借りた金庫を開錠して、彼が預けた小さな革の箱を取り出し、全員が見ている前で開けるというのだ。

故人となったジョン・マーベリーがつい最近借りた金庫に一行が行き着くまでのあいだ、開けなければならない錠前や閂《かんぬき》が果てしなく続くようにスパルゴには思われた。そして、ようやくその金庫を目にしたとたん、あまりに小さくて、そこに重要なものが入っていると考えるのはばかげているのではないかという気になった。実際それは、狭いながらも強固な部屋に保管された多くの金庫と同じ、ありきたりな木箱にすぎなかった。思わずスパルゴは、学生時代、売店からこっそりくすねてきたジャム入りタルトと、ソーセージロールと、アーモンドタフィーを私物と一緒に隠しておいたロッカーを思い出した。ちっぽけな木製の金庫に書かれたマーベリーの名は、まだペンキが乾ききっていなかった。それでも、扉――いわば謎の神殿《テンプル》の正面扉が、社長の手によって厳粛に開けられ、頑丈なスチール製の扉が見えたときには、見守る人々の胸は期待に膨らんだ。

「合鍵だ、マイヤースト君」と、社長が命じた。「合鍵を出してくれたまえ！」

社長に負けず劣らず真面目くさった顔をしたマイヤーストが、奇妙な形をした鍵を取り出した。社長は、まるで戦艦に命名でもするかのように片手を上げ、それを合図にスチール製の扉がゆっくりと開いた。すると、二フィート角の空間に革の箱が入っていた。

全員が連れだって先ほどの秘書室に戻るとき、スパルゴは葬列を思い出していた。当局から必要な許可を持ってきた役人と社長が並んで先頭に立ち、箱を手にしたマイヤーストが続く。その後ろに、監視役と警察の代表として法律関係者二人が従っていた。ラスベリーとスパルゴは最後尾だった。スパルゴは感じたままをラスベリーに耳打ちし、刑事はわかっているというように頷いた。

「中身に期待しよう。何かが入っているかもしれん」

部屋に一行が入ると、妙に卑屈な態度の男が一人待っていた。マイヤーストがテーブルに箱を置き、男がジャラジャラと鍵束の音を鳴らす。みな、その周りに集まった。

「当然、この箱の鍵はありませんので――」と、重々しい口調で社長が言った。「開けてもらうために専門業者を呼びました。ジョブソン！」

社長の手招きに応じて、鍵束を持った男がさっと進み出た。抜け目のない目で箱の鍵穴を念入りに眺めまわす。すぐにでも取りかかりたいのがひしひしと伝わってくる。男が鍵を調べているあいだ、スパルゴは箱を観察した。それは、聞いていたとおりだった。古い牛革でできた小さくて頑丈そうな四角い箱で、かなりくたびれて色あせ、蓋から取っ手が突き出ている。相当に長い年月、どこかに隠されていたように見える。

カチリと音がして鍵が開き、ジョブソンが一歩下がった。

「開きました。どうぞ」

社長が改まって役人に勧めた。

「どうぞお開けください。われわれの仕事はここまでです」

役人が蓋に手をかけるのを残りの面々は周りに集まって首を突き出し、期待のこもったまなざしで見守った。蓋が開き、誰かが深いため息をついた。スパルゴは顔を寄せて、中身に目を凝らした。

なんと、箱の中は空だった！

どう見ても、何もないではないか！　スパルゴは心の中で叫んだ。空っぽだ！　一同は目を丸くして、何の変哲もない、使い古した小さな容器を見つめた。ヴィクトリア朝中期の先祖たちなら見慣れていたであろう時代遅れの木綿更紗で裏打ちされた箱の中には何も入っていない。

「どういうことだ！」と、社長が大声を上げた。「これは——なんということだ！　何も入っていないぞ！」

「そのようですな」役人が冷ややかに言った。

社長は秘書に目をやった。

「この箱は貴重なものじゃなかったのかね、マイヤースト君」と、まるでとびきりのごちそうを奪われてしまったかのように、むっとして言った。「価値があるものだったはずだが……」

マイヤーストは咳払いをした。

「すでにお話ししたことを繰り返すようですが、サー・ベンジャミン。その——亡くなったマーベリー氏が、この品物はとても大切なものだと言っておられたのです。決して私どもに触れさせようとはせず、ご自分の手で金庫にしまわれまして、大変に価値があるようでした」

「しかし、『ウォッチマン』紙に書かれたクリーダーの証言によれば、箱の中には書類がたくさん入っていたということだったじゃないか。それに、ほかの物も。箱がここに持ち込まれるほんの一時間ほど前に、クリーダーは書類が入っているのを見たそうだぞ」

マイヤーストは途方に暮れたように両手を広げた。

「お話ししたとおりです、サー・ベンジャミン。私にはそれ以上のことはわかりません」

「だが、なぜ空箱を預けるのだ」と、社長が食い下がる。「私はてっきり――」

役人が割って入った。

「箱が空なのは確かなようだ。君がこれを扱ったのかね、マイヤースト君」

マイヤーストは見下したような笑みを浮かべた。

「たった今、申し上げたとおり、故人がこの部屋に入って箱を貸金庫にしまうまで、本人以外、誰一人箱には触れていません」

一同は黙り込んだ。やがて役人が社長に向き直った。

「よろしい。調査はこれまでです。ラスベリー、箱を持ち帰って本庁に保管しておきたまえ」

スパルゴは箱を手にしたラスベリーと外へ出た。そして、不可解ではあるが、『ウォッチマン』紙の毎日の呼び物となっている、自分が書く記事の絶好の材料ができたと思ったのだった。

第十一章　エイルモア議員の審問

翌日、スパルゴは法廷に座って延長審問に耳を傾けながら、今や「ミドル・テンプルの殺人」として世間に注目されている事件の概要を、もう千回も聞いた気がしていた。事件に関することはすべて彼が熟知している内容ばかりだった。検死官を前に行われた最初の審問はごく堅苦しいもので、細部まで徹底していた。検察官と、ロンドン市民から選出された十二名の陪審員が聴聞し、ジョン・マーベリーとされる男がどのようにして死ぬことになったかを追究して結論を導き出すのである。スパルゴにとってはどれも目新しくはなかったが、いつの間にか、仕事柄手慣れたやり方で証言の要点をまとめ、一連の証言の一つ一つを、まるで小説の一章を紡ぐように過程を追って書き留めていった。ストーリー自体はスムーズに矛盾なく流れていたが、いくつかのセクションに分けることができそうだった。座ったまま耳だけ審問に傾け、スパルゴは作業を続けた。

一、テンプルの門番とドリスコル巡査が遺体発見について裏づけた。

二、警察医が死因について証言。被害者は鈍器のようなもので背後から強烈な一撃を加えられ、即死した。

三、警察と遺体安置所の職員は、遺体が調べられた際、今では誰もが知るところとなった灰色の紙切れ以外、衣類の中には何もなかったことを裏づけた。
四、ラスベリーは、死んだ男が身に着けていた流行の新しい布製の平たい帽子がウェストエンドの有名帽子店〈フィスキーズ〉で購入された事実から、ウォータールー地区にある〈アングロ・オリエント・ホテル〉に宿泊していたことを突き止めたと証言。
五、ウォルターズ夫妻は、マーベリーが〈アングロ・オリエント・ホテル〉に確かにやって来たことと、そこでの彼の行動について証言。
六、汽船〈ワンバリーノ号〉のパーサーは、マーベリーがメルボルンからサウサンプトンまで航海したことを裏づけた。目立った点はなく、ほかのきちんとした乗客と同じように振る舞い、彼の人生最期の日となった当日の早朝、特に変わった様子もなくサウサンプトンで下船したと証言。
七、クリーダーは、切手の件でマーベリーと偶然出会ったことを証言。
八、マイヤーストは、マーベリーが貸金庫会社を訪れたことと、彼が預けた箱は正式な調査の結果、空であると判明したことを証言。
九、ウィリアム・ウェブスターは、下院のロビーで偶然マーベリーと出会い、ウェブスターも今ではエイルモア下院議員だと認識する紳士とマーベリーとの遭遇を目撃したことを再度証言。
これらの流れを受けて、いよいよエイルモア議員が証人席に立つ番になった。そして彼の登場こそ、満員の法廷が待ち望んでいたものであることを、スパルゴは重々承知していた。彼自身が『ウォッチマン』に書いた、生き生きとした真に迫る特集記事のおかげで、そこにいる誰もがエイルモアの前に証人席に立った九人の証言内容の大半を詳しく知っていた。また、ブレトンがお膳立てしてくれたクラブでのインタビューのあと、エイルモアがスパルゴに記事にしていいと言った話の中身も承知していた。それなのになぜ、人々が下院議員の登場に並々ならぬ関心を掻き立てられているのか。法廷内のすべての人が固唾をのんで見守っている。審理の場に座る検死官も、ぎっしりと埋まった傍聴席にやっとの思いで最後に体を押し込めた人も、その場にいる全員が、劇的な状況でマーベリーと会った人物、しかも一緒にホテルへ行き、酒を酌み交わし、相談に乗り、連れだってホテルを出たままマーベリーが二度と戻ることのなかった散策を共にした人物を直に見て、話を聞きたいと思っているのだった。スパルゴには人々の関心の高さの理由がわかっていた。エイルモアこそが、被害者について本当に核心に迫る話ができる唯一の人物なのだ。マーベリーが何者で、何をしようとしていたのか、どんな人生を送ってきたのかを。

証人席に入り、議員は法廷を見まわした。長身で目鼻立ちが整い、身だしなみは完璧と言ってもよく、顎髭にはほんのわずかに白髪が交じっている。よく訓練された兵士のように背筋をしゃんと伸ばし、権威を感じさせる雰囲気を意識的に漂わせていた。エイルモアの二人の娘は、スパルゴの向かい側の少し離れた所でブレトンに付き添われて座っていた。娘たちが法廷に入ってきたときスパルゴと目が合い、二人とも彼に向かって親しげに頷いて微笑んでみせた。スパルゴは時々、娘らの様子をうかがった。彼女たちが、この状況を娯楽小説か何かのように楽しんでいるのがはっきりわかる。東洋の市場をぶらりと覗きに来て、プロの語り部が語る物語に耳を傾けているかのようだ。彼女たちの父親が証人席に姿を現したので、スパルゴは再び姉妹に目をやった。頰がほんのり紅潮して瞳がやや輝いている以外、特別な表情ではなかった。

「姉妹が感じているのは、このとっておきのミステリーに自分たちの父親が巻き込まれているという、ほかの人たちよりほんの少しだけ余分な興奮にすぎないのだろう。ふむ――問題は、彼がどの程度巻き込まれているかってことだ」と、スパルゴは思った。

そして視線を戻し、その瞬間からは証人席に立つ議員から一秒たりとも目を離さないようにした。明らかにすべき証拠について、スパルゴにはいくつか思い当たることがあったからだ。

エイルモアが即座にセンセーショナルな証言をしてくれると期待していた人々は落胆した。宣誓を終え、検死官から一つ二つ質問されたエイルモアは、死んだ男と、この悲しい事件について知っていることを自分流に話してもいいかと許可を求め、許しが出ると淡々とした冷静な口調で、スパルゴに話したのとまったく同じ内容を繰り返したのだ。それは目新しい事実もない、ありきたりな話だった。自分とマーベリーは昔の知り合いだ。音信不通になってから――そう、二十年は経つ。殺人事件のあった晩、下院のロビーで偶然再会した。マーベリーから相談を持ちかけられ、特に仕事もなかったので、古い知人に対する親切心から〈アングロ・オリエント・ホテル〉へ帰るマーベリーに同行し、彼の部屋でしばらくオーストラリアのダイヤモンドを検分したのちに連れだって出かけた。その際、求められるままに助言をした。一緒にぶらぶら歩いて、ウォータールー橋を渡ってほどなく別れた。自分が知っているのはそれだけだ、と言うのである。

法廷内の人々も、世間も、スパルゴも、全員がすでに知っていることばかりだった。そんな話なら、とっくに『ウォッチマン』紙上に大見出しをつけて印刷されている。エイルモアは記事をおさらいしたにすぎなかった。話し終えたエイルモアは、証人席からも法廷からも去っていいだろうと考えているようで、検死官と陪審長からの一通りの質問に答えると、証人席を下りようとした。スパルゴは審問が始まったときから、大蔵省の顧問を務めるある著名な弁護士の存在に気づいて注意を向けていた。だから、その人物が評判どおりの見るからに気のない態度で立ち上がり、右目に片眼鏡《モノクル》をはめて証人席の長身の姿に視線を送ったのを見ても、驚きはしなかった。

「面白いことになってきたぞ」と、スパルゴは呟いた。

大蔵省の顧問弁護士は、エイルモアから検死官へ視線を移し、ぎくしゃくした会釈をした。そして再びエイルモアを見ると、背筋を伸ばした。まるで、天気はどうだとか、あの人の奥さんは最近どうしてるとか、株の値動きはあるかといった、どうでもいい質問をしようとしているかのようだ。しかし、スパルゴはこの人物が話すのを以前聞いたことがあり、声や態度や視線から、何を言わんとしているのか注目していた。

「エイルモアさん、死んだ男とあなたとの関係について少々お聞きしたい。昔、知り合いだったのですね」温厚な、ちょっと聞くと呑気そうにも思える声で切りだした。

「相当な昔です」と、エイルモアは答えた。

「どのくらい前ですか。ざっとでいいんですが」

「二十年から、二十二、三年前といったところだと思います」

「先ほどのお話にあったように、偶然再会するまで顔を合わせたことはなかったのですか」

「一度も」

「手紙を受け取ったことは」

「ありません」

「噂を耳にしたことも?」

「ありません」

「しかし、再会したときには、すぐにお互い気がついた」

「まあ――すぐと言ってもいいでしょう」

「すぐと言ってもいい。となると、二十年から二十二、三年前、あなた方は非常によく知った仲だったということになりますね」

「それは――ええ、よく知っていました」

「近しい友人だった？」

「知り合いだと申しましたが」

「知り合いね。その、あなたの知人の名前は何と言いました？」

「名前？　それは――マーベリーですよ」

「マーベリー。なるほど。どこで知り合いだったんですか」

「私とですか。ああ、ええと……ここロンドンです」

「彼は何をしていました？」

「職業ということですか」

「彼の仕事は何だったんでしょう」

「金融関係に携わっていたと思います」

「金融関係。あなたも取引があったのですか」

「ええ、まあ……たまに」

「ロンドンの彼の勤務先はどこでした？」

「覚えていません」

「自宅の住所は」

「知りません」

「彼との取引はどこで行っていたんですか」

「それはその……時々会って」

「どこで？　どんな場所ですか。オフィス？　それとも行楽地？」

「具体的な場所までは覚えていません。時にはシティで会いました」

「シティですか。シティのどこです？　市長公邸か、ロンバード街《ストリート》か、セントポール大聖堂の庭園か、中央刑事裁判所《オールドベイリー》か、あるいは、それ以外の場所ですか」

「証券取引所の外で会った記憶があります」

「ほう！　彼はあそこの職員だった？」

「私の知るかぎり、違うと思います」

「あなたは？」

「もちろん違います」

「彼との取引はどういうものだったのですか」

「金融取引です――ちょっとした」

「どのくらい付き合いが続いたんでしょう、正確な期間は？」

「半年から九カ月程度だったと思います」

「それだけですか」

「間違いありません」

「すると、ずいぶん短い付き合いだったんですね」

「ええ、そのとおりです」

「それなのに、そんなわずかな付き合いの知人に対して、二十年以上経って再会したとたん大いに興味を抱いたというわけですか」

「私は、彼に親切に接しようと思っただけです。あの晩、彼から聞いた話の内容に興味を持ったのです」

「なるほど。では、少し個人的な質問をさせてください。あなたは公人であり、公人の生活に関する事実は、多かれ少なかれ公共財産です。あなたはアルゼンチンでかなりの富を築き、一九〇二年に帰国して、国民の信頼を得て現在の職に就かれた。ところが、ロンドンでマーベリーと知り合ったとおっしゃった。お話によれば一八九〇年から九二年頃ですね。ということは、マーベリーと知り合ったすぐあとにイギリスを離れたのですか」

「そうです。九一年か九二年に出国しました。どちらだったかは、はっきりしませんが」

「われわれは、この問題をはっきりさせたいんですよ、エイルモアさん。重要な疑問を解明したいのです。ジョン・マーベリーが何者で、どうやって死に至ったのか。どうやら、われわれにとって、あなたは彼の情報を知る唯一の人間のようだ。イギリスを離れる前は何の仕事をなさってたんですか」

「金融に関心を持っていました」

「マーベリーのようにですね。どこでビジネスをしていたんですか」

「ロンドンですよ、もちろん」

「住所は？」

しばらくすると、エイルモアは苛立ちを募らせ始めた。顔は紅潮し、口髭がピクピクと震えている。するると、肩をいからせ、開き直って質問者を真正面から見据えた。

「私の私生活に関する、そういう質問は実に心外だ！」と、噛みつくように言う。

「そうかもしれませんね。だが、どうしても訊かなくてはなりません。今の質問をもう一度繰り返します」

「だったら回答を拒否する」

「では、質問を変えましょう。ジョン・マーベリーと知り合いだったというその当時、あなたはロンドンのどこに住んでいましたか」

「その質問への回答も拒否する！」

大蔵省の顧問弁護士は椅子に腰を下ろし、検死官を仰ぎ見た。

第十二章　新たな証人

慇懃《いんぎん》で穏やかだが諭すような検死官の声が静寂を破った。それは、証人に語りかけるものだった。

「エイルモアさん、不必要な質問であなたを困らせようとしているわけではありません。しかしわれわれは、ジョン・マーベリーの死について真実を明らかにするためにここに集まっているのです。そして、あなたが個人的に彼を知る唯一の証人である以上――」

エイルモアが苛立たしげに検死官を振り返った。

「本法廷には心から敬意を抱いています」と、大声を出した。「ですから、マーベリーを知っていることも、彼に再会したあの晩の出来事も、すべてお話ししました。ですが、二十年前の私の私生活について質問されるのは腹立たしい。どうにも承服しかねます。審問に関係のある質問ならいくらでも答えますが、目的から外れた質問に答えるつもりはありません」

大蔵省の弁護士が再び立ち上がった。その態度は、これ以上ないほど穏やかで、スパルゴはいっそう注意深く耳を澄ました。

「それでは、エイルモア氏が気分を害さない質問をしましょう」弁護士は冷ややかにそう言うと、今一度証人に向き直り、興味深いものでも見るように相手を見つめた。「当時、二十年から二十二、三年前、ロンドンでマーベリーと知り合いだった人で、今もご健在な方を教えていただけませんか」

エイルモアは怒ったように首を振った。

「知りません」と答える。

「あなたとマーベリーはお互いを知る仲で、当時、何度か取引もしたんでしょう?」

「その当時ならわかったかもしれません。しかし帰国してからは、私の仕事も生活も、あの頃とはまったく変わったのです。当時のマーベリーの知人など知りません、一人も」

弁護士は後ろに控えていた書記を振り向いて何やらささやいた。書記が頭を軽く横に動かして法廷のドアのほうを指すのをスパルゴは見た。弁護士が再び証人に向かった。

「もう一つだけ。あなたは先ほど、マーベリーが死んだ晩にウォータールー橋を渡った所で別れたと証言しましたね。確か、十二時十五分前でしたか」

「そのくらいの時間です」

「場所も間違いない?」

「はい」

「質問は以上です、エイルモアさん。今のところは」と言って、弁護士は検死官のほうを向いた。「ここで、今朝、警察に出頭し、ある証言をした証人を呼びたいと思います。その証言は非常に重要であり、この段階で検死官と陪審員のみなさんに聞いていただくべきだと考えます。ぜひとも、デイヴィッド・ライエルを呼ぶことをご承知いただきたい――」

スパルゴは反射的にドアの方向を見た。弁護士の後ろに座っていた書記が、そちらへ向かうのが見えたからだ。すると、書記に案内され、利発な顔つきをした、目端の利きそうな自信たっぷりの若い男が姿を現した。見たところスコットランド人のようだ。デイヴィッド・ライエルと名が呼ばれ、男は議員が立ち退いたばかりの席へ、軽やかな足取りで近づいていった。さっさとスコットランド流の宣誓を済ませ、躊躇することなく、気軽な様子で弁護士に向き直った。スパルゴが素早く周囲を見まわすと、法廷中が固唾をのんで期待しているのがわかる。明らかに、たった今エイルモアが行った証言に関わりのあることを新たな証人が話すのだろうという期待だ。

「お名前は、デイヴィッド・ライエルですね」

「はい、そうです」

「住所は、スコットランド、キルマーノック、カンブレーサイド二三番地ですか」

「そうです」

「ライエルさん、あなたのご職業は？」

「セールスマンです。スティーヴンソン・ロバートソン＆スーターという、キルマーノックの蒸留酒製造会社に勤務しています」

「あなたのお仕事からすると、時にはパリに出張することもあるのでは？」

「はい、あります。ひと月半に一度はパリに行きます」

「六月二十一日の晩、あなたはパリに行く途中でロンドンに滞在していましたか」

「はい」

「エンバンクメントのブラックフライアーズ側の端にあるデ・カイザーズ・ホテルに宿泊していたんですね」

「はい、大陸行きの列車に乗るのに便利なので」

「あの晩の十一時半すぎ、あるいはもう少しあとに、エンバンクメントのテンプル・ガーデンズ側を散歩しましたか」

「はい、しました。私は寝つきが悪いので、寝る前に三十分くらい散歩をすることにしているんです」

「どの辺りまで歩きました?」

「ウォータールー橋までです」

「ずっとテンプル側を?」

「そうです、ずっとそちら側を歩きました」

「よろしい。ウォータールー橋の近くまで来たとき、誰か知っている人に会いましたか」

「はい」

「それは誰でした?」

「下院議員のエイルモア氏です」

スパルゴは思わず姉妹を見ずにはいられなかった。姉は顔を逸らし、妹はじっと証人を見つめている。そしてブレトンは、ぴかぴかのシルクハットのてっぺんを落ち着きなく指先で叩いていた。

「下院議員のエイルモア氏ですね」穏やかな、はっきりとした口調で弁護士が繰り返した。「なぜ議員のエイルモア氏だとわかったのですか」

「それが、故郷で私は自由党の地区クラブの秘書をしていまして、去年、デモをやったんです。そのとき、主だった講演者を手配する役が回ってきて、エイルモア氏に講演に来てもらいました。だから当然、ロンドンやスコットランドで何度か顔を合わせていたんです」

「でしたら、彼をよく知っているんですね」

「ええ、そのとおりです」

「この法廷に、エイルモア氏はいますか、ライエルさん」

ライエルはにっこりして、証人席の中で半分向きを変えた。

「もちろんです！」と答える。「エイルモアさんなら、そこにいます」

「エイルモア氏はそこにいる。よろしい、続けましょう。あなたはウォータールー橋の近くでエイルモア氏に会ったんですよね。どのくらい近くですか」

「そうですね。正確に言えば、エイルモアさんはエンバンクメントに続く橋の階段を下りてきたところでした」

「一人で？」

「いいえ」

「誰と一緒でした？」

「男性です」

「その男性は知っている人でしたか」

「いいえ。でも、一緒にいる人をこの目で見ました。よく見たので顔は覚えています」

「顔を覚えている。ライエルさん、ここ一、二日のうちに、その顔を思い出させるものに出会いましたか」

「ええ、ありました！」

「それは何です？」

「殺されたという男性の――ジョン・マーベリーの写真です」

「確かですか」

「自分の名前を間違えないのと同じくらい確かです」

「あなたがエイルモア氏を見かけたときに一緒にいたのは、写真のジョン・マーベリーに間違いないんですね」

「そのとおりです」

「よろしい。では、エイルモア氏と連れを見かけて、あなたはどうしましたか」

「ええと、回れ右をして二人の後ろを歩きました」

「二人の後ろを歩いた？　つまり、彼らは東に向かって歩いていったということですか」

「私が来た方向に向かって歩いていました」

「あなたは東へ向かって、二人の後ろを歩いたんですね」

「はい。ホテルに戻るわけですから」

「彼らは何をしていましたか」

「ひどく熱心に話し込んでました」

「どこら辺まで二人の後ろを歩いたんですか」

「彼らが、ミドル・テンプル・レーンのエンバンクメント側の門番小屋に差しかかった所までです」

「それから？」

「ええと、二人はその路地へ入っていったので、私はそのまま真っすぐホテルまで帰って、床に就きました」

その瞬間、法廷内は長い一日の中で最も深い静けさに包まれた。そして、物静かながら鋭く響く声が次の質問を投げかけると、静寂はさらに深まった。

「エイルモア氏が一緒にいた相手と、問題のミドル・テンプル・レーンに向かうエンバンクメント口から入っていったと、誓って証言なさいますか」

「もちろんです！　これ以外に証言しようありません」

「何時頃のことだったか、できるだけ正確にわかりますか」

「はい。一分かそこらの違いはあるかもしれませんが、だいたい十二時五分すぎです」

弁護士が検死官に対して頷き、検死官は陪審長と小声で協議したのち、証人に向かった。

「あなたは、この情報を警察に提供したばかりだそうですが？」と、検死官が問いかけた。

「はい、そうです。ずっとパリにいて、そのあとアミアンを回ってようやく今朝の船で戻ってきたところで、いろいろな新聞――イギリスの新聞ですけど――の記事に目を通していたら、亡くなった人の写真が目に入って、知っているかぎりを警察に話そうと思ったんです。それで、今朝ロンドンに到着したその足でロンドン警視庁《スコットランドヤード》へ向かいました」

ほかにデイヴィッド・ライエルに質問する者はなかったので、彼は証人席を下りた。するとすぐにエイルモアが再び歩み出て、検死官に申し出た。

「釈明することをお許しいただけませんか。私は――」

ところが、さっきまでとは打って変わって弁護士が容赦ない厳しい顔つきで立ち上がった。「検死官、言わせていただきますが、すでにエイルモア氏の審問は終了しております。そのときには説明しようとせず、そればかりか質問に答えることさえ拒否しました。彼に釈明を許可される前に、ここで別の証人の話を聞いていただきたいと思います。証人というのは――」

エイルモアは憤然として弁護士を振り返った。「ただ今の証言のあとで、直ちに話を聞いてもらう権利が私にはあるはずだ！」と、強い調子で言った。「検死官、このままでは、まるで私があなたや陪審員を軽んじたように思われてしまいます。しかし、釈明を許してさえいただければ――」

「エイルモア氏に釈明を許す前に、ぜひともう一人の証人の話を聞いていただけるよう、謹んでお願いいたします」と、弁護士は鋭い口調で言った。「重大な理由があるのです」

「エイルモアさん、釈明したいなら、申し訳ないがもう少し待っていただかなくてはならない」と検死官は言い、弁護士のほうを見た。「別の証人というのは誰かね」

エイルモアは仕方なく引き下がった。二人の娘のうち、妹のほうが心配そうな表情で父親を見つめているのに、スパルゴは気がついた。その顔には、父親に対する不信感はまったく感じられない。ただただ、心配しているのだった。そしてそんな彼女も、ゆっくりと次の証人に目をやった。それは、ミドル・テンプル・レーンのエンバンクメント門番小屋の門番だった。弁護士はすぐさま彼に率直な質問をぶつけた。

「あの紳士をご覧ください」と、エイルモアを指さす。「あなたは、彼をテンプルの住人だと承知していますか」

門番は明らかに困惑した様子でエイルモアをしげしげと眺めた。

「ええ、そりゃ、もちろんです！」と、彼は答えた。「よく知ってます」

「よろしい。それで、何という名前ですか」

門番がますます混乱した顔になった。

「名前って——そりゃあ、アンダーソンさんですよ！　確かにアンダーソンさんです！」

第十三章　かけられた嫌疑

証人席にいる門番が発したこの答えに、満員の法廷内には、明らかに抑えきれないどよめきが広がった。それはさまざまなことを意味していた。こういう劇的な展開を期待していた人々がいること、そうではない人たちがいること、そして、この答えがさらなる展開の序曲にすぎないこと。注意深く周囲に目を配っていたスパルゴは、今の答えに対するエイルモアの二人の娘の表情が異なっていることに気づいた。顔が見えないほどうなだれている姉に対し、妹は真っすぐ背筋を伸ばして座り、当惑しきった顔で父親を見ている。そんな娘にエイルモアは初めて反応を示さなかった。

審問は着々と進められていった。今や、誰も大蔵省の顧問弁護士を止めることはできなかった。彼は情け容赦ないやり方で、真実をつかもうとしているのだった。検死官とちらりと視線を交わし、そばに座っている事務弁護士に一言耳打ちすると、再び証人に向き直った。

「では、あなたはあの紳士を、もう一度確認してもなお、テンプルの住人であるアンダーソン氏だと言うんですね」

「はい」

「ほかの名前ではないのですね」

「はい」

「どのくらい前に、彼の名前を知ったのですか」

「二、三年前になると思います」

「定期的に出入りしていたのですか」

「いいえ、定期的ではありません」

「では、どのくらいの頻度で」

「時々――たぶん週に一度くらいです」

「アンダーソン氏の出入りについて知っていることをお話しください」

「ええと、二晩続けて見ることもあれば、一、二週間見かけないこともあります。不定期と言っていいでしょうね」

「『晩』と言いましたね。夜以外、アンダーソン氏を見たことがないということですか」

「はい。夜しか見たことがありません。いつもだいたい同じ時間です」

「何時ですか」

「真夜中頃です」

「よろしい。六月二十一日から二十二日に日付が変わる晩を覚えていますか」

「覚えてます」

「そのときアンダーソン氏が入るのを見ましたか」

「はい、十二時ちょっとすぎに」

「一人でしたか」

「いいえ、もう一人、紳士が一緒でした」

「もう一人の紳士について何か覚えていますか」

「何も。ただ、目の前を通り過ぎていくときに、その紳士がグレーの服を着ていたのだけは覚えています」

「グレーの服を着ていた。顔は見なかった？」

「ええ、記憶に残るほどには……。それ以外は覚えていません」

「つまり、一緒にいた紳士がグレーのスーツを着ていたということですね。アンダーソン氏とグレーのスーツの紳士は通り過ぎてどこへ向かいましたか」

「路地を真っすぐ歩いていきました」

「テンプルのアンダーソン氏の部屋がどこにあるのかご存知ですか」

「正確には知りませんが、ファウンテンコートのはずです」

「さて、問題の夜ですが、アンダーソン氏は再び門番小屋の前を通って出て行きましたか」

「いいえ」

「翌朝、ミドル・テンプル・レーンで遺体が発見されたことは聞きましたよね」

「はい」

「その男と、グレーのスーツの紳士が関係あると思いましたか」

「いいえ、そんなことは考えもしませんでした。テンプルに住んでいる紳士が夜遅く友人を連れてくることなんて珍しくありませんから。特に気にはしませんでした」

「ここに呼び出されるまで、そのことを誰にも話していないんですね」

「ええ、誰にも」

「そして、そこに立っている紳士は、アンダーソン氏なのですね」

「はい、アンダーソン以外の名前は存じません」

検死官が弁護士に視線を向けた。

「先ほどエイルモア氏が申し出た釈明をしてもらうのに、ちょうどいい頃合いだと思うんだが、意見はあるかね」

「エイルモア氏が釈明をするのなら、証人席に戻って、もう一度宣誓をすべきだと思いますが。検死官のご判断にお任せします」

検死官はエイルモアに顔を向けた。

「異議はありますか」と、問いかける。

エイルモアは悪びれることなく進み出て、証人席に立った。

「異議はございません」と、きっぱりした口調で言った。「本件と関係のない、関係のあるはずのない過去についての質問に答えろと言われる以外には。今の二人の証言から生じた疑問でしたら、何なりとお尋ねくださって結構です。自分の正当性を明らかにできるまできちんとお答えしましょう。二十年前のこともどうぞお訊きください。答えるか答えないかは私が判断します。話さないことによるいかなる結果も引き受ける覚悟はできています」

弁護士が再び立ち上がった。

「いいでしょう、エイルモアさん。質問させていただきます。デイヴィッド・ライエルの証言をお聞きになりましたね」

「はい」

「あなたに関することは事実でしたか」

「事実です、間違いありません」

「門番の証言も聞いたと思います。あれも事実ですか」

「同様に事実です」

「では、ご自分が今朝、この二人の証人が登場する前に行った証言は嘘だったと認めるんですね」

「いいえ！　断固として認めません。真実です」

「真実？　あなたは宣誓をしたうえで、ジョン・マーベリーとはウォータールー橋で別れたと言ったんですよ」

「失礼だが、そんなことは言っていない。私は、アングロ・オリエント・ホテルから一緒にぶらぶら歩いて、ウォータールー橋を渡ってほどなく別れたと言ったんです。どこで別れたかは言っておりません。すべてを記録している速記者がいるでしょう。私が何と言ったのか、彼に訊いてみたらどうです」

速記者に確認したところ、エイルモアが正しいことがわかり、弁護士はあからさまに苛立ちを見せた。

「いずれにせよ、十人中九人が、あなたの答え方ではウォータールー橋を渡ったあとの公道でマーベリーと別れたと理解したはずですよ。そうじゃありませんか」

エイルモアは笑みを浮かべた。

「あなたがどう思おうと、十人中九人がどう理解しようと、私の責任ではない」と、小ばかにするように言った。「私は、確かにこう申し上げたのです。マーベリーと私は歩いてウォータールー橋を渡り、ほどなく別れた、と。真実をお話ししたんですよ」

「なるほど。では、このあとも真実をお話しくださるんでしょうな。今の二人の証言がそのとおりだとお認めになるのなら、マーベリーと別れた場所を正確に教えていただけますよね」

「ええ、喜んで。われわれは、ファウンテンコートにある私の部屋の戸口で別れました」

「ということは――もう一度伺いますが――あの晩マーベリーをテンプルに誘ったのはあなただったのですね」

「あの夜、テンプルにマーベリーを連れていったのは確かにこの私です」

満員の法廷内が再びざわめいた。とうとう事実が出てきた――確固とした重要な事実が。スパルゴには、これまで予想していなかった事件の概要が見え始めてきた。

「それはまた大胆な告白ですね、エイルモアさん。ご自分がまずい立ち場になるかもしれないことはご承知ですよね」

「そんなことは百も承知で申しています」

「よろしい。なぜ、もっと前にお話しにならなかったのですか」

「私なりの理由があってです。私は審問の目的に必要なことをお話ししました。今もそれは本質的に変わっていません。ライエル氏が証人席を下りてすぐに釈明する機会をもらえるよう願い出ましたがかなわなかった。今度こそ、存分に釈明させてもらいます」

「では、どうぞ」

「簡単な話です」エイルモアは、検死官に向かって言った。「この三年、私は時たま――ほんの時たまですが、夜を過ごすためにテンプルに部屋を借りて重宝していました。そして、個人的な理由で

――誰にも関係ないことですが――アンダーソンの名で借りるのが都合がいいと思ったのです。あの日の夜中にマーベリーと一緒に行ったのは、私の部屋でした。五分足らずでしたし、戸口にいただけです。彼とは玄関ドアの前で別れたので、そのまま来た道を戻り、車か徒歩でホテルに帰るものと思っていました。それが偽らざる真実です。最初に全部お話しすべきだったのかもしれませんが、そうしなかった理由があるのです。ですが、必要なことは話しました。私が真夜中すぎに別れたときには、マーベリーは確かに生きていたのです」

「最初に話さなかった理由は何だったのですか」と、弁護士が尋ねた。

「個人的な理由です」

「それをここで話していただけませんか」

「お断りします」

「では、あなたがアンダーソンの名義で借りているファウンテンコートの部屋へ、なぜマーベリーが行ったのか教えてくれますか」

「はい。私が預かっていた書類を取りに来たのです。二十年以上取っておいた書類です」

「重要な書類なんですか」

「非常に重要なものです」

「殺されて強奪されたとき――われわれはそう思っているわけですが――彼はその書類を所持していたはずですか」

「別れたときには持っていました」

「何の書類か教えていただけますか」

「お断りします」

「本当に自分が納得したことしか話してくれないのですね」

「あの夜の出来事について知っていることは、すべてお話ししました」

「では、非常に重要な質問をさせてください。あなたは本当のところ、本法廷で話したこと以外にも、ジョン・マーベリーについて知っているのではないのですか」

「答えたくありません」

「その気になれば、二十年前のジョン・マーベリーとあなたとの関係について、本法廷でもっと話せるのではありませんか」

「その質問にもお答えしません」

弁護士は肩をわずかに動かして検死官に向き直った。

「この審問の延期を申し立てます」と、静かに言う。

「一週間延期します」検死官は陪審員のほうを向いて、弁護士の申し立てに同意した。

傍聴人、証人、陪審員、記者、法律関係者、警察官らが、喋ったり、呟いたり、興奮した声を上げたりしながら、一斉に法廷を出ていった。その中を肘でかき分けるように進みながら、今日一日でがらりと変わった事件の様相をあれこれ考えていたスパルゴは、突然腕をつかまれた。振り向くと、そこにいたのは、真剣なまなざしで彼を見つめるジェシー・エイルモアだった。

第十四章　銀のプレート

にわかに保護本能に駆られたスパルゴは、ひしめき合う群衆の外に素早く娘を引っ張り出すと、人けのない裏通りへ連れていった。立ったままなんとか呼吸を整えつつある娘を、静かに見下ろす。

「どうしたんですか」と、優しく話しかけた。

ジェシー・エイルモアは彼を見上げて弱々しい笑みを浮かべた。

「あなたとお話がしたかったんです。どうしても話す必要があって」

「そうですか。でも——ほかの人は？　お姉さんは？　ブレトンはどうしました」

「あなたとお話しするために別れてきたんです。二人とも承知しています。私、一人で行動するのには慣れていますの」

スパルゴは、ついて来るよう促すしぐさを見せて、裏通りを歩きだした。

「お茶はいかがですか。この近くにロンドン一おいしい中国茶の飲める、ちょっと変わった古風な店があるんです。行きましょう、ごちそうしますよ」

ジェシーは、にっこり微笑んでおとなしくついてきた。スパルゴは無口になり、ベストの両ポケットに親指を入れて、外に出ている指でひそかにリズムをとりながら歩いた。話にあった茶房の隅の席に二人は腰を落ち着け、顔見知りのウエイトレスにお茶と焼きたてのティーケーキを注文して、ようやく彼はジェシーのほうを向いた。

「君はお父上のことで私に話があるんですよね」

「ええ、そうなんです」

「なぜ私に?」

娘は探るような目でスパルゴを見た。

「ロナルド・ブレトンが、『ウォッチマン』に例のマーベリー事件の特集記事を書いているのはあなただって言ってましたけど、本当なんですの?」

「はい」

「だったら、あなたには大きな影響力があるわ」と、ジェシーは続けた。「世間の人の心を動かす力がありますもの。スパルゴさん、今日の審問の様子について、どうお書きになるおつもりですか」

スパルゴは、運ばれてきたお茶を注ぐようジェシーにお願いした。自分はバターを塗った熱いティーケーキを遠慮せずにつかんで、大きくひとかじりする。

「正直に言うと」口いっぱいに頬張ったまま、もごもごと喋った。「本当のところ、わからないんですよ。まだ整理がつかない。でも、これだけは言える――ざっくばらんに言うのがいちばんですからね。私は、君が何を言ったとしても、それによって先入観を持ったり、えこひいきしたりはしないつもりです、いいですね」

ジェシーは型破りでぶしつけなスパルゴの態度に、急に好感を覚えた。

「先入観やえこひいきは望んでいません。ただ、記事を書く前に確信を持ってもらいたいだけなんです――何を書くにしても」

「もちろん、そのつもりですよ。心配しなくても大丈夫。お茶はどうですか」

「素晴らしいわ！」と答える娘の笑顔に、スパルゴはあらためて見入った。「とてもおいしい。ねえ、スパルゴさん、教えてくださらない？　あなたはどう考えているのかしら――さっきの法廷の出来事について」

指にバターがついているのも気にせず、スパルゴは片手を上げて、いつもくしゃくしゃの髪を撫でつけた。そして、さらにティーケーキを頬張り、お茶を流し込んだ。

「あのですね……」と、彼は唐突に口を開いた。「私は話すのが苦手なんです。伝えたいネタがあるときは結構いいものが書けますが、ペンを手にしていないと言いたいことがうまく表現できないので、あまり喋らないんです。はっきり言って、考えていることをうまく君に話せないんだ。今夜、記事を書くときには、きちんと整理してしっかり書けるんだろうけど。ただ、考えていることを一つだけ言いましょう――私がインタビューしたときに、お父上が初めから洗いざらい話してくれさえすれば、あるいは証人席に最初に立ったときにすべてを話しさえすればよかったのに、と思います」

「どうして？」

「だって、今や、お父上の周囲には不信と疑念が渦巻いてしまっていますからね。世間の人たちは、そう思っていますよ――彼らは、どうにだって考えるんだ！　みんな、もうわかっているんです。お父上がマーベリーについて、実はもっと知っているのだと――」

「でも、本当にそうなのかしら」ジェシーは、すかさず口を挟んだ。「本当に知っていると思います？」

「ええ！」スパルゴの声に力がこもった。「思います。それも、ずっと多くのことをね！　初めに率直に話してくれてさえいれば――でも、そうしなかった。今さら言っても手遅れですけどね。この分では……ねえ、君のお父上はかなり深刻な立場にあるとは思いませんか」

「深刻？」と、ジェシーが驚いた声を上げた。

「危うい立場ですよ。だって、あの真夜中に、お父上はテンプルの自分の部屋にマーベリーを連れていったと認めたんですよ。その翌朝、マーベリーは五〇ヤードと離れていない部屋の入り口で、所持品を盗まれて殺されているのが発見された」

「彼が何を持っていたのか知りませんけど、父がそれを奪うために人殺しをしたと思う人なんているのかしら」と、ジェシーは鼻先で笑った。「スパルゴさん、とても裕福なんですよ、父は」

「そうかもしれません。ですが、大金持ちが秘密を握られた相手を殺すという事件はこれまでにもあります」

「秘密ですって！」と、ジェシーが語気を強めた。

「まあ、もうちょっとお茶を飲んで」スパルゴはティーポットのほうを顎でしゃくってみせた。「いいですか、つまり、こういうことです。私自身も考えなかったとは言いませんが、世間――一部の人間ですけどね――その世間が考える仮説はこうです。二十年前、君のお父上とマーベリーのあいだには関わり合い――交際か、つながりか、どう呼ぶにせよ、何らかの――謎に満ちた関係があった。いや、あったに違いないと思う。二十年余り前のお父上の人生についても謎がある。きっとあるはずです。そうでなければ質問に答えたでしょうからね。そうなるとですよ、『ほら見たことか！』と、世間は言うわけです。『やっぱりな！』と、一般の人は思うでしょう。『エイルモアはマーベリーに弱みを握られていた。その男が現れたので、エイルモアはテンプルにおびき寄せて、自分の秘密を守るために殺害し、目くらましのために金品を奪い取った』とね。どうです？」

「あなたは――世間の人がそんなことを言うと思っているんですか」

「絶対に言うと思いますよ！　すでに言ってます。法廷を出るとき、もう少し控えめな言い方ではありましたが、五、六人がそう言っているのを聞きました。間違いなく世間はそう思っています。ほかに何て言うと思うんですか」

一瞬、ジェシーは口をつぐみティーカップに目を落とした。それからスパルゴに視線を向ける。スパルゴはといえば、話し終わるや残っていたティーケーキに新たな興味を示していた。

「今夜、記事にそう書くのですか」と、ジェシーはぽつりと訊いた。

「いいえ」スパルゴは即座に答えた。「そうじゃない。今夜は様子見にとどめます。それに事件はまだ審理中だ。私にできるのは、自分なりに審問の事の次第を伝えることです」

ジェシーがだしぬけにテーブル越しに片手を伸ばして、スパルゴの大きな拳の上に乗せた。

「あなたもそう思っているんですの？」と、彼女は低い声で尋ねた。

「断じて違います！」スパルゴは思わず大きな声を出した。「まさか、そんなわけがないでしょう！　そうは考えていません。マーベリーの死の陰には計り知れない謎があるし、あなたのお父上はマーベリーに関して、まだ多くのことを知っているとは思っていますが、お父上がマーベリーを殺していないことも、彼の死について関知していないことも間違いないと考えています。私はこの謎を解明しようと本気で取り組んでいます。必ず解明してみせるつもりです。ですから、お父上の疑惑を晴らすことができれば、これ以上うれしいことはありません。ティーケーキのお代わりはどうですか。焼きたてのをもらえますよ、入れたてのお茶も」

「いえ、結構です」と言って、ジェシーは微笑んだ。「今お話しくださったこと、感謝しますわ。そろそろ失礼しますね、スパルゴさん。どうもありがとうございました」

「いや、そんな！」と、スパルゴは興奮した声を出した。「何でもありませんよ、どうってことはありません。自分の考えを話したまでです。もう行かなくちゃいけないんですか」

それからほどなくタクシーに乗り込むジェシーを見送り、彼女を乗せた車を目で追いながらぼんやりと立っていると、誰かに肩を勢いよく叩かれた。振り向くと、ラスベリーがにんまりと笑いかけている。

「おやおや、スパルゴさん、見せてもらったよ。まあ、一日中法廷にいたあとじゃ、若いご婦人の付き添いは気分転換になるだろうね。で、もう原稿を書き始めるのかい？」

「あなたの言う意味での原稿は、まだ書き始めません。七時に食事をして、ささやかな夕食がある程度こなれるまではね」と、スパルゴは答えた。「どうしました？」

「一緒に来て、例のいまいましい革の箱をもう一度見てほしいんだ。自分で調べようと、私の部屋に持ってきてあってね。行こう、善は急げだ！」

「だけど、箱は空っぽだったでしょう」

「上げ底かもしれない。見てみなければわからんさ。さあ、これに乗って！」

ラスベリーはスパルゴをタクシーに押し込んで自分も乗り込み、ロンドン警視庁《スコットランドヤード》に直行するよう運転手に指示した。到着すると、スパルゴが前にも見た、さえない部屋に二人で閉じこもった。

「今日の審問についてどう思ったね、スパルゴ」戸棚を開けに行きながら、ラスベリーが尋ねた。

「きっと、あなたのお仲間の中には、ヒリヒリするくらい耳をそばだてている人がいたでしょうね」

「そのとおりだ」と、ラスベリーは認めた。「もちろん、次にしなければならないのは、二十年前のエイルモアについて調べ上げることだ。二十年前どこに住んでいたのか、何をしていたのか、マーベリーとどういう関係だったのか。エイルモアが何も話そうとしないのはなぜなのか、なんとしても明らかにしなくてはならない、そうだろう？　すでに仲間が、下院議員スティーヴン・エイルモア殿の過去を探り始めているはずだ、賭けてもいい。さてとスパルゴ、これが問題の箱だ」

ラスベリーは戸棚から古い革の箱を取り出して、自分のデスクに置いた。スパルゴは蓋を開けて中を点検し、容量をチェックした。

「どうやら上げ底ではないようですよ、ラスベリー。外側のケースの革と、古いベッドカバーみたいな裏布だけだ。上げ底にするようなスペースはない、ほらね」

ラスベリーも箱の容量を測ってみた。

「そのようだな」と、がっかりしたように言う。「じゃあ、蓋はどうだろう。私が育った農家の祖母の家には、そういう古い箱があったんだ――蓋の裏にポケットがついているやつでね。そういうのがないか見てみよう」

蓋を倒すと指先で裏布をつつき、やがて声を上げてスパルゴを振り向いた。

「おい、スパルゴ！　ポケットはわからんが、裏布の下に何かあるぞ。何かが――ほら、わかるだろう。そこだ――それとそこにも」

スパルゴは言われた場所に指を触れた。

「ああ、確かに。二枚のカードみたいだな――大きいのと小さいの。小さいほうが硬いな。裏布を切ってみましょう」

「ああ」ペンナイフを取り出しながらラスベリーが応えた。「そうしようと思っていたところだ。縫い目に沿って切ってみよう」

ラスベリーは蓋の上部に沿って注意深く裏布を剝がし、そうしてできた隙間から、二つの品を吸い取り紙の上に取り出した。

「子供の写真だ」二つのうち一つをちらりと見て言った。「だが、そっちは何だ?」

彼が指さしたのは、小さくて細長い、ちょうど列車の切符くらいの古びた銀のプレートだった。片側には消えかかった紋章のようなものがあり、裏側にも同じようにこすれてすり減ってはいるが馬の模様が刻まれていた。

「興味深い品だ」と、手に取りながらスパルゴは言った。「こんなのは初めて見た。いったい何ですかね」

「さあな、見たこともない。代用硬貨《トークン》かな。それよりこの写真だ。ああ、写真屋の名前と住所は破り取っているな。町の名らしき文字が二つあるだけだ――ほらね。うーん、それしかわからん。赤ん坊の写真だよな」

スパルゴは、自分以外の誰であってもおかしくない赤ん坊の写真を一瞥《いちべつ》した。銀のプレートを手に取り、何度もひっくり返してみる。

「ラスベリー、この銀のプレートを預からせてくれませんか。確かめられる場所を知っています。少なくとも、確かめらそうな気がする」

「いいだろう。だが、扱いには充分注意してくれよ。それに、この箱から見つかったことは誰にも内緒だ。マーベリー事件とは何の関係もないってことでいいな、スパルゴ」

「わかりました。任せてください」

そして銀のプレートをポケットに入れ、この発見について考えながらオフィスに戻った。その晩、記事を書き終えて試し刷りを確認すると、スパルゴは特ダネを求めてフリート街《ストリート》に向かったのだった。

第十五章　マーケット・ミルキャスター

〈ウォッチマン新聞社〉のオフィスに戻ったスパルゴが思い浮かべていた消息筋の根城は、フリート街《ストリート》の一角の、普通の人には思いもつかないような所にひっそりとあった。その場所を知る者はかぎられていた。そこはクラブだ。クラブでもなければ存在し得なかっただろう。とにかくイギリスでは、気心の知れた者同士がクラブを作るのが、なにより普通のことなのだ。好きな名前で登録し、目的や好みに応じて場所や設備を自由に使う。ごく簡単な規則に従うだけでいい。その簡単な規則さえ守っていれば、自分の家にいるように好きに振る舞うことができるし、選ばれた友人や知人に囲まれていられる。そう考えれば、フリート街のバーをはしごするよりも、こちらのほうがちょっとした自分の楽園を持っている気になれるというわけだ。

スパルゴが向かったそのクラブは、〈オクトネウメノイ〉という名だった。ラテン語とギリシャ語をくっつけて、誰がこんな変わった名前にしたのかはまったくの謎だったが、入り口に行ってみると、小さな真鍮のプレートに店名が刻んであった。この入り口というのがひどくわかりにくい場所にあった。フリート街から古い壁に押し潰されそうな狭い路地に入ると、急にまた別の路地にもぐり込むような格好になり、小さな空き地に出る。四方を高い塀で囲まれていて、印刷所のインクの匂いが鼻をくすぐり、輪転機の回る音が聞こえてくる。梱包された紙や、印刷用資材の入った木箱、インク瓶などが所狭しと置かれた暗い入り口を、何度かつまずきながら入っていくと古びた階段に突き当たる。暗い不安な気分になりながら、いろいろな踊り場を越えてその階段を上っていく。幾重にも折れながら進み、建物の最上階にたどり着くと厚いカーテンで仕切られていて、くぐると、そこは中二階だ。周囲の壁は何やら芸術的に塗られている。あるときアートを好む会員が、恐ろしい量の足場用の材木とペンキを持ち込んで、たった一人で古い壁板に自分の意思を表現したのだった。ここでようやく真鍮のプレートと例の珍妙な店名を目にするのである。その下には、『このクラブは正式に登録されている』云々という、正規の看板もある。会員ならそのまま入れるし、会員でなければ電動ベルを鳴らして会員に会いたいと告げる――誰か知り合いがいればの話だが。

スパルゴは会員ではなかったが、知人が何人もいるので、ベルを鳴らして出てきたボーイにスターキー氏に会いたいと告げた。プロボクサーのような二の腕と古代ギリシャのアンティノウスを思わせる巻き毛頭を持つスターキーは、若い紳士だ。やがて現れたスターキーは片手を差し出し、スパルゴの歯がガタガタ鳴るほど強く握手をした。

「君が来ることがわかっていたら、階段にブラスバンドを用意しておいたのに」

「入ってもいいかい？」

「もちろん！　そのために来たんだろう」

「そこをどいてくれたら入れるんだけどな」と言い、スパルゴは小さな玄関を通り抜けながら続けた。「なあ、クロウフットの親父さんは、毎晩これくらいの時間に来るんだよな」

「毎晩きっかり十一時に、明日の勝ち馬予想の記事を書いてから、ここへ鼻面を突き出すよ。あと五分ある。彼が現れるまで中で何か飲んでいたらいい。クロウフットの親父さんに用かい？」

「ちょっと話があってね。ほんの一言、いや二言かな」

スターキーのあとについて入った部屋には煙と音が充満し、一瞬何も見えず、聞こえなかった。が、次第に煙が天蓋へと上がっていくと、その下には、あらゆる年代の男たちがいろいろなグループに分かれて小さなテーブルを囲んで座り、煙草をふかし酒を飲みながら、人生の最大の目的はできるだけ多くの言葉を発することだとでもいうように、しきりに話し込んでいる姿が見えてきた。スターキーは、向こうの隅にある小さなバーにスパルゴを案内した。

「注文しろよ」と、スターキーが促した。「オクトネウメノイ自慢のスペシャルがおすすめだよ。二つくれ、ディック。会員になりたいって頼みに来たのかい、スパルゴ」

「換気扇をつけて、フリート街からの地図をくれるなら、この地獄の待合室みたいなクラブに入会することを考えてみてもいいんだけどな」と、グラスを受け取りながら答える。「ふーっ！　なんて空気だ！」

「換気扇のことは考えてるんだよ。今、クラブの運営委員をやっているんだけど、この前の会議で、まさにその議題を出したところなんだ。だけど、『ブルティン』紙のテンプルソンが――君もテンプルソンは知ってるだろう――まずは、あの食器棚の下にワインクーラーが欲しいって言ってね。ワインクーラーのないクラブなんてあり得ないってさ。それで、知り合いを紹介するって言うんだよ。中古品を扱ってる男なんだが、君は知らないかな――処分することになっている古い銀メッキ銅板の掘り出し物があるらしいんだ。君が運営委員だったら、ワインクーラーと換気扇のどっちに賛成する？　だって――」

「クロウフットだ」と、スパルゴが言った。「誰かに引き留められる前に、大声でこっちへ呼んでくれよ、スターキー」

数分前にスパルゴが通り抜けたドアを入ってきた男が、一瞬立ち止まって、煙と明かりに目をしばたたいていた。軍人のような体つきと姿勢をした年配の長身の男だ。立派な鼻の下にある大きくて堂々とした口髭が角張った顎に映え、くしゃくしゃの髪の下の青い目は鋭い光を放っている。帽子の類いはかぶっておらず、茶色いツイードのノーフォークスーツを無造作に着込んだその姿は、どこかだらしないが、それでいて正装しているようにも見える。ただ、フランネルのシャツの上に締めているネクタイは、高級で有名なクリケットクラブの配色をあしらったもので、彼が若かった頃は、それを身に着けていると世間で名士と見なされていたのだった。

「やあ、クロウフット、クロウフット!」騒々しい話し声を上回る大声でスターキーが呼びかけた。「クロウフット、クロウフット、こっちへ来てくれ! あんたに会いたくて首を長くしているやつがいるんだ!」

「確かに、それくらいの声を出さなきゃつかまらないよな」と、スパルゴは言った。「いいよ、自分で行く」

彼は部屋を横切り、スポーツ記者に近寄った。

「静かな所で話がしたいんだ」と、声をかけた。「ここは大混乱だからな」

クロウフットは先に立って隅のアルコーブへ行き、飲み物を注文した。

「この時間はいつもそうさ」と、あくびをする。「だが、気兼ねいらずで居心地がよくてね。で、何の用だ、スパルゴ」

スパルゴは持ってきたグラスを呷った。「あんたはスポーツ記者の中じゃ、誰よりもスポーツ関係に詳しいよな」

「まあ、そう言ってもらってもかまわんだろうな」

「昔のスポーツについてでも？」

「ああ、昔のことについてもだ」と答えたクロウフットの目が、急に輝きだした。「近頃の人間にはそれほど興味がないようだがな」

「ところが今、とても私の興味を引くことがあってね。どうやら昔のスポーツに関係がありそうなんだ。それで、訊くならあんたしかいないと思って教えを請いに来たわけさ」

「ほう、何だね」と、クロウフットが訊いた。

スパルゴは封筒から丁寧にくるまれた包みを取り出した。開いて現れた銀のプレートを、クロウフットの手のひらに載せた。

「これが何か、わかるかい？」

年老いたスポーツマンの目に新たな光が宿った。銀のプレートをしきりにひっくり返して、「こりゃ、驚いた！」と、興奮した声を上げた。「どこでこれを手に入れた？」

「その説明はあとにして、これが何かわかるのか」

「もちろん知ってるとも！　しかし、すごいな！　もう何年もお目にかかったことがない。若い頃に戻った気がするよ。ものすごく若い頃にな！」

「いったい何なんだ」と、スパルゴは尋ねた。

クロウフットはプレートを裏返し、消えかかった紋章を指し示した。

「マーケット・ミルキャスターにある古い競馬場の銀の入場券の現物だ、間違いない。古いオリジナルの銀の入場券の一つさ。こすれて消えかかっているが、マーケット・ミルキャスターの紋章がある。ほら、表に走っている馬が描かれているだろう。ああ、絶対にそうだ！　すごいぞ！　実に興味深い」

「マーケット・ミルキャスターっていうのはどこにあるんだい？　聞いたことがないが」

「マーケット・ミルキャスターは……」クロウフットは銀製のチケットから目を離さず、しっこくひっくり返しながら答えた。「エルムシャーにある、地形学者が言うところの寂れた町さ。町に注ぎ込む川が詰まってしまって以来、斜陽の一途をたどっている。そこじゃ毎年六月に、有名な競馬が開催されていたんだ。開かれなくなって、かれこれ四十年は経つ。若い頃はよく行ったもんだ、それもしょっちゅうな！」

「すると、これはその競馬場のチケットというわけだね」

「これは、五十枚あった銀のチケット――入場券と呼んでもいいんだが――その一枚だ。競馬委員会から町民五十人に配られたものなんだ。確か、銀のチケットを持っているのは特権階級の証しだった。所有者は一生、スタンドだろうとパドックだろうと競技場だろうと、どこにでも入ることを許されたんだ。そればかりか、毎年の競馬晩餐会にも出席できた。いったいどこでこれを手に入れたんだ、スパルゴ」

　スパルゴはチケットを手に取って丁寧に包み直し、今度は自分の財布にしまった。

「本当に感謝するよ、クロウフット。実は、これをどこで手に入れたか今は言えないんだが、話せる時が来たら、真っ先にあんたにすべてを打ち明けると約束するよ」

「何か訳があるんだな」

「相当な訳がね。これを見せたことは誰にも言わないでくれ。そのうち何もかも全部話すから」

「そうか……よし、わかった。それにしても不思議なもんだよな。何を賭けてもいいが、この古いチケットは、マーケット・ミルキャスターの町の外には半ダースも出ちゃいない。さっきも言ったとおり全部で五十枚しかないし、どれも町の住民が持っていたんだ。みんなとても大切にしていた。競馬が開催されなくなったあと、マーケット・ミルキャスターに行ったことがあるが、このチケットが丁寧に額に入れられてマントルピースの上に掛けてあるのを見たよ――本当だぜ」

スパルゴはふと思いついた。

「マーケット・ミルキャスターには、どうやって行けばいいんだい？」

「パディントンから行くのがいいだろうな」

「ひょっとして、まだ当時のことを覚えているスポーツ好きな人はいるかな。例えば、このチケットのこととか」

「スポーツ好きの年寄りか」クロウフットが大きな声を出した。「いるとも！　いや、死んじまってるかもな――生きているとしても、かなりの長老だが、ベン・クウォーターペイジという、町の競売人をやっていた男がいる。相当なスポーツ好きなんだ」

「ちょっと行ってみようかな」と、スパルゴは言った。「生きているかどうか見てくるよ」

「だったら、ハイ・ストリートのイエロー・ドラゴンに泊まるといい。古いがいいホテルだ。クウォーターペイジの仕事場も自宅も、ドラゴンの真向かいにある。だが、もう死んでいると思うぜ。俺がマーケット・ミルキャスターに行ったのは二十五年前で、そのときすでに結構な年だったからな。そうさな、ベン・クウォーターペイジが生きているとしたら、九十歳くらいになるな」

「経験の浅い私だって、元気な九十歳に会ったことはあるよ。とりあえず今、一人はよく知ってる。

私の祖父だけどね。どうもありがとうクロウフット。いつかすべてを話すよ」

「もう一杯どうだ」と、クロウフットが勧めた。

しかし、まだやることがあるからオフィスに戻る、と言ってスパルゴは辞退した。スターキーが、クラブの余剰金の最も賢い使い方について議論を始めたが、スパルゴは〈オクトネウメノイ〉をあとにして〈ウォッチマン新聞社〉に戻り、編集長を捜した。夜のいちばん忙しい時間だというのに、編集長と十分間も部屋へ閉じこもり、そのあとようやく帰宅してベッドにもぐり込んだのだった。

だが翌日、快晴の早朝に、すでに彼の姿はパディントン駅の出発ホームにあった。手にはスーツケース、ポケットにはマーケット・ミルキャスター行きの切符が入っている。そしてその日の午後には、古風な寝室の窓からマーケット・ミルキャスターのハイ・ストリートを眺めていた。道を挟んで真向かいに見えるのはツタに覆われた古いレンガ造りの時代がかった家で、横にオフィスが併設されていた。ドアの上には『ベンジャミン・クウォーターペイジ』という名が掲げられていた。

第十六章　〈イエロー・ドラゴン〉

ラベンダーの香りのする古風な寝室で着替えをし、旅の埃を洗い落としながら、スパルゴはマーケット・ミルキャスターでのこれからの計画を考えるのに頭がいっぱいだった。特にこれといった明確なプランは決まっていない。とにかく一つだけ確かなのは、ジョン・マーベリーとされる男が〈ロンドン&ユニバーサル貸金庫会社〉に預けた古びた革の箱の中に、マーケット・ミルキャスターの競馬場の古い銀のチケットが入っているのを自分とラスベリーが見つけ、編集長の全面的な承認を得て、その件について突き止めにやって来たということだ。この難題にどこから取りかかったらいいのだろう。

「まずは――」と、スパルゴは新しいネクタイを締めながら呟いた。「様子を見てまわることだな。そんなに時間はかからないだろう」

列車が町に近づき、駅からホテル〈イエロー・ドラゴン〉まで車で向かう道すがら、マーケット・ミルキャスターがいたって小さな町だということは、すでに承知していた。一本の長くて広いハイ・ストリートから成り、そこから両側にいくつか小道が枝分かれしている。町のほとんどすべてがこの大通り沿いに集まっているようだ――時代を感じさせる教会、町役場、中世に各地の市場に立てられた十字架、家屋や商店、橋。橋の下を流れる、以前は四マイル先の河口から船が来航していた川は、今は砂が堆積して通れなくなっていた。小さいながら明るくて清潔な町ではあるものの、活況を呈しているとは言えず、あまり変化がなさそうな所だということは、いにしえの馬車旅行時代を偲《しの》ばせる、古くだだっ広いホテル〈イエロー・ドラゴン〉に着いたときからわかっていた。到着してすぐ、スパルゴは喫茶室で軽く昼食を済ませた。喫茶室は一五〇人を収容できるほどの広さがあるのだが、彼以外には、旅行者らしき老人とその娘、ゴルフの話をしている若者二人、芸術家のような風貌の男性、新婚旅行中に違いないカップルしかいなかった。窓の下に見える広い通りにはほとんど車が走っておらず、歩道を行き来する人の姿もない。いかにも田舎者といった雰囲気の男がのろのろと牛に引かせた車にけだるそうに乗り、空の手押し車に腰かけた農夫が店からエプロン姿で出てきた店主相手にお喋りに興じていたりするだけだった。夏の午後の陽ざしが静かに降りそそいですべてを包み込み、古い家々の草地に置かれた新しい干し草の甘い香りが、開いた窓から微かに漂ってくる。

「正真正銘の静かな田舎町だな」スパルゴは感慨にふけった。「とりあえず外を歩いて、話しかけられそうな人を見つけよう。しかし不思議だよな。たった十六時間前にはオクトネウメノイの毒々しい空気の中にいたっていうのに！」

廊下や通路で迷いながら、古いホテルの石畳の玄関ホールにようやくたどり着いたスパルゴは、確信めいた勘のもと、ホテルに入ったときに目に留まっていたバーに入った。ハイ・ストリートに面してアーチ形の窓のある広々とした居心地のいいバーで、田舎町のホテルらしい家具や調度品が備えられている。年季の入った椅子やテーブル、戸棚や食器棚は、間違いなく百年は前に作られた代物で、さらに百年から二百年は優に持ちこたえられそうだ。街道や狩猟をモチーフにした古びた版画や、ピンクの上着を着た赤ら顔の紳士が描かれた、これもまた古い油絵が二枚ほど掛かっており、壁にはキツネの頭部が、戸棚のガラスケースには巨大なカワカマスが飾られている。マントルピースの上には古めかしい燭台が二つ立っていて、そのあいだに、時代物のかぎ煙草入れが置かれていた。部屋の隅には小さくて昔風のバーカウンターもあり、最新のファッションに身を包んだ若い女性がカウンターの向こうに座って、あくびをしながら凝った刺繍《ししゅう》をしていた。入ってきたスパルゴに、彼女はまるで、ギリシャ神話に出てくるアンドロメダが海の怪物から自分を救い出しに来てくれたペルセウスを見るようなまなざしを向けた。適当な飲み物と、それと一緒にふかす葉巻を選んだスパルゴは、女の視線に気づいて目の前の椅子に腰を下ろした。

「ここは――」と、物問いたげな目で女を見ながら話しかけた。「ずいぶん静かな町みたいだね」

「静か！」と、若い女は素っ頓狂《とんきょう》な声を出した。「静かですって？」

「私にはそう見える。静かだ。どうやら君も同意見のようだね。たった今君は、二通りの言い方で同意を強調した。驚きと軽蔑だ。つまりそれは、この町が紛れもなく静かだということだろう」

若い女店員は珍しい人種でも見るかのようにスパルゴを見つめ、刺繍を手にカウンターから出て隣の椅子に座った。

「葬列が通るのを見たらありがたく思えるわよ。ここじゃ、それくらいしか目にするものがないもの」

「そんなに葬式が多いのかい？　あまりに静かすぎて住民が死ぬとか？」

若い女は今度は非難めいた目でスパルゴを見た。

「嫌だ、冗談でしょ！　でも、冗談が言えてるうちはまだいいわ。ここでは本当に何も起こらないの。この町は、前世紀《バックナンバー》の遺物なのよ」

「バックナンバーだって面白く読めることもある」スパルゴは小声で呟いた。「まあ、うらぶれた田舎町での暮らしというのも清々しいものだよ。じゃあ、この町では何も起こらないんだね」と、声を大きくして語りかけた。

「何も！」と、相手は答えた。「まるで眠ってるみたい。私、バーミンガムから来たんだけど、こんな所だとは思わなかったわ。バーミンガムで十分間に出会う人数の人間を目にするのに、ここじゃ十カ月もかかるのよ」

「なるほど！　君の悩みの元凶は退屈だね。退屈を晴らす解毒剤が必要だ」

「退屈！」と、女は大きな声を出した。「まさにマーケット・ミルキャスターにぴったりの言葉だわ。午前中、このバーには、十一時から一時までのあいだに二、三人、昔からの常連が顔を出すだけ。午後は——いつもってわけじゃないけど——道に迷ったようなお客がふらりと現れるくらい。で、夜になると、時代遅れの人たちが大勢あの隅に寄り集まって昔の話をするの——大昔の話をね！　マーケット・ミルキャスターに必要なのは新しい時代だっていうのに」

スパルゴは耳をそばだてた。

「だが、時代遅れの人たちの昔話を聞くのもなかなか面白いよ。私は大好きだがね」

「だったら、嫌ってほど聞けるわよ。今夜、八時を過ぎたら覗いてみるといいわ。十時になってもマーケット・ミルキャスターの歴史がわからないようだったら、あなたの耳が聞こえないってことになるわね。時計みたいにきっかり毎晩やって来るお爺ちゃんたちがいるの。集まって昔話をしないと寝られないみたい。私なんか、もう千回は聞いてるわ」

「相当な年寄りなのかい？」

「メトシェラ（『創世記』五章二十一節から二十七節に登場する、九百六十九歳生きたとされる人物）だらけよ。向かいにクウォーターペイジさんっていう競売人がいるの――今はもう仕事はしていないけどね。九十歳らしいんだけど、せいぜい七十くらいにしか見えないわ。それに、通りをもう少し行った所にラミスさんってお爺さんもいる。彼は八十一歳よ。あと、スキーンさんとケイさん。あの二人は普通の老人ね。ここに座って、四六時中あの人たちの話を聞かされてたら、私でさえ、マーケット・ミルキャスターの歴史を紀元一年から書けるんじゃないかって気がするわ」

「そいつは面白くてためになる仕事じゃないか」

しばらく女店員の気分が晴れるようお喋りをしてから、スパルゴはホテルを出て、〈イエロー・ドラゴン〉がディナータイムになる七時まで町を散策した。大きな喫茶室にはランチのときと同じ顔ぶれしかおらず、一人寂しく夕食を済ませると、彼はさっさとバーに逃げ出した。町の長老たちが座ると聞かされた隅の聖域の近くに陣取り、コーヒーを注文した。

「言っとくけど、絶対にあの人たちの席を取っちゃダメよ」若い女が忠告した。「みんなちゃんと自分の席が決まっていて、あの棚にそれぞれ専用のパイプを置いてるの。誰かがパイプか椅子に触れようもんなら、天井が落っこちるほどの大騒ぎになるんじゃないかしら。でも、そこなら大丈夫。彼らの話が全部聞けるわ」

こういう状況を目にしたことがないスパルゴは、二十四時間前ならきっとあり得ないと頭から信じなかっただろう。その晩、マーケット・ミルキャスターの〈イエロー・ドラゴン〉のバーで繰り広げられた光景は、十八世紀にタイムスリップしたかのようだった。時計がきっかり八時を知らせ、ハイ・ストリートの奥のどこかで鐘が鳴り始めるや否や老紳士が来店し、女店員がスパルゴに知らせるようにその紳士にちらっと目をやった。いよいよお芝居の始まりだ。

「こんばんは、ケイさん」と、女店員が挨拶した。「今夜はいちばん乗りですね」

「やあ」ケイ氏は腰を下ろすと、しかめ面で周囲を見まわして黙り込んだ。背が高く、やせ細った老人は、擦り切れた黒い服を着て、尖った襟を白い頰髭の両端に向かって立て、ゆったりした黒のスカーフを首の周りに巻いている。顔つきからすると、人生の厳しい面を見たがる性格のようだった。

「まだ誰も来ていないのか」と、ケイは訊いた。

「ええ、でもほら、ラミスさんとスキーンさんが来ましたよ」

老人が二人、バーに入ってきた。一人は小柄でこざっぱりした、見るからにスポーティーなスタイルのずいぶんと派手な柄の服に身を包み、これ見よがしに明るいブルーのネクタイを締めて襟の折り返しに花を一輪飾り、白いシルクハットを斜めにかぶっている。もう一人は大柄で恰幅《かっぷく》がよく、シェイクスピア劇に出てくる肥満の騎士フォルスタッフのような、ふんぞり返った態度と道楽者らしい目つきの顎髭を生やした男で、入るなり女店員を冷やかし、すれ違いざまにふざけて彼女の顎の下を軽く撫でた。この二人も、自分にぴったり合うようデザインされたかのような椅子に腰を沈め、大柄な男が、店員への挨拶と同じように慣れた手つきで肘掛けを軽く叩きながら、昔馴染みの二人に目をやった。

「さてと。三人集まったからにはシンポジウムの始まりだな」

「まあ、もう少し待てよ」と、小柄でこざっぱりした男が言った。「すぐに爺さんが来る。揃ったら祭りを始めようや」

女店員が窓の外に目をやった。

「今、クウォーターペイジさんが道を渡ってきますよ。そろそろテーブルの用意をしましょうか」

「ああ、頼む。出してくれ！」太った男が注文した。「ぬかりなく用意してくれ」

そこで若い女店員はすぐに聖域の椅子の前に丸テーブルを出し、その上に立派な古いパンチボウルとパンチを作るための材料、葉巻の箱、古い鉛製の刻み煙草の箱を置いた。彼女が今夜のこの興味深い講話の準備を終えると同時に、ドアが再び開き、スパルゴがこれまで出会ったなかでも一、二を争うほど高齢の老人が姿を現した。この頃には彼がクロウフットの言っていたベンジャミン・クウォーターペイジ老人だとわかっていたので、あとからやって来て友人のあいだに座るさまを、注意深く観察していた。ほかのメンバーは、まるで少年のように嬉々とした様子で彼を迎え入れた。

クウォーターペイジは九十歳にしては若々しく洒落者だった。中肉中背のがっしりした体で、矢のように背筋が真っすぐに伸び、いまだ手足は達者で、澄んだ目をして声にも力があった。きれいに髭を剃った年老いた顔は、陽ざしを浴びたリンゴのように赤みを帯びている。髪は銀髪で、その手は岩のようにしっかりしていた。黄褐色の綾織りの服は颯爽として洗練されていて、ネッカチーフは祭りに出かけるかのように色鮮やかだ。これほどの高齢にもかかわらず、まだまだ長生きしそうにスパルゴには思えた。

老人たちが会談を始めるのをスパルゴは隅の席に座って興味津々で見守っていた。さらに一人が加わり、全員で五人になった――五人の老人が店の隅の一角を占拠しているのだった。クウォーターペイジが厳粛な儀式でも執り行うようにパンチを作り、ひしゃくですくって全員に取り分けられ、各自パイプや葉巻に火をつけると、一斉に舌が滑らかに動きだした。ほかの客が出たり入ったりしても、五人は自分たちの話に夢中でおかまいなしだ。時折、町の若者が立ち寄り、控えめな半パイントのビター・ビールを注文して若い女店員を相手にいちゃついていくのだが、そういう連中も、長老たちには畏敬のまなざしを向けた。そして当の長老たちはといえば、われを忘れて過去に舞い戻ることに没頭しているのだった。

マーケット・ミルキャスターの歴史を紀元一年から書けそうな気がすると女店員が言った意味が、徐々にスパルゴにもわかってきた。天気、その日の町での出来事、いろいろな人の噂話が一通り終わると、老人たちは過去の回想を語り始め、遥か昔の出来事を一つ一つ思い出しては次々に紡いでいく。ついに、話題がマーケット・ミルキャスターの競馬の思い出へと移った。そこでスパルゴは思いきって話に割り込むことにした。今こそ情報を得るチャンスだ。銀のチケットを財布から取り出して、紋章を上にして手のひらに載せ、五人に近づいて丁寧にお辞儀をすると静かな声で切りだした。

「すみませんが、どなたかこれについてお教え願えませんか」

第十七章　クウォーターペイジの回想

もし、スパルゴがすでに二度目のパンチが入ったパンチボウルをひっくり返したとしても、老人たちの真ん中に時限爆弾を落としたとしても、銀のチケットを突きつけられた彼らが見せたほどの驚きは引き出せなかっただろう。それまでのにぎやかな会話は途切れ、一人はパイプを落とし、一人はまるで毒の棒をくわえていたかのように口から葉巻を離し、全員が面食らった顔を上げて、突然割り込んできた侵入者の顔と差し出された手のひらの上で銀色に光るものとを交互に見やっている。そしてついに、スパルゴが意識して語りかけていたクウォーターペイジその人が、並々ならぬ熱意を見せてチケットを指さし、口を開いた。

「お若いの！」声が少し震えているようにスパルゴには感じられた。「お若いの、それをどこで手に入れたのだね」

「じゃあ、これが何だかご存知なんですね」スパルゴは、わざとじらすように訊いた。「見覚えがあるんですか」

「もちろんだ！　見覚えも何も、それが何か知っておる！」と、クウォーターペイジは大声で言った。「ああ、そうとも。ここにいる全員が知っとる。どこで手に入れたか訊きたいのは、君がこの町で見かけん顔だからだ。この町で手にしたのではなかろう」

「はい」と、スパルゴは答えた。「おっしゃるとおり、ここじゃありません。初めて町を訪れた男が手に入れられるわけがないですからね」

「ああ、そのとおりだ！」と、クウォーターペイジが呟いた。「これは……何と言うか……家宝！　そう、昔からの家宝だ。それを持っとる町民が手放すわけがない。だからこそ、もう一度訊くんだが、それをどこで手に入れたのだね」

「そのことを話す前に――」太った男が椅子を引くのを合図に、スパルゴは尋ねた。「これが何か、教えてくださいますよね。だいぶ古くてすり減っていますが、表に誰かの、あるいは何かの紋章があって、裏には馬の走っている姿が彫られています――これはいったい何なんですか」

五人の長老は互いに顔を見合わせ、同時に唸った。するとクウォーターペイジが口を開いた。

「それはマーケット・ミルキャスターの町民に最初に配られた五十枚のチケットの一つだ。それを持っとる者は、かつて有名だった競馬に特別待遇で参加できる、非常に価値のある権利を与えられたのだ。今では残念ながら過去のものとなってしまったがね。五十枚――そう、五十枚だ！　昔は、このチケットを持っとることは、それは……」

「すごいことだった」と、老人の一人が言った。

「ラミス君の言うとおりだ。すごいことだった。それはそれはたいしたことだったのだ。そのチケットはな、どれも大切に保管されておった――家宝としてな。それなのに君、どなたか知らんが、ちょっと見せてくれ！　君がそれを持っておるとは……」

要点をかいつまんで話す必要があると、スパルゴは感じた。

「私はこのチケットをロンドンで見つけました。それも謎に満ちた状況で」と説明する。「ぜひ、チケットの出所を突き止めたいのです。元々の所有者が誰だったのか知りたい。そのためにマーケット・ミルキャスターに来たんです」

クウォーターペイジはゆっくりと一同の顔を見まわした。

「なんということだ！」と、彼は言った。「実に不思議ではないか！　彼はこのチケットを、われわれの大事な五十枚のうちの一枚をロンドンで見つけたと言うのか。しかも謎に満ちた状況で。そして、その出所を突き止めたい――誰のものだったかを知りたいと言うのか。そのためにマーケット・ミルキャスターに来たと。なんとも思いがけない話だ。なあ諸君、これほど思いがけない出来事がこの町で起きるとは、いったい何年ぶりのことだろうな」

一同の口から同意の呟きが漏れ、スパルゴは全員から、自分がまるで町を丸ごと買いに来たかのような目を向けられていることに気がついた。

「でも、どうして――」大きな驚きを隠さずに、スパルゴは尋ねた。「なぜ、そんなに不思議なんですか」

「なぜ！」クウォーターペイジが大きな声を出した。「なぜだと？　この人はなぜかとお尋ねだ。お教えしよう、お若いの。それはな、わしにとっても、ここにおる友人たちにとっても、誰にとっても心底驚きだからだ。われわれの五十枚のチケットの一枚が、よそ者に譲り渡されるなどという話を耳にするとは！　わしがとんでもない間違いをしていなければ、君はマーケット・ミルキャスターの家の者ではないはずだ」

「ええ、違います」と、スパルゴは認めた。そして、昨夜までマーケット・ミルキャスターの名前すら知らなかったのだと言いかけそうになったが、賢明にも思いとどまり、代わりに「ええ、確かに違います」と、もう一度繰り返した。

クウォーターペイジは長いパイプを振りまわしながら言った。

「おそらく、こんな夜更けでなかったなら――あと数分でわれわれは帰らなければならんのでな――時間さえあれば、記憶をたぐって、競馬場が閉鎖したときにチケットを所有していた五十軒の名を思い出せるだろう。きっとできると思う」

「もちろんできるとも！」と、派手なスーツの小柄な男が断言した。「そういう記憶にかけちゃ、あんたの右に出る者はない！」

「特に、昔の競馬のことに関しては」太った男が口を挟んだ。「クウォーターペイジさんは生き字引だ」

「わしは記憶力だけはいいのだ」と、クウォーターペイジは言った。「年を取って衰えてきたが、そいつがなによりの救いでな。さよう、少しばかり考えれば必ず思い出せるはずだ。それにだ、五十軒のほとんどの家がまだこの町にある。町ではなくても近隣に住んでおるし、たとえ近くにいなくとも、その所在をわしはちゃんと知っておる。だからこそわからんのだ。この若者――ロンドンから来たと言ったかね」

「はい、ロンドンです」

「ロンドンから来たこの若者が、どうやってわれわれのチケットの一枚を手にすることになったのか。まったく――実に不思議だ！　しかしな、ロンドンのお人、明日の朝、わしと朝食をご一緒してもらえれば、競馬場の記録と書類をお見せしよう。そうすればたちまち、そのチケットの最初の持ち主が誰だったか判明するだろう。わしの名はクウォーターペイジ――ベンジャミン・クウォーターペイジだ。このホテルの真向かいにある、ツタに覆われた家に住んでおる。わしの朝食の時間は九時きっかりだ。ぜひともおいでいただきたい。歓迎するよ」

スパルゴは深々と頭を下げた。

「ご親切なお招き、心から感謝します。喜んで伺わせていただきます」

翌朝、九時五分前、色鮮やかな夏の花々が咲き誇る美しい庭を望む古風な客間で、スパルゴはクウォーターペイジ・シニアから、息子のクウォーターペイジ・ジュニア――六十歳の感じのよい紳士で、父親からは常に子供のように扱われていた――と、兄のジュニアよりほんの少し年下らしい、妹のミス・クウォーターペイジに紹介された。朝食のテーブルには、季節の食材をふんだんに使ったごちそうが所狭しと並べられている。クウォーターペイジ老人は天使のようにバラ色の健康な顔色をしていた。これほど高齢の老人がこんなにもはつらつと元気で、いまだに食欲旺盛なのを初めて見たスパルゴは、心の底から目を見張る思いだった。

当然のことながら、食卓での会話はスパルゴの持つ古い銀のチケットの件へと移り、その話題に関するクウォーターペイジ老人の知識は明らかに衰えていなかった。相手に自分の身分を知らせたほうがいいと判断したスパルゴは、『ウォッチマン』の編集長から預かった手紙を見せ、新聞記者の仕事の最中、古い箱の本体と裏布のあいだからチケットを見つけた経緯を説明した。だが、まずはクウォーターペイジがどんな手がかりを発見するかを知りたくて、マーベリー事件については黙っておいた。

「君にはわからんだろうな、スパルゴ君」朝食を終え、主《あるじ》のスポーツ好きが如実にわかる小さな書斎に二人きりになると、クウォーターペイジ老人が言った。「あの銀のチケットを所有するということに、どれだけの価値があったのか、君にはわかるまい。見てのとおり、わが家のチケットはきちんと額に入れ、しっかりと壁に固定している。あの五十枚のチケットはな、この町で競馬が始まった一七八一年に作られたものなのだ。この町の銀細工師が作ったものでな。今も玄孫《やしゃご》が店を引き継いでおる。五十枚のチケットは、町の名士だった五十軒の家に、その家の者が永久に使用できる権利を付して配られた。当時は誰も、町の競馬がなくなるなどとは考えもしとらんかったのでな。そのチケットには、大いなる特権が与えられていた。当主とその家族は男女を問わず、スタンドや馬券売り場やパドックに自由に入ることができた。当主と成人に達している長男には、競馬晩餐会に出席する権利も与えられた。晩餐会にはな、スパルゴ君、昔は王室の方々もお見えになったものだよ。もうおわかりだと思うが、要するに銀のチケットの持ち主は相応の人物と認められたわけだ」

「競馬はいつなくなったのですか。そのあと、どうなりました?」

「そのあともちろん、チケットを所有しとる家では家宝として大切にしてきた。みな、わしがしておるのと同じように扱っていた。ベルベットを敷いて額に入れ、壁に掛ける。あるいは金庫にしまっておく。あれを持っておる者は一人残らず細心の注意を払って保管しとるはずだ。わしは昨夜、イエロー・ドラゴンで、チケットを持っとる家の名をすべて言えると思う、と言ったな。確かに言える。だが、ほれ」老人は引き出しを開け、羊皮紙を綴じたノートをうやうやしく取り出した。「ここに、わしのささやかな手書きの記録がある。マーケット・ミルキャスター競馬に関する備忘録だ。その中に、最初の所有者のリストと、競馬場が閉鎖されたときのチケット保有者のリストもある。自信を持って言うがなスパルゴ君、その二番目のリストを見れば、すべてのチケットのありかをたどることができる——君の財布に入っとる一枚を除いてな」

「すべてですか?」スパルゴは驚いて言った。

「すべてだ！　というのも、前にも言ったとおり、どの家族も、この町に住んどるか――マーケット・ミルキャスターの住民は保守的だから遠くへは移り住まんのだ――町の外れや、すぐ近くで暮らしておる。君が持っとるチケットは間違いなく本物だが、どのようにしてそれらの家から流出したのか見当もつかん。それに――」

「もしかすると」スパルゴが言葉を挟んだ。「外に出たわけではないのかもしれません。箱と裏布のあいだで見つけたと言いましたが、その箱は亡くなった男の持ち物だったんです」

「亡くなった男だと！」クウォーターペイジの声が思わず大きくなった。「亡くなった男！　それはまた……おお！　そうだとすれば、ひょっとしてわかるかもしれん。そうだ、思い出したぞ。今の今まで忘れておった」

老人は羊皮紙を綴じたノートの留め金を外し、ページをめくって、名前のリストを見つけ出した。指をさしてスパルゴに見せる。

「競馬がなくなった当時、チケットを保有していた者のリストだ。この町のことを知っている者なら、これらが町で知られた家の当主であることに気づくはずだ。もちろん、全員が町民だ。ここに、わしの名がある。ラミス、ケイ、スキーン、そしてテンプルビー――昨夜、君が会った連中の名前だ。いずれも、この町では由緒のある家でな。みんなリストに載っておる。ここにある家をわしは全部知っとる。当時の当主の多くは亡くなっているが、子孫がチケットを受け継いでおってな。そうだ、こうしてみると、このリストを作ったときのチケット保有者で、一人だけ消息がわからん男がいる。少なくとも、最近どうしているのか、まったく知らん。スパルゴ君、君が見つけたチケットは彼のものに違いない。だがわしは、別の人間が持っとるとばかり思っていたのだがな」

「それで、その人物というのは？　いったい誰なんです」本能的に特ダネの匂いを感じ取って、スパルゴは尋ねた。「その人物の名前はリストにありますか」

老人はリストの名前に沿って指を走らせた。

「あった！」と、彼は言った。「ジョン・メイトランド」

スパルゴは細かい文字の上に屈み込んだ。

「ああ、ジョン・メイトランドですね。この人物は何者です？」

クウォーターペイジは首を振った。古い書き物机のたくさんある引き出しの一つを開け、小さな束に分けて縛ってある古い新聞の山を丹念にめくって、何やら探し始めた。

「スパルゴ君、もし、君が二十一年前にマーケット・ミルキャスターに住んでおったら、ジョン・メイトランドが誰か知っていただろう。あの頃、彼は町でいちばん有名な男だった――さよう、この辺りではな。しかし……ああ、あった。一八九一年、十月五日付の新聞だ。さてスパルゴ君、この新聞にジョン・メイトランドが何者か、すべて書かれておる。こうするといい。わしは一時間ほどオフィスに行って、今日の仕事について息子と話さなければならん。君は、ここにある葉巻と一緒にこの新聞を持って庭に出て、じっくり読んでなさい。読み終わったあとで、また話そう」

スパルゴは古い新聞を手に、陽ざしの降りそそぐ庭へと出て行った。

第十八章　古い新聞

新聞を開くとすぐに、その記事が中ほどのページに載っているのが目に留まった。二行にわたる大見出しがついている。スパルゴは葉巻に火をつけ、腰を落ち着けて読み始めた。

マーケット・ミルキャスター四季裁判所
ジョン・メイトランド公判

去る一八九一年十月三日水曜日、マーケット・ミルキャスター地区の四季法廷が、町役場において勅撰弁護士ヘンリー・ジョン・キャンパーノウン殿を裁判長として開廷された。同席した裁判官は、尊敬すべきマーケット・ミルキャスター町長閣下（ペティフォード参事会員）、マーケット・ミルキャスター教区牧師（P・B・クラッバートン師。文学修士、主教補佐）、治安判事バンクス参事会員、治安判事ピーターズ参事会員、治安判事サー・ジェルベー・ラクトン、治安判事フラッドゲート大佐、治安判事マリル大尉、その他、下級判事や紳士の方々。マーケット・ミルキャスター銀行の元支配人であるジョン・メイトランドの公判に一般の傍聴人も大勢押しかけ、法廷の特別席も町や近隣の名士たちで満席の状態で、なかには、審理に興味津々の様子のご婦人方も詰めかけていた。

裁判長は大陪審に向かって次のように述べた。

マーケット・ミルキャスターへの過去二回の公式訪問の際には、満足のいく愉快な時を過ごせた――いずれも、友人である尊敬すべき町長から、審議する事件のないときに巡回判事に贈られる白手袋をいただくことができた――にもかかわらず、今回はそうならなかったのが残念でならない。何代にもわたって町の主要な地位に就いてきた家柄の同胞町民を被告人として対峙するのは、悲しい運命であり、遺憾である。同胞のその町民は、わが国のような商業国では最も重要な犯罪の一つとされる容疑に問われている。長年、支配人として信用を得てきた、そして学生時代からずっとつながりを持ってきた銀行の金を横領した罪である。まもなく本法廷で審理を受ける被告人は有罪を認めるであろうから、この件について私から大陪審のみなさんに指示することは特にない。ただ言っておきたいのは、被告人が償うことになる罪の非道とも言える重大性である。

その後、裁判長は、その朝あとから提出された二件の軽微事件について大陪審に事実関係を弁じ、大陪審が退席協議したのち、被告に対する正式起訴状を提出して、町の名士の中から選出された小陪審が正式に宣誓をした。

マーケット・ミルキャスターのハイ・ストリートにある〈マーケット・ミルキャスター銀行〉支配人ジョン・メイトランド（四十二歳）は、一八九一年四月二十二日、勤務先である〈マーケット・ミルキャスター銀行〉の金、総計四千八百七十五ポンド十シリング六ペンスを横領し、私的流用した。自分の立場を非常に重く受け止めている様子で、ひどく顔色が悪くやつれて見える被告は、キングシェイヴンの著名な法廷弁護士チャールズ・ドゥーリトル氏を代理人とし、検察側の代表は勅撰弁護士のスティーヴン氏が務めた。

メイトランドは罪状認否で容疑を認めた。

検察側のスティーヴン氏は裁判長に対し、被告に不当に圧力をかけるつもりはないが、被告が起訴状の訴因に関してわざと素直に罪を認めるという非常に巧妙な手段を取ったとも考えられるので、正義のために、被告の嘆かわしい不誠実によって引き起こされた背任横領の詳細に関して本法廷で説明する必要性を感じると述べた。そこで自ら、明確で簡潔な説明を買って出た。被告ジョン・メイトランドは、マーケット・ミルキャスターの旧家の出身である。だが、幼い息子を除けば、一族の最後の一人と言えた。父親は銀行支配人の前任者で、メイトランド自身は十八歳で地元のグラマースクールを卒業して銀行に勤務し、三十二歳のときに父の仕事を引き継いで支配人となった。それ以来、十年にわたって信用を必要とするこの高い役職に就いてきた。重役たちは彼を完全に信用し、その実直さと道義心を信頼して、ほかの支配人にはなかった自由裁量の権限を与えていた。実際、その信頼のされ方は、どう見ても彼が〈マーケット・ミルキャスター銀行〉そのものと言えるほどで、言い換えれば、すべてを支配し、何でも好きなようにすることが許されていたのである。たとえ最も信用する使用人であっても、重役たちがそこまでの自由を与えたのが賢明だったかといえば、自分（スティーヴン氏）はそうではなかったと思う。そうした状況を考えれば、株式のほとんどを保有している重役らに損失が降りかかるのは、当然の報いだ。しかし、ここで損失そのものについて語る必要がある。つまり、メイトランドの犯した深刻な背任横領についてである。被告人は抜け目なく、第一の訴因に関しては認める態度に出たが、訴因は全部で十七件もある。四千八百七十五ポンド余りの横領はすでに認めたが、十七件すべてを含めると、横領の総計は――目を疑うような数字だが――なんと二十二万千五百七十三ポンド八シリング六ペンスなのである！　ほんのささいな偶然の出来事から重役が横領に気づいて驚愕するに至るまで、銀行は被告人席にいる被告に二十万ポンドを超える大金を盗まれていたのだ。そして、この事件の最も重大な点は、盗まれた金は一ペニーたりとも回収されておらず、回収される見込みもないということである。被告の弁護人は、残念ながら本法廷に出廷することのかなわない別の男に、被告自身も騙されたと主張するであろうと思われる。その男とは、やはりマーケット・ミルキャスターではよく知られた人物で、今は故人となっており、そのため出廷できないのだが、被告が騙されたか否かは、彼が勤務先から巧妙に大金を盗んだことの言い訳にはならない。そして検察は、いかに重大な横領が行われたかを世に知らしめるためにも、また被告をどう扱うかを考えるためにも、これらの事実――否定されようのない事実であるが――を本法廷に提出する必要があると考えたのである。

裁判長は、巨額の横領金の一部でも回収できる見込みはないのか、と尋ねた。

スティーヴン氏は、わずかな見込みもないという報告を受けている、と答えた。被告と弁護人によれば、今話題に上った人物の死とともに、金はすっかり消えてしまったというのである。

被告の弁護人を務めるドゥーリトル弁護士は、減刑について二、三申し立てたい、と願い出た。彼は検察側のスティーヴン氏に対し、本件の主要事実の概略を述べるにあたって、きわめて思慮に富んだ冷静な姿勢で臨んでいただいたことに感謝する、と述べた。

弁護人は被告の罪を軽くしようという意図は持っていない。ただ、被告のために、なぜこういう事態になったのか、ぜひとも真相をお話ししたい。つい三年前まで、被告は清廉潔白から逸脱したことは一切なかった。彼にとって――また、おそらくはマーケット・ミルキャスターの何人かにとっても不運なことに、さかのぼること三年前、チェンバレンという男が町に現れて、ハイ・ストリートで株式仲買人を始めた。チェンバレンは高級住宅地に住み、一見信頼できそうな態度で大勢の人々を惹きつけた。その中の一人が被告人だった。チェンバレンがマーケット・ミルキャスターの何人もの町民をそそのかして株取引に引き込んだことは周知の事実である。ところが、そうした取引は必ずしも顧客に有利にははたらなかった。にもかかわらず、不幸にもメイトランドはチェンバレンを信用しきっていた。彼はチェンバレンと大規模な取引を始め、それが積み重なって、これほどまでの金額に達したのである。チェンバレンとその手腕を心底信じていた被告は、多額の金を預けたのだった。

ここで裁判官は、その多額の金は被告人本人の金と考えてよいのか、と質問した。ドゥーリトル弁護士は、残念ながらその大金は銀行のものである、と答えた。しかし、被告はチェンバレンに絶大な信頼を寄せていたため、すべてがよい方向に転がり、これらの金から巨額の利益を生み出せると信じて疑わなかったのである。

被告人は利益を自分の懐に入れるつもりだったのではないか、と裁判官が指摘した。ドゥーリトル氏は、問題の二十二万ポンドのうち少なくとも二十万ポンドは直ちにチェンバレンに渡り、それがどうなったのか、被告自身何も知らないのだ、と説明した。誰にとっても――銀行にも、ほかの人にも、とりわけ被告人にとって不運なことに、この件の訴訟が始まったとたんチェンバレンが急死してしまい、これまでのところ金の行方についてはまったく追跡できていない。その死は謎に包まれており、彼の事件に関しても謎が多いままである。

裁判長は、いかなる減刑をドゥーリトル弁護士が主張するつもりなのか、いまだ見当がつかない、と述べた。

それに対し弁護人は、本法廷を煩わすような提案をするつもりはない、と答えた。ただ一つ、被告席の不運な男のために言えるのは、三年前まで彼は模範的な人間で、それまで不正直な行為は一度たりともしたことがなかったということである。口先のうまい男にそそのかされてこのような不正行為をしてしまったのが彼の不幸であり、愚かさであった。召還して釈明させるはずだった男が死亡したため、残された被告は結果を一人で背負うことになってしまったのだ。チェンバレンは金を持ち逃げしたらしく、その金が回収される可能性がないとは言い切れない。本法廷においては、被告の前歴と以前の善行を思い起こし、近い将来がどのようなものになるとしても、商業的には一生の破滅に追い込まれたのだという点を心にとどめていただくようお願いしたい。

刑を言い渡す際、裁判長は、メイトランドの行為に対する納得のいく釈明は一言も聞けなかったと述べ、このような不正は厳罰に処されるべきであり、被告には、十年間の重労働を伴う懲役を命ずる、と宣告した。

冷静に判決を聞いていたメイトランドは、その日のうちに連行され、サックスチェスターの州刑務所に移された。


この記事にさっと目を通したスパルゴは、もう一度読み直し、いくつかの点に注目した。そして、新聞を折りたたむと家のほうを振り返った。書斎の窓からクウォーターペイジ老人が手招きしているのが見えた。

第十九章　チェンバレンの話

「どうやら」スパルゴが書斎に入るなり、クウォーターペイジが言った。「メイトランド公判の記事を読んだようだね」

「二回読みました」

「それで、何らかの結論に達したんだな。どんな結論に達したのだね」

「私の財布に入っている銀のチケットは、メイトランドのものだったということです」とは言ったものの、スパルゴは自分の結論をすべて明かしてしまうつもりはなかった。

「そうだな」と、老人は同意した。「わしもそう思う。それ以外に考えようがない。だが、ほかの四十九枚同様、あのチケットのことも説明できる気がする」

「ほう、どういうことですか」

クウォーターペイジは隅の戸棚に向かい、黙ってデカンタと変わった形の古いワイングラスを二つ取り出した。引き出しから出した布巾で丁寧にグラスを磨き、グラスとデカンタを窓辺のテーブルに置いて、傍らの椅子に座るようスパルゴを促し、自分は肘掛け椅子を引き寄せた。

「年代物のブラウン・シェリーを一杯やろうじゃないか。陳腐な言い回しだが、南のランズエンド岬から北のベリック・アポン・ツウィードまで探しても、これ以上のブラウン・シェリーは見つからんだろうよ。わしの若い時分には結構うまい酒があった、さらに北の地に行ったとしてもこれほどのものはないだろうさ！　さあ、健康を祈って乾杯だ。それからメイトランドについて話してしんぜよう」

「私は好奇心旺盛でしてね、実はメイトランドのこと以上にお聞きしたいことがあるんです。例の新聞記事を読んで知りたくなりました。記事の中で触れられていた男——株式仲買人のチェンバレンとは何者です？」

「そうだろうな」クウォーターペイジは、にっこりして言った。「君の探求心をくすぐるだろうと思っとったよ。だが、まずはメイトランドだ。メイトランドが刑務所に送られたとき、彼には子供がいた。当時二歳くらいだった息子が一人な。メイトランドは、どこか遠い所で結婚して戻ってきたのだ。子供の母親は亡くなっておった。そこで登場するのが、母親の妹のミス・ベイリスだ。その妹がメイトランドの子供と私財を受け継いだ。公判を待っているあいだに彼は破産し、家財はすべて売却されたが、ミス・ベイリスがこまごまとしたメイトランドの私物を持っていったので、わしはずっと、銀のチケットは彼女が持っているのだと思っとった。実際、そうだった可能性は高い。それ以外、考えにくい状況だったからな。ともかく、子供は彼女が引き取り、マーケット・ミルキャスターのメイトランド家は終わりを迎えた。しばらくしてメイトランドはダートムア刑務所に収監され、服役した。そして、彼の出所を首を長くして待ち構えとる者たちがおった——銀行の連中だ。横領した金について、メイトランドが実際には公判で話した以上に知っていると思っとったんだな。隠していることをどうにか聞き出したいと考えた。ここだけの話だがね、スパルゴ君。彼らは、話を聞き出せるなら、それなりの見返りを与えるつもりだったのだよ」

老人が話すあいだ、スパルゴは手にしている新聞をトントンと指先で叩いていた。

「では、彼らは弁護士の話を信じていなかったわけですね、チェンバレンが金を全部持ち逃げしたというのを」

　クウォーターペイジは笑った。

「さよう。誰も信じてはおらんかったさ！　町の人々のあいだには、根強い説があった――理由はいずれわかるだろうが――すべては狂言で、出所したら大金が待っているので、メイトランドは喜んで刑に服したという説だ。そして、今も言ったように、銀行の人間は彼をつかまえて話を聞くつもりだった。ところが、出所に際して特別代理人を迎えに行かせたのだがつかまえそこなってしまった。何か手違いが起きたのだ。メイトランドは出所と同時に姿を消した。それ以来、誰も彼とは連絡が取れておらん。取れたのは、ミス・ベイリスくらいだろう」

「ミス・ベイリスはどこに住んでいるんですか」

「さあ、わからん。子供を引き取ったときはブライトンに住んでおった。そこの住所ならどこかにあるはずだ。しかし、メイトランドが出所したあと、銀行の人間がミス・ベイリスを捜したんだが、彼女も姿を消していて、どうしても見つからなかった。ブライトン近辺に住んでいた人たちによれば、彼女は義兄が出所する五年前に子供を連れて跡形もなく消えたのだそうだ。おかげでメイトランドの手がかりはなくなった。模範囚だったらしいが、刑務所の連中も見る目がなかったものだ。彼は刑期を最大限に短縮されて釈放され、行方をくらませた。だからこの町では、メイトランドについてずっとささやかれている噂があるのだ」

「何です？」

「銀行から奪った金で、今ものうのうと贅沢に暮らしておるというものだ。世間は、義理の妹も一枚噛んでいると噂した。子供と姿を消したのは、外国へ行ってメイトランドに住まいを用意するためで、彼は出所すると同時にそこへ行った。わかるだろう」

「あり得ますね」

「大いにあり得る。さて、そろそろ——」老人はグラスにシェリー酒を注ぎ足しながら続けた。「チェンバレンの話に戻ろう。これはメイトランドの話に大きく関わるのだ。すべて話すから、君が自分で結論を導くといい。チェンバレンがマーケット・ミルキャスターに現れたのは——どこから来たかは知らんが——一八八六年だった。メイトランドが破滅する五年前のことだ。当時、彼はメイトランドと同じくらいの三十七、八歳だった。縄や麻糸の製造業者ヴァラス老人の事務員としてやって来た。ヴァラスの店は今でもハイ・ストリートのどん詰まりの川の近くにある。ヴァラスは亡くなったがな。チェンバレンというやつは狡猾で抜け目のない押しの強い男で、ヴァラス老人の右腕となり、法外な給料をもらっておった。そのまま町に居着いて三年経った頃、町で馬具商をやっていたコーキンデイル家の娘と結婚した。気の毒なことに、女房は結婚後一年経たないうちにお産がもとで命を落とした。そのあとすぐにチェンバレンはヴァラスの店を辞め、株式仲買人の仕事を始めた。倹約家で、女房にもそれなりの資産があったため、自分は金を持っているといつも周囲に言っておったからスタートは上々だった。とにかく口のうまい男でな。その気になれば犬の喉からバターを騙し取ることもできただろう。裕福な町の人間は彼を信じた——わしも信じたのだよ、スパルゴ君。わしは彼と何度も取引したんだが、損失は出しておらん。それどころかずいぶん世話になった。チェンバレンは依頼人の誰にもよくしていた。もちろん浮き沈みはあったが、依頼人は概して満足しとったよ。だが言うまでもなく、チェンバレンとメイトランドのあいだに何があったのかは、誰も知らなかった」

「この記事からすると、すべては突然だったみたいですね。だしぬけに起きたんでしょうか」

「そのとおりだ」と、クウォーターペイジは答えた。「突然と言うか、予期せぬ形と言うか——そう、まるで冬の稲妻のようだな。誰も不審な点があるとは思いもしなかった。ジョン・メイトランドは町ではとても尊敬されて一目置かれ、誰もが知る存在だったのだ。正直言ってな、スパルゴ君、わしは陪審長を務めておったが、あんなふうに大陪審席に座って、腹心の友だと思っていた男に判決が下るのを聞いておるのは、決して愉快なことではなかった。だが、事実は事実だ」

「なぜ発覚したんですか」どうしても事実関係を知りたいスパルゴは尋ねた。

「それはだな、マーケット・ミルキャスター銀行は、実際のところ町の二つの旧家、ギャツビー家とホスタブル家の財産のようなものでな。父親が死んだので、大学を出たばかりの若きホスタブルが業務を引き継いだ。これがなかなか目端の利く頭のいい若者で、どういうわけかメイトランドに疑念を抱いたのだ。そして、特別調査を直ちに行うよう経営陣を説き伏せ、メイトランドに逃げられる前に尻尾をつかんだというわけだ。だが、今話しているのはチェンバレンのことだったな」

「ええ、チェンバレンのことです」と、スパルゴは頷いた。

「うむ。ある晩、メイトランドは逮捕された」クウォーターペイジは話を続けた。「もちろん、逮捕の知らせはたちまち町じゅうに広がり、誰もが心底驚いた。当時、メイトランドは何年も教会の教区委員を務めとったし、たとえ教区牧師が重婚罪で逮捕されたとしても、みんなあれほど驚きはしなかっただろう。こういう小さな町ではニュースはものの数分で知れ渡る。もちろんチェンバレンも、ほかの者同様に知らせを耳にしたはずだ。しかし、その後も町の人々の記憶に残り、たびたび口に上ったのは、メイトランドが逮捕された瞬間から、チェンバレンと会った町民が一人もいなかったという事実だ。妻に先立たれてから、昨夜君がわしや友人たちと会ったイエロー・ドラゴンで毎晩一時間ほど過ごすのが習慣になっておったのだが、その晩は現れなかった。そして翌朝、彼は八時のロンドン行きの列車に乗った。乗り込む際、たまたま顔を合わせた駅長に、帰りは遅くなるよ、疲れる一日になりそうだ、と言っていたそうだ。だが、その夜、チェンバレンは帰ってこなかったのだよ、スパルゴ君。四日後、マーケット・ミルキャスターにようやく戻ってきたときには棺《ひつぎ》に入っていたのだ！」

「亡くなったんですか？」スパルゴは驚きの声を上げた。「そんなに急に！」

「本当に急だった」と、クウォーターペイジは相づちを打った。「そう、チェンバレンは確かに棺に入って帰ってきた。戻ってくると本人が言っていたまさにその夜、彼がコスモポリタン・ホテルで急死したという電報が届いた。馬具商をしている義兄のコーキンデイルのもとへ届いたのだ――通りの先にある町役場の向かいで、彼は今も店をやっておる。ロンドンに住む、チェンバレンの甥のスティーヴン・チェンバレンという、証券取引所で働いているらしい男からの電報だった。私も実物を見たが、長い文面だった。チェンバレンは突然、発作に襲われ、医者が駆けつけたものの、まもなく息を引き取ったと書かれていた。ロンドンに甥や友人がいるのだから、自分が行くまでのこともないだろうと考えた義兄のトム・コーキンデイルは、スティーヴン・チェンバレンに、何か手伝えることがあれば言ってくれという返電を打つだけで済ませた。すると翌朝、スティーヴンからまた電報が来た。医師がその場にいて死因を証明してくれたので検死審問の必要はなく、二日後の葬儀の手配を頼む、とコーキンデイルに言ってきたのだ。チェンバレンの妻が亡くなったとき、この町の墓地にある地下納体堂に埋葬したから、当然、家族は妻とともにそこに埋葬するつもりだった」

スパルゴは頷いた。彼の脳裏にはさまざまな推理が浮かび始めていた。あらゆることを考慮に入れて、頭をフル稼働させる。

「それから二日後にチェンバレンの遺体が運ばれてきた。遺体と一緒に、三人の人間がやって来た――スティーヴン・チェンバレン、チェンバレンの死因を確認した医者、事務弁護士の三人だ。すべて慣習どおり、葬儀は滞りなく執り行われた。チェンバレンは町の名士だったから、大勢の町民が駅まで出迎えて、そのまま墓まで付き添った。もちろん、チェンバレンの顧客だったわれわれの多くは、なぜ彼が急死したのかを知りたくて仕方がなかった。甥のスティーヴンの説明によれば、コスモポリタン・ホテルで甥と事務弁護士と待ち合わせて仕事の話をしようと、チェンバレンはあらかじめ電報を打っとったらしい。二人はホテルで彼の到着を待ち、三人揃ったところで昼食を摂った。そして食後、個室で仕事の話を始めた。午後遅くに、突然チェンバレンの具合が悪くなり、すぐに医者を呼んだのだが、夜になる前に息を引き取ったのだそうだ。医者は心臓発作だと言った。とにかくにも医者が死因を特定したので、さっきも言ったとおり検死審問はなく、遺体は埋葬された」

老人はそこで言葉を切って、シェリー酒を一口すすると、思い出し笑いをした。

「それがな」やがてクウォーターペイジは言った。「もちろん、そのときにはメイトランドの事件は発覚しておって、メイトランドは、横領した金のほぼ全額をチェンバレンが現金で所有しているに違いないと証言した。ところがだ、スパルゴ君。チェンバレンは実際には何も残していなかったのだ。確認できたのはほんの三、四千ポンドほどでな。彼は、そのすべてを甥のスティーヴンに遺した。するとメイトランドが預けた巨額の金については手がかり一つ見つからんかった。すると、人々は噂し始めた。今でもその噂は根強く残っとる」

「どういう噂ですか?」と、スパルゴは訊いた。

クウォーターペイジは身を乗り出して、客の腕を叩いた。

「チェンバレンは死んでなどおらず、あの棺には鉛が入っておるとな!」

第二十章　マーベリーこと、メイトランド

クウォーターペイジの驚くべき一言で、スパルゴの頭には新たな見方が生まれ、事件解明への新しい可能性が一気に芽生えてきた。しばし黙って座ったまま、その一言を発した相手をじっと見つめた。老人は客の驚くさまを楽しげに見守りながら、静かに含み笑いをしている。

「つまり――」ようやくスパルゴが口を開いた。「この町の住民の中には、チェンバレンの遺体が納まっているはずの棺には実際は別の物が入っている、と今でも信じている人がいるってことですか――本当の中身は鉛だと」

「大半の住民がそう思っとるさ」と、クウォーターペイジは答えた。「そう、大勢な！　通りに出て最初に出会った六人に聞いたら、六人中四人はそう信じていること請け合いだ」

「だったら、常識という名のもとに、なぜ確かめようとしなかったんですか。どうして墓の発掘命令を取らないんです？」

「誰にとっても、特別関係のないことだからだ。君は田舎町の生活を知らんだろう。マーケット・ミルキャスターのような町の住民はな、噂話は大いにするが、行動にはなかなか出ないものだ。誰が口火を切るか、という問題なのだよ。自ら率先して、しかも金がかかるとなれば、もう誰も手を出そうとはせん」

「しかし、銀行の人間たちは？」

クウォーターペイジは首を振った。

「彼らはチェンバレンが死んだと思っとる。甥と医者と弁護士の話を丸ごと信じたのだ。ギャッビー家もホスタブル家も、とても古くさい保守的な考えの持ち主でな。だが、今思うと、あの三人にはどうもおかしな点があった。以前、この町にも君と同じ職業の男がおってな、君が膝に乗せとるその新聞を編集しておった。彼はチェンバレン事件に興味を抱いて調査を始めた。何かいい情報がつかめそうだと思ったらしい。何と言うんだったかな……」

「特ダネ、じゃないですかね」

「特ダネか――確かにそう言っとったな」クウォーターペイジは頷いた。「彼は、わざわざロンドンまで行って、甥のスティーヴンについてひそかに訊き込みをした。チェンバレンが埋葬されてから、ちょうど一年後のことだ。だが、すでにスティーヴン・チェンバレンはイギリスを離れておった――何カ月も前にな。どこか植民地に行ったらしいんだが、誰も正確な場所は知らなかった。例の弁護士もいなくなっていた。そして医者は、一切、行方がつかめなかった。医師名簿にさえ名前がなかったのだ。これらをどう思うかね、スパルゴ君」

「確かに、マーケット・ミルキャスターの人たちは行動に出るのが遅いようですね。私ならとっくにチェンバレンの死と埋葬について調べていたでしょう。どう考えても陰謀めいた匂いがする」

「言っただろう、誰にも関係のないことだと。その新聞記者はなんとか町民の関心を引き出そうと頑張ったが、うまくいかずにほどなく町を去った。それで、この件はそれっきりになったというわけだ」

「クウォーターペイジさん」スパルゴが問いかけた。「正直なところ、あなた自身はどうお考えなんですか」

クウォーターペイジは微笑んだ。

「そうさな。わしはよく考えるのだよ。このことに関して、自分に意見などあるのか、とね。わしがこの件について感じておるのは、どうにも不可思議な点がつきまとっているということくらいだ。どうやら、君の財布に入っている古い銀のチケットから、話がずいぶん逸れてしまったようだ。ここらで――」

「いいえ！」スパルゴは人差し指を振って、老人の言葉を遮った。「そんなことはありません！ それどころか近づいていると思いますよ。あなたは時間を割いて私に多くを語ってくださった。今度は私がいろいろと話す番ですが、その前にまずお見せしたいものがあります」

スパルゴは手帳から、丁寧に台紙に貼ったマーベリーの写真を取り出し、老人に手渡した。『ウォッチマン』紙に掲載した写真の原版だ。

「この写真の人物をご存知ではありませんか」と訊く。「よく見てください」

クウォーターペイジは老眼鏡をかけて、写真を凝視した。

「いいや」しばらくして、クウォーターペイジは首を横に振った。「知らん顔だ」

「あなたの知っている人間に、似ている人はいないですか」

「いや、おらん。まったく知らん」

「わかりました」と言って、スパルゴはテーブルの上に写真を置いた。「それでは、あなたが知っていた当時のジョン・メイトランドの風貌を教えてください。それと、死んだときというか、死んだとされたときのチェンバレンの人相も知りたい。もちろん、彼らのことはよく覚えていますよね」

クウォーターペイジは立ち上がって、ドアに向かった。

「それよりもっといいことがある。メイトランドの公判の少し前に撮影した二人の写真をお見せしよう。町が主催したガーデンパーティーで、マーケット・ミルキャスターの名士たちを撮った写真だ。メイトランドとチェンバレンも写っておる。何年ものあいだ、ずっと客間のキャビネットにしまったままだったから、撮影当時と変わらん状態のはずだ」

老人は部屋を出ると、まもなく台紙に貼られた大判の写真を手に戻ってきてスパルゴの前のテーブルに置いた。

「ほら、これだ。見てのとおり、少しも傷んでおらんだろう。最後に取り出したのは二十年は前だからな。これがメイトランド、こっちがチェンバレンだ」

スパルゴは、写真屋の指示で座らされた大勢の人々のうち、ツタに覆われた壁の前に堅苦しい態度で立っている数人の男に注目した。クウォーターペイジが指し示した二人の人物に目を凝らす。二人とも中背で、どちらかというとがっしりした体つきをしており、これといって目立った特徴はなかった。

「ふむ！」考え込むように彼は言った。「二人とも顎髭を生やしているんですね」

「さよう、どちらも髭をたくわえておった。顎を覆う、たっぷりとした髭をな」と、クウォーターペイジは頷いてみせた。「それに、ほれ、二人はよく似ておる。ただ、メイトランドのほうがチェンバレンよりずいぶん肌は浅黒かったし、目は茶色だった。チェンバレンは明るい青い瞳だったよ」

「髭がなければ、かなり印象は違ってきますよ」スパルゴは写真に写っているメイトランドと、自分がポケットから取り出したマーベリーの写真を見比べて考え込んだ。「二十年も経てばだいぶ変わりますしね」

「確かに、二十年経てば人によってはずいぶん変化するだろう。だが、たいして変わらん人間もおる。わしも、この二十年、あまり変わっていないと言われる。しかし、変わる者は大きく変わるものだ。時とともに、まったくわからんほどにな。わずか五年でもだ。経験してきたものによるのだよ」

スパルゴは急に写真を横に置いて両手をポケットに突っ込み、クウォーターペイジを見据えた。

「クウォーターペイジさん！　私が調べているものをお話しましょう。『ミドル・テンプルの殺人』についてはご存知でしょう——いわゆるマーベリー事件です」

「ああ、それなら読んだ」

「『ウォッチマン《う ち》』の記事を読みましたか」

クウォーターペイジは首を振った。

「わしは若い頃から一紙しか読んどらんのだよ。わしが取っておるのは『タイムズ』だ。わが家はいつだってそうだ。そう、新聞に税金がかかっていた時代でもだ」

「そうですか。しかし私は、あなたが読んでいる新聞記事よりも詳しいことをお話しできます。なんといっても、ジョン・マーベリーと言われている男の遺体発見時から、ずっとこの事件を追っているのでね。お耳を貸していただけるなら、すべてお話しますよ——遺体発見の瞬間から現在に至るまでをね」

そしてスパルゴは、自分が関わった当初から銀のチケット発見に至るまで、マーベリー事件のすべてをかいつまんで語った。クウォーターペイジは夢中になって話に耳を傾け、時折、若者の説明に頷いた。

「それでですね、クウォーターペイジさん」と、スパルゴは話を締めくくった。「私の結論はこうです。ジョン・マーベリーと名乗ってアングロ・オリエント・ホテルに現れ、その夜ミドル・テンプル・レーンで殺害された男はジョン・メイトランドだと思います。銀のチケットにまつわるあなたのお話を聞いたあとでは、まず間違いないという自信がある。あのチケットがこの町でどれほどの価値があるかわかった今、謎の解明に近づいていると思うんです。言うまでもなく、ジョン・メイトランド、すなわちマーベリーを殺した犯人が誰かという謎です。チェンバレンの話を聞いて、私はこう思いました。マーベリー——と呼んでおきますが、ロンドンには彼を邪魔に思う人間がいて、あの晩ばったり彼と出会った。つまり、チェンバレンの件で彼を黙らせたかった人間です。そして、チェンバレンについては謎に包まれていて、例のエイルモア議員が自分の過去を一切語ろうとしないことを考えると、実は彼がチェンバレンではないかと考えたのです。ええ、本当にそうではないかと思いました。しかし、エイルモアは長身ですらりとしている。六フィート（約一八〇センチ）もあって、今は多少白髪交じりですが、顎鬚は黒です。でも、チェンバレンは中肉中背で金髪の青い目の男だったんですよね」

「そのとおりだ」と、クウォーターペイジは同意した。「いかにも、中肉中背で金髪だった——とても明るいブロンドだ。なんてことだ、スパルゴ君！　これは予想もしなかった新事実だぞ。君は本当にジョン・メイトランドとジョン・マーベリーが同一人物だと思うのかね」

「今は確信しています。こういうことではないかと思うんです。出所したメイトランドはオーストラリアへ行き、そこに腰を落ち着けた。やがて、どうやら金持ちになって帰国し、到着したその日に殺害された。エイルモアは彼のことを知っている唯一の人間です。ところが、すべてをどうしても話そうとはしない。それは確かです。ただ、曖昧ではあるが二十一年から二十二、三年前の知り合いだということは認めています。では、どこでエイルモアと知り合ったのか。彼はロンドンだと言う。それも曖昧です。どこなのか詳しく言おうとしない――具体的なことは何も口にしないんです。自分が当時何をしていたのかさえ言わないんですから。エイルモアに似た男がメイトランドに会いにこの町へ来たのを覚えてはいませんか、クウォーターペイジさん」

「覚えとらんな。メイトランドは非常に物静かで内気な性格だった。町いちばんのおとなしい男だったと言っても過言ではない。客がやって来たことなどないだろう。少なくとも、君が言う人相からして、当時、そのエイルモアという人物が友人の中にいた記憶はない」

「その頃、メイトランドはロンドンによく行っていたのですか」

クウォーターペイジは笑った。

「いよいよ、わしの記憶力がいいという証拠をお見せするときが来たようだ。メイトランド事件が発覚するほんの二、三カ月前に向かいのイエロー・ドラゴンで起きたことをお話ししよう。ある晩、われわれが数人であそこへ集まっておると、珍しくメイトランドがチェンバレンとやって来た。会話の中で、チェンバレンは翌日ロンドンに行くと言っておった。彼はしょっちゅう行ったり来たりしとったからな。それでロンドンの話になった。すると、話の流れでメイトランドがこんなことを言ったのだ。イングランドに住む同世代で――もちろん彼と同じような地位財産のある者でという意味だが――ロンドンに行ったことがないのは自分くらいだろう、とな！　あの晩から公判までのあいだに彼がロンドンに行ったとは思えん。絶対に行っとらんだろう。もし行っていたら、わしの耳に入っとるはずだ」

「それは変ですね。とても奇妙だ。メイトランドとマーベリーが同一人物なのは間違いないと思うんです。私の推理では、あの古い革の箱はメイトランドが逮捕前に用心深く埋めておいたものでしょう。彼はダートムア刑務所を出所後、それを掘り出した。そして、オーストラリアに持っていったんです。それを今回持ち帰った。もちろん、銀のチケットと写真はそのあいだずっと箱の中に隠されていた。そうなると――」

そのとき、書斎のドアが開いて、メイドの女性が主《あるじ》に声をかけた。

「玄関にイエロー・ドラゴンの靴磨きの少年が来ています。スパルゴさん宛の二通の電報を持ってきたんだそうです。きっと、すぐにご覧になりたいだろうって」

第二十一章　逮捕

スパルゴは玄関へ急ぎ、〈イエロー・ドラゴン〉の使い《メッセンジャー》の少年から二通の電報を受け取ると、封筒を破ってさっと目を通した。そしてクウォーターペイジのもとに戻った。

「重要なお知らせです」書斎のドアを閉め、先ほどまで座っていた椅子に腰を下ろした。「今から電文を読みます。そのうえで今朝話したことを踏まえてお話ししましょう。一通目はうちの社からです。オーストラリアでのマーベリーについて調べるよう現地に依頼したことはお話ししましたよね。彼が帰国する前にいた――そう、クーランビッジーです。その報告がウォッチマン新聞社にあったので、会社がそれを知らせてくれたんです。クーランビッジーの警察署長から、ロンドンの編集長宛に送られたものです――。

ジョン・マーベリーは、一八九八年から九九年にかけての冬、クーランビッジーにやって来た。連れはいなかった。かなりの資産を持っていたようで、小さな羊牧場の所有者アンドリュー・ロバートソンから牧場の一部を買い入れた。ロバートソンは現在もここに住んでいて、健康のために移住してきた男やもめだということ以外、マーベリーは自分のことを話さなかったと言っている。息子がいたがすでに亡くなっており、身内はいないとのことだった。羊牧場でとても静かに堅実に過ごし、何年もそこを離れることはなかった。ところが半年前、メルボルンを訪れた彼は、戻ってくるやロバートソンに、ある知らせを受けてイギリスに帰国することにしたので牧場を売りたい、と告げた。ロバートソンは三千ポンドで買い取り、マーベリーはまもなくメルボルンを離れた。こちらで得た情報からすると、ロバートソンは、マーベリーがクーランビッジーを去るとき、五、六千ポンドを持っていたのではないかと考えているようである。彼はロバートソンに、メルボルンで会った男から聞いた話に驚いたと言っていたらしいが、どんな内容かは明かさなかった。出て行く際、来たときと同じ荷物を手にしていた。頑丈そうなスーツケースと、小さくて四角い革の箱だそうだ。クーランビッジーには資産の類いは一つも残していない。

「以上です」と言って、スパルゴは一通目の電報をテーブルに置いた。「ここからいろいろなことがわかると思いますが、さらに驚くべきお知らせがあります。こちらは先ほどお話ししたロンドン警視庁《スコットランドヤード》のラスベリー刑事からです。私の留守中に起きたことを知らせてくれると約束をしていたんですよ。ここには、こう書いてあります――。

エイルモアを有罪にできる新たな証拠が出た。当局は彼を容疑者として逮捕する意向。明日の記事のネタが欲しくば、すぐに戻られたし。

スパルゴは二通目の電報もテーブルに置き、老人が興味深そうに二通に目を通すの待って立ち上がった。

「そろそろ失礼しなくてはなりません、クウォーターペイジさん。一応、朝のうちに列車の時刻を調べておいたんですが、一時二十分のパディントン行きに乗れそうです。それに乗れば四時半前にロンドンに戻れますので。出発まで、あと一時間あるな。実はもう一人、マーケット・ミルキャスターで会っておきたい人物がいましてね――写真屋です。たとえ撮影した人間でなくとも、とにかく、この町の写真屋に会っておきたい。銀のチケットとともに写真が見つかったと言いましたよね。あの写真は、きっとここで撮られたものだと思うんです。撮影者本人に会えたら、それに越したことはないんですが……。まだご健在なら会える可能性はありますよね」

クウォーターペイジは立ち上がって帽子をかぶった。

「この町には写真屋は一人しかおらん。しかも、もう長いことここに住んでおる。クーパーといってな。案内しよう、ほんの数軒先だ」

写真屋でぐずぐずしている時間はなかったので、スパルゴは年配のクーパーに単刀直入に質問した。

「二十年から二十一年前に、銀行の支配人だったジョン・メイトランドの子供の写真を撮っていますか」クウォーターペイジから、ロンドンから訊きたいことがあって訪ねて来た人だと紹介を受けたスパルゴは尋ねた。

「もちろんです。昨日のことのように覚えてますとも」

「その写真をお持ちですか」

すでにクーパーは、アルバムの並ぶ棚に向かっていた。一八九一年というラベルのアルバムを取り出し、ページをめくり始める。ものの一、二分で、彼はスパルゴの前のテーブルにそれを置いた。

「ありましたよ、この子です！」

スパルゴは写真をひと目見ると、クウォーターペイジを振り返った。「思ったとおりです。銀のチケットと一緒に革の箱に入っていたのと同じ写真だ。ありがとうございます、クーパーさん。それと、もう一つだけお訊きしたいことがあります。メイトランド事件のあとで、この写真を焼き増しして誰かに渡しませんでしたか。つまり、家族が町を出たあとで、ですが」

「ええ」と、クーパーは答えた。「子供の叔母さんに当たるミス・ベイリスに六枚ほど渡しました。実は、写真を撮りにその子を連れてきたのは彼女でしてね、住所もわかりますよ」と言いながら、別の古いファイルをめくった。「どこかにあるはずだ」

クウォーターペイジがスパルゴを軽く肘で小突いた。

「これは、わしにもできんかったことだ！　さっきも言ったが、メイトランドが出所したあとで調べたときには、彼女はもうブライトンから姿を消しておったのだからな」

「ほら、あった」クーパーが言った。「一八九五年の四月に、ミス・ベイリスにその写真を六枚送ってます。そのときの住所は、ウェールズ、ベイズウォーター地区チチェスター・スクエア六番地ですね」

スパルゴは素早くその住所を書き留め、写真屋の厚意に礼を言って、クウォーターペイジとともに店を出た。通りに出ると、彼は老人に笑顔を向けた。

「こうなると、もうほぼ疑う余地はなさそうです！」と、興奮気味に言う。「メイトランドとマーベリーは同一人物ですよ、クウォーターペイジさん。あそこに町役場が見えるのと同じくらい確かだ」

「それで、次はどうするのかね」と、クウォーターペイジが訊いた。

「あなたには礼を言わなければ。本当にありがとうございました。ご親切とお力添えに感謝します。

これから一時二十分の列車でロンドンに戻ります。事の次第は必ずお知らせしますよ」

「ちょっと待ちたまえ」急いで立ち去ろうとしているスパルゴを老人が呼び止めた。「君はこのエイルモアという男が本当にメイトランドを殺したと思うのかね」

「いいえ！」スパルゴの言葉に力がこもった。「思っていません！　そして誰が犯人かを突き止める前に、われわれにはやらなければならないことが山ほどあります」

ロンドンへ戻る道中、スパルゴはわざとマーベリー事件のことを考えないようにしていた。列車内でボリュームのあるランチを食べ、周囲の乗客と会話を楽しんだ。何日もずっと頭の中を占めていた問題から心と注意をほかに向けるのは、ほっとする思いだった。ところが、新聞売りの少年らが大声で下院議員逮捕のニュースを読み上げるのを耳にして窓の外を見たスパルゴの目に、新聞スタンドの貼り紙の文字が飛び込んできた。

マーベリー殺人事件でエイルモア議員逮捕

出発する列車から売り子の新聞をつかみ取るように買って広げてみると、最新ニュースの差し替えスペースに、単なる事実の発表が載っているだけだった——。

本日午後二時、スティーヴン・エイルモア下院議員は下院への登庁途中、去る六月二十一日の夜にミドル・テンプル・レーンで発生したジョン・マーベリー殺人事件に関与した容疑で逮捕された。明日の午前十時、ボウ・ストリートの中央警察裁判所に召喚されるものと思われる。

パディントン駅に着くなり、スパルゴはロンドン警視庁へ急いだ。ちょうど自室から出てきたラスベリーに出くわした。ラスベリーは彼を見ると部屋に引き返した。

「おう、来たな！　ニュースを聞いたんだな」

椅子に腰を下ろしながら、スパルゴは頷いた。

「なぜ、こうなったんです？」と、いきなり尋ねる。「何かがあったはずだ」

「あったとも」と、ラスベリーは答えた。「出たんだよ。ステッキ、棍棒——どう呼んでもいいが、とにかく外国製の品だ——マーベリーを殴った凶器が昨夜見つかった」

「それで？」

「それがエイルモアのものだということが証明されてね。ファウンテンコートの彼の部屋にあった、南米の骨董品だったんだ」

「どこで見つかったんですか」

ラスベリーは笑った。

「エイルモアかどうかは別として、犯人はなんともお粗末なやつだ！　なんたって、ミドル・テンプル・レーンの下水溝に落ちていたんだからな。テムズ川に流れ込んでそのまま流れ去ってしまうとでも思ったんだろうが、あいにく発見される運命だった。下水溝の管理人がゆうべ見つけたんだが、エイルモアの部屋を掃除している女性が、仕事を始めた頃からあった品だ、とすぐに特定したよ」

「エイルモアはどう言っているんですか。何か言ったでしょう」

「棍棒は間違いなく自分のもので、南米から持ち帰った品であることは認めているんだが……」と、ラスベリーが説明する。「ところが、しばらく自分の部屋で見かけていないので盗まれたんだと思う、って言うんだ」

「ふむ！」スパルゴは考え込んだ。「しかし、それがマーベリーを殴り倒した凶器だとどうしてわかるんです」

ラスベリーが陰気な笑みを浮かべた。

「被害者の髪の毛が付着していた——血痕と一緒にな。だから、それが凶器であるのは確かだ。ところで、西への小旅行で何かつかめたかい？」

「ええ、大いに！」

「いい材料か？」

「きわめていい材料です。マーベリーの正体がわかりました」

「まさか！　本当に？」

「私の推理によると、まず間違いない。自信があります」

ラスベリーはデスクの前に座り、熱のこもったまなざしをスパルゴに向けた。

「で、誰だったんだ」

「ジョン・メイトランド。マーケット・ミルキャスター銀行の元支配人です。そして前科者でもあります」

「前科者！」

「そう、前科者です。一八九一年秋のマーケット・ミルキャスターの四季裁判で、二十万ポンドを超える銀行の金を横領した罪で十年の懲役を言い渡され、ダートムア刑務所で刑期を務めました。そして、出所するとすぐにオーストラリアに渡った。それが今は亡きマーベリー――メイトランドの正体です。私はそう確信しています！」

ラスベリーはスパルゴを見つめたままだ。

「続けろ！　話してくれ、スパルゴ。一から十まで詳しく聞かせてほしい。そのあとで、私の知っていることをすべて話そう。といっても、君のに比べたら、私がつかんだものはたいしたことないが」

スパルゴはマーケット・ミルキャスターでの出来事のすべてを話し、ラスベリーは熱心に耳を傾けた。

「こういう訳です」スパルゴは説明を締めくくった。「このことについては疑問の余地はない。これで多くの謎が解明されますよね」

そして、あくびをしながら、「うん、問題がかなり片付いたな」と独りごちた。「私はもう、マーベリーことメイトランドにはあまり興味がない。唯一の関心事はエイルモアだ」

ラスベリーが頷いた。

「確かに。突き止めるべきはエイルモアが誰なのか、つまり二十年前は何者だったかということだな」

「というと、警察は何もつかんでいないってことですね」

「十年くらい前に相当な金持ちとして帰国してからの、申し分のない経歴以上は何も」ラスベリーは笑みを浮かべて答えた。「それ以前のことはまったくつかめなくてね。次はどうするつもりだ、スパルゴ」

「ミス・ベイリスを捜します」

「そこで何かわかるのか」

「いいですか！」と、スパルゴは言った。「エイルモアがマーベリーを殺したなんて、私はこれっぽっちも信じていません。メイトランドの線を追えば真実にたどり着けると思っています。ミス・ベイリスは何か知っているに違いありません――彼女が存命ならね。さて、そろそろ社に戻って報告しなくては。動きがあったら連絡を頼みます、ラスベリー」

スパルゴは〈ウォッチマン新聞社〉のオフィスへ向かった。ちょうどタクシーを降りたところに、もう一台、別のタクシーがやって来た。そして、中からエイルモアの娘たちが姿を現したのだった。

第二十二章　空白の過去

ジェシー・エイルモアは自信に満ちた態度でスパルゴの前に進み出たが、姉のほうは後ろでもじもじしていた。

「ちょっとよろしいかしら」と、ジェシーが言った。「私たち、あなたにお会いしたくて参りましたの。イヴリンは来たがらなかったんですけど、私が無理に連れてきたんです」

スパルゴは無言でイヴリン・エイルモアと握手を交わし、二人についてくるよう手招きした。真っすぐ自分の部屋に向かうと、いちばん座り心地のよい椅子を勧めてから、やや唐突に話しかけた。

「ロンドンに戻ったばかりでしてね。お父上のことは残念でした。もちろん、そのことでいらしたんですよね。でも、たいしてお役に立てないと思いますよ」

「だから、スパルゴさんにご迷惑をおかけするわけにはいかないって言ったじゃないの、ジェシー」と、イヴリンが言った。「何をしていただけるって言うの？」

ジェシーはもどかしそうに首を振った。

「『ウォッチマン』って、ロンドンでいちばん影響力のある新聞なんでしょう？　それに、マーベリー事件の記事は全部スパルゴさんが書いてらっしゃるんですよね。スパルゴさん、ぜひとも私たちにお力添えくださいませんか」

スパルゴはデスクの前に腰かけ、留守中にたまった郵便物や書類に目を通し始めた。

「はっきり申し上げますが」しばらくして口を開いた。「お父上が昔のことをおっしゃらないかぎり、誰であっても助けられないと思いますよ」

「そのことは……」イヴリンが消え入るような声で言った。「ロナルドにも言われたわよね、ジェシー。でもスパルゴさん、父は何も話してくれないんです。この惨《むご》い犯罪に関して、父は潔白に違いないのに、なぜ質問に答えようとしないのかわかりません。それにあなた方と一緒で、私たちがどんなに頼んでも、父は一言も話そうとしないんです。父は危い立場にあります。ロナルド――いえ、ブレトンさんに言われて、マーベリーについて知っていることをすべて話すよう懇願したんですけど、父は自分が殺人事件に関わっているとか、逮捕されるなんてことはあり得ないと笑い飛ばすばかりで、その結果……」

「その結果、捕まってしまったわけだ」スパルゴはいつもの事務的な調子で言った。「世の中には自業自得な人もいる。あなたたちはお父上を助けたいのでしょうが、これは彼が自ら招いた結果――意地っ張りなまでの頑固さから陥った苦境と言ってもいいですよね。ところで、ここだけの話、お二人はお父上の過去についてどのくらいご存知なんですか」

姉妹は互いに顔を見合わせ、スパルゴを見た。

「何も」と、姉が言った。

「まったく知りません」妹も口を揃える。

「二、三、簡単な質問に答えてください。あなたたちの答えを記事に書くことはしないし、どんな形でも利用しません。ただ助けたいので伺うんです。イギリスに親戚はいらっしゃいますか」

「私たちの知るかぎりではおりません」と、イヴリンは答えた。

「昔のことを教えてくれそうな人はいないのですか」

「ええ、誰も」

スパルゴは指で吸い取り紙の綴りを上からトントンと叩きながら、しきりに考えを巡らせていた。

「お父上はおいくつですか」スパルゴは急に質問を変えた。

「数週間前に五十九になりました」イヴリンが答える。

「あなたと妹さんのお年は」

「私が二十歳で、ジェシーはもうすぐ十九になります」

「あなた方はどこで生まれました?」

「二人ともサン・グレゴリオですわ。アルゼンチンのサンホセ郡、モンテビデオの北になります」

「お父上は、仕事でそちらに?」

「父は輸出貿易に携わっていました。そのことは秘密でもなんでもありません。いろいろなものをイギリスとフランスに輸出していました。毛皮、牛皮、羊毛、天日塩、果物などです。それで一財産を作ったんです」

「あなたが生まれたとき、お父上がそこにどれくらい住んでいたのかご存知ないのですね」

「ええ」

「アルゼンチンに渡ったとき、お父上は結婚なさっていたんですか」

「いいえ、独身でした。それなら私たちも知っています。母との結婚の経緯については、父が話してくれましたから。とてもロマンチックな出会いだったんです。イギリスからブエノスアイレスへ向かう船上でのことだったそうです。母は父と同じで身寄りがなく、友達もほとんどなく、住み込みの家庭教師としてアルゼンチンへ渡るところでした。二人は恋に落ち、船が到着してまもなくブエノスアイレスで結婚しました」

「お母さんはお亡くなりになったんですか」

「私たちがイギリスに帰国する前に他界しました。私が八歳で、ジェシーが六歳のときです」

「お母さんが亡くなられたあと、イギリスに帰国した——どのくらい経ってからですか」

「二年後です」

「ということは、帰国して十年になるんですね。それ以外に、昔のお父上について知っていることはありませんか」

「ありません——まったく何も」

「何か話しているのを耳にしたことはありませんか。だって、お話からすると、お父上はアルゼンチンへ渡ったとき四十歳近かったことになります。となると、こちらでも何らかの仕事に就いていたはずでしょう。子供の頃の話は聞いてませんか。昔の、何かそんな話を聞いたことは？」

「結婚前のことは聞いたことがありません」と、イヴリンが答えた。

「一度、子供の頃のことを尋ねてみたことがあるんです」と、ジェシーも言う。「父は、幼少時代はあまり幸せではなかったから、忘れようと努力してきたんだって言ってました。だから私は二度と訊かなかったんです」

「だとすると、こうなりますね。あなた方は、お父上についても、お父上の家族や財産、人生についても、物心がついてから見聞きしたこと以外は何も知らない。つまりそういうことですね」

「そのとおりです」と、イヴリンが答えた。

「そうですよね。となると、先日、妹さんにも言ったとおり、世間の人々はお父上に後ろ暗い過去があって、それをマーベリーに握られたので口封じのために殺したのだと思うでしょう。私の意見じゃありませんよ。私はお父上が潔白だと信じていますし、それどころかマーベリー殺しに関しては、彼はお腹の中にいる赤ん坊同様に何も知らないのだと思っています。だから今、真犯人が誰なのか突き止めようと最善を尽くしているところです。ちなみに、明朝の『ウォッチマン』を読めばわかることだから話してもかまわないと思うんだが、実はマーベリーの正体がわかったんですよ。彼は――」

そのときスパルゴの部屋のドアが開き、ロナルド・ブレトンが入ってきた。姉妹を見て首を横に振る。

「やっぱりここだったか。ジェシーがあなたに会いに行くって言ってたのを思い出したものだから。スパルゴ、あなたにしてもらえることがあるとは、僕にはどうしても思えない。世界一有力な新聞だって、役に立つ状況じゃないんだ。ああ、何もかもおしまいだ――実はたった今、エイルモアさんに会ってきたところでしてね。彼の弁護人を務めるストラットンと僕とで、一時間ほど面会してきました。でも、相変わらず頑《かたく》ななんだ。これまでと同じことしか話してくれない。本人がマーベリーについて知っているに違いない事実を話さないのに、あなたがどんな力になれるって言うんです」

「そうだよな。だったら、マーベリーについてのちょっとした情報を彼に伝えるのはどうかな。エイルモアさんは、彼が思っているほど、過去を掘り返すのは難しくないってことを忘れているんだよ。例えばだ、ちょうどお嬢さん方に話していたところなんだが、私はマーベリーが本当は誰だったのかを突き止めたんだ」

ブレトンは驚いて跳び上がった。

「あなたが？　間違いないんですか」と、大きな声で訊く。

「筋の通った疑いを挟む余地はないね。マーベリーは前科者だった」

スパルゴは、この突然の発表がもたらす効果を見守った。二人の娘は驚いた様子も、異様な好奇心も見せなかった。まるでマーベリーが著名な音楽家だと言われたのと同じような、関心ない態度だ。しかし、ブレトンは目を丸くし、その瞳に疑念が浮かんだようにスパルゴには見えた。

「マーベリーが……前科者！」と、思わず叫んだ。「本当なんですか」

「明日の朝刊を読んでくれ。そこにすべてを書くつもりだからね。今夜、君たちが帰ったらすぐに書き始める。面白い記事になるよ」

気を利かせて出て行くイヴリンとジェシーをドアまで見送ったスパルゴは、姉妹を安心させるように、父親の無実を信じていること、真犯人を追い詰める決意を固めていることをもう一度繰り返した。ブレトンは姉妹に付き添い、通りまで出て二人がタクシーに乗り込むのを見届けると、スパルゴの予想どおり、すぐに部屋へ戻ってきた。後ろ手できっちりとドアを閉め、真剣な面持ちでスパルゴに向き合う。

「ねえ、スパルゴ、本当なんですか。マーベリーが前科者だっていうのは」

「本当さ、ブレトン。ほぼ間違いない。マーベリーは、一八九一年に横領罪で十年間の懲役刑に処されたマーケット・ミルキャスター銀行の支配人、ジョン・メイトランドという人物だった」

「一八九一年だって？　なんてこった——まさにエイルモアが彼を知っていた時期じゃないか！」

「そのとおり。それでちょっと思いついたことがある」自分のデスクに座って急いでメモを取りながら、スパルゴは言った。「ふと思ったんだが――エイルモアはマーベリーとロンドンで知り合ったと言ってなかったかい？」

「そうです」と、ブレトンが答える。「確かにロンドンだと言っていました」

「ふむ」スパルゴは考え込んだ。「そいつは妙だな。メイトランドはダートムア刑務所に送られるまで、一度もロンドンに行っていないんだ。出所してからのことはわからないが、エイルモアは、その頃にはとっくに南米に渡っていたはずだ。なあ、ブレトン」と、声高に続けた。「君は、エイルモアに面会できるのかい？　できれば明日、彼が中央警察裁判所《ボウ・ストリート》に連行される前に会ってもらえないかな」

「いいですよ。彼の弁護士と一緒なら面会できますから」

「だったらこうしてくれ。明朝の『ウォッチマン』に、私がどうやってマーベリーをメイトランドだと特定したかがすべて掲載される。できるだけ早くそれを読んで、すぐさまエイルモアと面会してほしい。彼が連行される前に、その記事を隅から隅まで読んでもらってくれ。自分の安全と娘たちの心の平安を大事にしたいなら、ばかげた黙秘なんかやめて、二十年前のメイトランドについて知っていることすべてを話してほしいと伝えてくれないか。彼は最初からそうすべきだったんだ。実はね、君が入ってくる前に、娘たちにいくつか訊いてみたんだ。二人とも、物心つく前の父親については何も知らないんだよ。わかるかい、イギリスに帰国する前のスティーヴン・エイルモアの経歴は空白なんだ！」

「ええ、わかってますとも！　そうなんだ。僕はずいぶんエイルモア家を訪れているが、エイルモアがアルゼンチン時代以前のことを話すのは聞いたことがない。あっちへ行った頃には、もういい年だったはずなのに」

「少なくとも三十七、八にはなっていた。一応、エイルモアは公人なわけだから、近頃は公人が経歴を隠すのは難しいんだが。ところで、君はエイルモア家とどうやって知り合ったんだ」

「後見人のエルフィックさんと僕は、スイスで彼らと出会いましてね。帰国してからも付き合いが続いているんです」

「エルフィックさんは今もマーベリー事件に関心があるのかい？」

「大いにね。玄関の階段の下で遺体が発見されたカードルストーン老人もそうです。ゆうべ、あの二人と夕食を共にしましたが、二人ともその話しかしませんでした」

「で、彼らの推理は？」

「そりゃあ、相変わらず強盗殺人ですよ！　カードルストーン老人は、自分の玄関先であんなことが起きるなんて、と怒り心頭でした。テンプルの住人全員を徹底的に調べるべきだって言ってます」

「たいそう時間のかかりそうな仕事だな。さて、そろそろ帰ってくれ、ブレトン。記事を書かなきゃならない」

「明日の朝、あなたも中央警察裁判所に行くんですか」ドアに向かいながらブレトンが訊いた。「十時半の予定ですけど」

「いや、行かない」スパルゴは答えた。「どうせ再拘留になるだけだし、そこで聞ける内容ならもうわかってる。しなければならない、もっと大事なことがあるんだ。とにかく、私が頼んだことを忘れないでくれ。『ウォッチマン』の私の記事をエイルモアに読んでもらって、正直に話すよう伝えるんだ、知っていることすべてを――何もかもな！」

ブレトンがいなくなると、スパルゴは最後の言葉を繰り返した。「知っていることすべてを——何もかも！」

第二十三章　ミス・ベイリス

翌日の正午少し前、スパルゴは、ベイズウォーターには珍しくない、気取っているのに陰気な雰囲気の漂う広場にいた。下宿屋が軒を連ねている所だ。ここらの広場はとてもお高くとまっていて、高層の家々が立ち並び、漆喰塗りの正面といい、柱やバルコニーのある玄関といい、最寄りのパディントン駅に降り立ってやって来た田舎者なら、ロンドンでしか見られない公爵か伯爵の住まいと見紛うだろう。夜会用の礼服を着た若い男性がどことなく優雅な物腰でしばしば入り口に姿を現すので、ますますそう思い込んでしまう。田舎から来たばかりの者の目には、若き貴族がベイズウォーターでの生活を満喫しているようにしか映らないのだが、よく事情を知っている者が見れば、実はそれより品行方正かもしれない、スイス人やドイツ人の給仕だということに気がつくはずだ。

訪ねた家のドアが開くと同時に、スパルゴはその家の特色を見定めた。お決まりのベーコンエッグとフィッシュ・アンド・チップスの匂いが漂い、玄関にはありがちな古びた上着やコート、ステッキが入り交じり、ベルに応えて出てきたのもまた、型どおりのメイドだ。そして次には、スパルゴの問いかけに応えて、ごくありふれた女主人が登場した。中年を通り越しているが若く見られたいタイプらしく、ウィッグと入れ歯を身に着けて、軽く頬紅も塗っている。その雰囲気と笑顔は――こういう場面では十中八九――相手が自分を欺かないか、自分が相手のことを見極められるかを推し量っていると見て、まず間違いない。

「ミス・ベイリスに会いたいんですって?」スパルゴをじろじろ見ながら言った。「あの方はめったに人に会わないんですよ」

「あの――」スパルゴは丁重に切りだした。「ミス・ベイリスはご病気ではないんでしょうね」

「ええ、病気ではありません。でも、もうお年ですから、見ず知らずの方を嫌うんです。何かお伝えすることがございますか」

「いいえ。でも、よろしければこうお伝えください。私の名刺を渡して、マーケット・ミルキャスターのジョン・メイトランドについてお訊きしたいことがあるので、ほんの少し時間をいただけると大変ありがたい、と」

「まあ、お座りになったら」と、女主人は庭に面した部屋へスパルゴを案内した。部屋の中には、入居者と思《おぼ》しき年配の女性が二、三人座っていた。女主人はスパルゴをそこに座らせ、彼女たちが編み物や縫い物をしたり新聞を読んだりしているのを眺めて気を紛らせるようにしてから部屋を出て行った。「この女性たちは来る日も来る日もこういうことをしているのだろうか、そしてもうできなくなるその日が来るまでずっと同じことをし続けるのだろうか」と思い、陰うつな気分になり始めたところへ、ドアが開いて一人の女性が入ってきた。鋭い一瞥《いちべつ》をくれただけで、スパルゴは、その女性が普通の人とは明らかに異なることを感じ取った。ゆっくりと部屋を横切って近づいてくる女性を、今度は注意深く観察する。

そうやってじっくりと様子をうかがってみると、彼女は注目に値する容貌をしていた。まるで男性のようだ。六フィートを超える長身で、男のように大股で歩き、ほっそりとして、運動選手のように筋肉質だった。顔を見たときに気になったのは、黒い瞳と白髪の奇妙なコントラストだ。形のいい頭のたくさんの巻き毛は雪のように白く、目は石炭のように黒い。その上の眉毛も、同じく真っ黒だ。目鼻立ちの整った、見るからに引き締まった顔つきで、角張った顎が意志の強さを感じさせる。その風貌を見て真っ先にスパルゴの頭に浮かんだのは、ミス・ベイリスは、女看守か病院の婦長、不良少女の家庭教師になるために生まれてきたような人物だ、という感想だった。堅く閉じられたあの唇から、何か聞き出すことなどできるのだろうかという不安が頭をもたげた。

ミス・ベイリスは、すぐにでも死刑執行を命じかねないような目つきをこちらに向けている。その雰囲気に圧倒されたスパルゴは、思わず深々とお辞儀をし、なかなか言葉が出てこなかった。

「スパルゴさん？」その風貌に似つかわしい太い声で、彼女が話しかけてきた。「『ウォッチマン』紙の方ですね。私にお話がおありだとか」

スパルゴは黙ってもう一度頭を下げた。ミス・ベイリスは、近くの窓を指し示した。

「その開き窓を開けてくださらない？」と、有無を言わさぬ口調で命じる。「庭を歩きましょう。ここでは人に聞かれますから」

スパルゴは素直に指示に従った。さっさと開き窓を通り抜けるミス・ベイリスのあとに続いて庭へ出る。庭の端まで歩いたところでようやく彼女が口を開いた。

「マーケット・ミルキャスターのジョン・メイトランドについてお訊きになりたいんでしょう？　その前に確認しておきたいことがあります。私が答えることを記事に書こうと思っていらっしゃるのかしら」

「あなたの許可なしには記事にしません」と、スパルゴは答えた。「きちんとしたお許しをいただかないかぎり、お話くださったことを書くべきではないと考えています」

ミス・ベイリスはスパルゴの誠実さを推し量るように、むっつりとした顔で彼を見ていたが、やがて頷いた。

「それで、私に訊きたいことというのは」

「ここのところ、わけあってジョン・メイトランドについて調べていましてね。新聞を読んでいらっしゃるでしょう、ミス・ベイリス。『ウォッチマン』の記事をお読みじゃありませんか」

だが、ミス・ベイリスは首を横に振った。

「新聞は読みませんの。世間のことには興味がないもので。忙しくしていることがありましてね、それにすっかり没頭しているんです」

「では、マーベリー事件のことはお聞き及びではないと。殺害されて遺体で発見された男性の事件なんですが」

「ええ。そんな事件は聞いた覚えがありませんわね」

不意に、若きジャーナリストたちが思い描くほどマスコミの力が大きくはないことをスパルゴは思い知らされた気がした。なるほど、ロンドンでさえも、新聞を読まずとも穏やかに生きられる人はいるのである。内心の驚きを隠し、スパルゴは話を続けた。

「ええとですね、警察がジョン・マーベリーと言っている被害者の男は、実はあなたの義兄のジョン・メイトランドだったんです。そうなんです、ミス・ベイリス、その点に間違いはないと思います！」

スパルゴは力を込めて断言し、相手の反応をうかがった。しかしミス・ベイリスは少しも驚かなかった。

「きっとそうなんでしょうよ、スパルゴさん」と言う声は冷ややかだった。「ジョン・メイトランドがそういう最期を迎えたとしても、ちっとも驚かないわ。あの男は本当にろくでなしで、道徳観念のかけらもなかった。不運にも彼と知り合った人間は、みんなひどい目に遭わされたのよ。まさに悪人にふさわしい死に方をしたと言っていいでしょう」

「彼について、二つ三つお尋ねしてもよろしいですか」スパルゴは努めて愛想よく話しかけた。

「私の名前を新聞に載せないのならいいわ。それにしても、私がジョン・メイトランドの義妹だという悲しくも不名誉な事実をどこで知ったのかしら」

「マーケット・ミルキャスターです。写真屋が教えてくれました。クーパーという人です」

「ああ、そういうこと」

「あなたにお尋ねしたいのはごく簡単なことなんですが、それが大いに役に立つかもしれないのです。メイトランドが刑務所に入ったのはもちろん覚えていらっしゃいますよね」

ミス・ベイリスは高らかに笑った。蔑みのこもった笑いだった。

「忘れられるわけないじゃないの」と、大きな声で言う。

「刑務所へ面会に行かれたことは？」

「面会！」ミス・ベイリスは憤慨した。「面会っていうのはね、後悔している人間が得られる権利なのよ。筋金入りの悪党には無縁だわ！」

「なるほど。出所後、彼とお会いになりましたか」

「会ったわ――無理やりにね。どうしようもなかったの。釈放されたなんて知らなくて、いきなり私の目の前に現れたんだもの」

「用件は何でした」

「息子を取り戻しに来たんですよ。彼の息子は当時、私の保護下にありましたから」

「お訊きしたかったのはそこなんです」と、スパルゴは言った。「マーケット・ミルキャスターのかなりの住民が、今でもどう噂しているかご存知ですか。あなたがメイトランドと結託していると言っているんですよ。大金を手にし、メイトランドが刑務所に入ると、子供を連れて最初はブライトンへ、それから海外へ逃亡したとね。メイトランドが出所したときに迎え入れる準備をしたのだろう、と。町ではそういう噂が流れているんです」

固く結ばれたミス・ベイリスの唇が歪んだ。

「マーケット・ミルキャスターの住民ですって！」と、大声で言った。「私が知ってるあの町の住民はみんな、そこの塀の上にいる猫と同じ程度の脳みそしか持っちゃいないのよ。ジョン・メイトランドを迎え入れるだなんて。たとえあの男がどぶにはまって死ぬのを目にしたとしても、私は干からびたパンくず一つやるもんですか！」

「ずいぶん嫌っていらしたんですね」彼女の語気の荒さに驚いてスパルゴは言った。

「そりゃそうよ、今だって大嫌いだわ。姉が自分を大切に思ってくれている正直な人と結婚したがっているのを知りながら、うまく騙してまんまと結婚し、ねちねちと苛め抜いたあげく、父が私たち姉妹に遺したわずかながらの財産をすべて奪い取ったのよ」

「ほう！　それで、メイトランドは出所後にあなたの所へやって来て、息子を渡せと言ったわけですね。息子は連れていったのですか」

「いいえ。あの子はもう死んでいましたから」

「死んだ？　だったらメイトランドは、長居はされなかったんでしょうね」

ミス・ベイリスは冷笑した。

「さっさと出口へ案内してやったわ！」

「彼はオーストラリアへ行くと言っていましたか」

「あの男の言うことなんて聞く耳を持つわけがないじゃないの、スパルゴさん」

「ということは、それ以後、彼の消息は知らないということですか」

「一度も聞いたことはありません」と、吐き捨てるように言う。「それにね、私はあなたの話が本当だといいと願っているわ。殺されたマーベリーの正体がメイトランドだってことがね！」

第二十四章　ガッチ小母さん

ベイズウォーターまでの道のりで考えていた質問をすべて尋ね終えたスパルゴはミス・ベイリスのもとを去ろうとしたが、そこで不意にあることを考えつき、この手ごわい女性を振り返った。

「ふと思いついたのですが、先ほど私は、マーベリーがメイトランドだったのは間違いないと申しましたよね。そして彼は悲しい最期を遂げた——殺害されるというね」

「だから言ったじゃないの」ミス・ベイリスの返事はあくまで冷淡だった。「私からすれば、どんな最期だろうとあの男にはおあつらえ向きだ、ってね」

「そうでしょうね、わかりますよ。でも、彼が殺害されただけでなく、強盗に遭っていたことはまだお話ししていません。どうも、かなりのものを盗まれたようです。証書や銀行券、ダイヤのほかにも、相当に価値のあるものを持っていたことを裏づける根拠は充分ありましてね。何年も穏やかに暮らしていたニューサウスウェールズのクーランビッジーを出発したとき、彼は数千ポンドを所持していたのです」

ミス・ベイリスは苦笑した。「それが私と何の関係があるのかしら」

「ないかもしれませんね。しかし、そのお金や証券は発見される可能性がある。あなたのおっしゃるように息子が死んでいるとすれば、その大金を全額受け取る資格のある人間がどこかにいるはずです。

かなりの金額ですよ、ミス・ベイリス。しかも警察はそれらが見つかる公算が高いと踏んでいます」

スパルゴとしては、巧妙なはったりを仕掛けてみたのだった。そして彼は、その効果を注意深く見守った。だが、ミス・ベイリスの頑とした様子は少しも変わらず、ますます冷笑的になっていった。

「もう一度言いますけど、それが私と何の関係があるんですの？」彼女は語気を強めた。

「ですから、亡くなった男の子には父方の親類はいませんでしたか。あなたは母方の叔母ですよね。あなたに関心がないのなら、私が父方の身内を捜してもいいですよ。そういうことを調べるのは、しごく簡単なことですからね」

陰うつな面持ちで毅然《きぜん》と家のほうに足を向け、暗にこの質問は不快だとスパルゴに示していたミス・ベイリスが急に足を止め、若き新聞記者を怖い顔で睨んだ。

「そういうことを調べるのは簡単ですって？」と繰り返す。

その声に不安な響きを感じ取ったスパルゴは、素早く次の行動に移った。

「ええ、ごく簡単ですよ！　その息子を通じて、メイトランドの家族について何もかも明らかにしてみせます。いともたやすいことだ！」

ミス・ベイリスの足は完全に止まり、スパルゴを睨みつけたままだ。「どうやって？」と、強い口調で訊く。

「それはですね」スパルゴは明るい調子ですらすらと言った。「男の子の短い一生をたどるなんて、造作ないことなんですよ。マーケット・ミルキャスターで出生届が見つかるでしょうし、どこで亡くなったかは、あなたがご存知のはずですからね。それはそうと、その子が死んだのはいつなんですか、ミス・ベイリス」

だが、彼女は再び家のほうへ歩き始めた。

「これ以上話すことはありません」と、怒ったように言う。「少し喋りすぎたわね。あなたは記事のネタが欲しくて来たんでしょうけど、これだけは言っておきます。メイトランドが投獄されて、あの子は私以外に誰も頼る者がいなかった。私がいなければ施設に行くことになっていました。父方にも母方にも、ほかに身内は一人もいなかったんですから。年を取ったからといって、ジョン・メイトランドのお金に手をつけるくらいなら、私は道端で物乞いをするわ！　話はこれで全部よ」

それだけ言うと、スパルゴに出口を教えもせず、開き窓からさっさと屋内に入って姿を消した。出口がわからないスパルゴは彼女のあとを追おうとしたが、そのとき、彼らが立っていた近くの物陰でカサコソと音がし、次の瞬間、ぞっとするような奇妙な嗄《しゃが》れ声がはっきりと聞こえてきた。

「ちょっと、あんた！」

スパルゴはイボタノキの垣根を振り返って目を凝らした。夏の垣根は青々と厚く茂っていたが、その向こうにぼんやりと人影が見えた。

「誰だ？　誰か立ち聞きしているのか？」

垣根の陰から甲高い異様な笑い声がし、しわがれた声が再び語りかけた。

「いいかい、誰もいないように振る舞っておくれ。近くにあるキング・オブ・マダガスカルっていうパブを知ってるかい？」

「いいや」と、スパルゴは答えた。「聞いたこともない」

「人に訊けばすぐにわかるさ」姿の見えない嗄れ声は続けた。「いいかい、キング・オブ・マダガスカルの角で待つんだ。三十分後に行く。そうしたらいいことを教えてあげるよ、とびきりのネタをね。

さあ、行きなさい――急いでキング・オブ・マダガスカルへ。私もすぐに向かうよ！」

その声は低く不気味な笑い声で終わり、スパルゴは奇妙な気分に陥った。しかし、冒険に心惹かれる若きスパルゴは、生垣にはちらりと目をくれただけで、すぐさま踵《きびす》を返し、庭を突っ切り屋内を抜けて外へ出た。広場の次の角で見かけた警官に〈キング・オブ・マダガスカル〉の場所を尋ねた。

「最初の角を右、次を左」警官はぶっきらぼうに答えた。「すぐわかるよ、あの辺りじゃ目印になる建物だから」

その建物――大きくどっしりとした造りの居酒屋――は難なく見つかり、スパルゴはこれから何を目にすることになるのだろうと首をかしげながら、店の角で待った。奇妙な声の持ち主には興味があるが、その声がほのめかしていたネタについては見当もつかない。すると突然、一人の老婆が近づいてきて、スパルゴに色目を使った。老齢がいかに恐ろしいものかに突如気づかされるような、そんな目つきだった。

スパルゴにとって、こういう老婆を目にするのは生まれて初めてのことだった。身なりはこれ以上ないほどに立派だ。長いゆったりとした服は上質だし、高級な婦人帽をかぶっている。身に着けている装飾品もよいものだった。ところが、その顔はいかにも邪悪そうだった。長年、酒に溺れてきたことが一目瞭然で、年老いた目でいやらしい視線を送り、意地悪げに唇を曲げている。吐き気を催すほどの嫌悪感が込み上げてきたが、この婆さんの話をなんとしても聞かなくては、と感情を表に出さないよう努めた。

「それで？」と、思わずぞんざいな口調になる。「話っていうのは」

「おや、そこにいたのかい」出会ったばかりの相手は言った。「まあ、中へ入ろうじゃないか。ご婦人が腰を落ち着けてジンを飲める、ちょっとした静かな場所があってね、案内してあげるよ。そして、私に親切にしてくれたら、今しがたあんたと話をしていた意地悪女について、いいことを聞かせてあげる。だけど、まずは私の懐に何かしら入れてくれなくちゃね。私みたいな年寄りにだって、ささやかな慰めを買う権利はあるんだ。ほんのささやかな慰めをね」

スパルゴは、この風変わりな老女のあとに続き、店内の小さなラウンジに入っていった。呼び鈴に応じて現れた店員は彼女の存在に驚く様子もなく、それればかりか、注文するものもすでに知っていた。甘味のあるジンのお湯割りだ。意地悪そうな年老いた顔がほとんど隠れていないベールを震える手で押し上げ、喉の渇きではなく、純粋にアルコールを求めているのが見え見えの嬉々とした様子でグラスを口元に運ぶのをスパルゴは興味深く見守った。すると、とたんに目に新たな光が宿り、老女の笑い声は徐々にはっきりと大きくなっていった。

「ああ、あんた!」親しげに肘でつつかれ、スパルゴは飛んで逃げたくなった。「これが欲しかったんだよ!　いい気分だね。これを飲み終わったらお代わりしてもいいよね。そのあと、もう一杯もらえるんだろう?　そうしたら、もっといい気分になれると思うんだ。それから、少しはお金ももらえるんだよね」

「話の内容による」

「きっとくれるはずさ。だって、そうしてくれたら、私はあんたやあんたをよこした誰かさんに、世界中の誰よりも詳しくジェーン・ベイリスについて話してあげられるんだから。だけど、今は話さないよ。あんたの様子からして、この秘密に見合うだけのものをポケットに持ち歩いているようにはちっとも見えないからね!　今日のところは、私が秘密を握ってるってことを教えておくだけにする。

いいね？」

「あんたは何者なんだ」

老女はスパルゴに流し目を使って、クックッと笑った。「何をくれるんだい？」

スパルゴはポケットに手を入れ、十シリング金貨を二枚取り出した。

「ほら」と相手に金貨を見せる。「重要な情報をくれたらこれをやろう。だが、つまらない話はなしだ。無駄にしている時間はないんでね。知っていることがあるんならさっさと話してくれ！」

老女は鳥の鉤爪のような、震える手を伸ばした。

「まあ、とりあえず一枚触らせておくれよ！」と懇願する。「その美しい金貨を一枚さ。手に持てば、より詳しく話せる気がするからね。ねえ、お願いだよ、親切な若い旦那……」

スパルゴは金貨を一枚手渡し、どうなろうと運命に身を任せることにした。「話してくれなければ、もう一枚は渡せない。いったいあんたは何者なんだ」

十シリング金貨を見つめながら何やらぶつぶつ呟き、含み笑いをしていた老女が、身の毛のよだつような笑みを浮かべた。

「あそこの下宿屋じゃガッチ小母さんって呼ばれてるけど、本名はミセス・サビーナ・ガッチ。これでも昔は若くて美人だったんだよ。夫に死なれて、ジェーン・ベイリスの家で家政婦として働き始めてね、彼女が隠居して今の下宿屋に住むことになったとき、私を一緒に連れてきてそばに置いたのさ。どうしてそんなことをしたのかわかるかい？」

「わかるわけがない！」

「それはね、私に弱みを握られているからだよ。なんたって私は、あの女の秘密を知ってるんだからね」ガッチ小母さんは話を続けた。「私が垣根の陰に隠れて、あの人とあんたの話を聞いていたことを知ったら、彼女、死ぬほどビビるだろうね。しかも、私たちがここでこうして話しているのを見たら、ビビるなんてもんじゃない。だけど、近頃は私につらく当たるうえに金払いも悪くて、わずかなお酒を買う金もくれやしない。私みたいな年寄りだって、ささやかな慰めを買う権利はあるってのに。この秘密をあんたが買ってくれるなら、金をもらったその場ですぐにあの女とは縁を切ってやる」

「秘密を買う云々の前に、本当にあんたが、買う価値のある秘密を知っているのか証明してもらわなくては」

「証明するともさ！」ガッチ小母さんが急に語気を強めた。「ベルを鳴らして、もう一杯頼んでおくれ。そうしたら話してあげるよ。ところで——」と、幾分落ち着きを取り戻した声で彼女は話を続けた。飲めば飲むほど彼女が正気になっていくことにスパルゴは気がついた。神経に力が入り、外見もしゃんとしてきたようだ。「あんたは刑務所に入ったあの人の義理の兄、メイトランドのことを訊きにジェーン・ベイリスの所へ来たんだろう？」

「だとしたら？」

「それと、その息子のことも？」

「全部立ち聞きしていたくせに。早く本題に入ってくれ」

しかし、ガッチ小母さんは自分のペースを崩そうとせず、さらに質問を続けた。

「そして彼女は、息子を引き取りにやって来たメイトランドに男の子は死んだと告げた、って言ってたよね」

「だから？」スパルゴは苛立ちを隠さずに言った。「確かにそう言っていた。だったら何なんだ」

ガッチ小母さんはグラスの酒をうまそうに一口飲み、意味ありげに微笑んだ。「だったら何なんだ、だって？」クスクスと笑う。「全部嘘っぱちだよ。息子は死んでなんかいやしない。私と同じでピンピンしてる。そして、私の言う秘密ってのは――」

「何だ？」スパルゴは待ち切れずにたたみかけた。「秘密っていうのは何なんだ」

「それはだね！」スパルゴの脇腹を小突いて、ガッチ小母さんは答えた。「私は、あの女がその子をどうしたのか知っているのさ！」

第二十五章　新事実

　スパルゴは、新聞記者としての技量と眼力を総動員して、目の前のみすぼらしい、自堕落そうな相手に対峙した。ミドル・テンプルの殺人に関する重要な事実がはたして本当に聞けるのかどうか、〈キング・オブ・マダガスカル〉の店内に入ってからずっと懐疑的だった。このジン好きの年老いた醜い老婆が、酒と金をせびろうとして自分を騙しているのではないかと、何度となく疑っていたのである。ところが今や、重要な情報を聞き出せるかもしれないという期待を前に、もうそれだけでガッチ小母さんの哀れな性癖も、いやらしい目つきも、酔ってぼんやりした顔も気にならなくなった。スパルゴの目に映っているのは、自分に「ネタ」をくれる情報提供者以外の何者でもない。彼は熱いまなざしを老女に注いだ。

「ジョン・メイトランドの息子が死んでいないだって！」思わず声が大きくなる。

「あの子は死んじゃいないよ」

「しかも、彼が今どこにいるか知っているのか？」

　ガッチ小母さんは首を横に振った。

「今の居場所を知ってるわけじゃない。あの女があの子をどうしたかを知っているのさ」

「だったら教えてもらおうじゃないか」と、スパルゴはせかした。

ガッチ小母さんはピンと背筋を伸ばして精いっぱい重々しい態度を装い、スパルゴを見据えた。

「それは秘密だよ。情報を売るのはやぶさかじゃないが、十シリング金貨二枚とジン二、三杯じゃあ足りないね。生垣の陰で聞かせてもらったとおり、あんたがジェーン・ベイリスに話していた大金ってやつを本当にメイトランドが残していたとすれば、私の知ってる秘密は相当な価値があるはずだからね」

とたんにスパルゴは、自分がミス・ベイリスに仕掛けた、ちょっとしたはったりのことを思い出した。こんなところで思わぬ結果をもたらすとは。

「メイトランドの息子の消息を突き止めるには、私の力が絶対に必要だと思うね」ガッチ小母さんは続けた。「でも、それなりの見返りはいただかなくちゃ。そこんとこはあんただってわかるだろう?」

スパルゴは何も言わず、素早く状況を整理した。このみすぼらしい酒好きの老婆は、本当にミドル・テンプル殺人事件の謎を解く鍵を持っているのだろうか。確かに新聞社にとって、自社の記者が事件の謎を解いたとなれば、これに勝るものはない。それに〈ウォッチマン新聞社〉は何につけても、これでもかというほど金払いがいいことで有名だ。もっとずっと些細な事件にでさえ、湯水のように経費を使ってきたのだ。

「その秘密、いくらなら売る?」スパルゴは、そこで相手に向き直った。

ガッチ小母さんは長いドレスの皺を伸ばし始めた。この醜い老婆が急に素面《しらふ》になってまともな様子を取り戻したことに、スパルゴは目を見張った。最初はやけにぴりぴりして震えだしそうなほどだったのに、お気に入りの酒をたっぷり飲んだら、落ち着いて見る見る元気づくのがなんとも不可解だ。これまでお目にかかったことのない異様な老女だと驚愕にも近い思いを抱いていたスパルゴは、内心、不安な気持ちで老女の決断を待った。ようやく、ガッチ小母さんが口を開いた。

「そうだね。いろいろ考えて、私にとってもいいようにってことになると、例の年金みたいにしてもらうのがいいんじゃないかと思うんだよ。毎週手に入る、ありがたい年金にね。季節ごととか、月に一度とかじゃなくて、毎週土曜の朝にきちんと払ってもらうのさ。パーティーやなんかの都合を考えれば、月曜の朝でもいいか――まあとにかく、毎回間違いなく入るのがいいね。私と同じような身分の女性で、年金をもらってのんびり暮らしている人を大勢知ってる。毎週きまったお金をもらえるっていうのは、さぞかし助かるだろうよ」

月曜だろうが土曜だろうが、ミセス・ガッチはおそらく毎週の手当てが入ったらその日のうちに全部使ってしまうだろうと思ったが、スパルゴには関係のないことなので、本題に戻ることにした。

「まだ金額を聞いていない」

「週三ポンド。どうだい、安いもんだろう！」

スパルゴは二分ほど真剣に考えた。この秘密はひょっとすると――まさしく、ひょっとするとではあるが――何か大きなものにつながるかもしれない。この哀れな女は、酒のせいで一、二年のうちに寿命を終える可能性が高い。いずれにしても二、三百ポンドくらい、〈ウォッチマン新聞社〉にとってはどうということはない金額だ。時計をちらっと見やる。この時間なら、あと一時間くらいは社長はオフィスにいるはずだ。スパルゴは決然とした機敏な動作で立ち上がった。

「よし、上司たちの所へお連れしよう。タクシーを飛ばすよ」

「喜んでお供しようじゃないか。もう一枚十シリング金貨をくれたらね。上司ってのはいいね。部下よりお偉いさんのほうが話が早い。あんたを軽く見てるわけじゃないけどさ」

ほかに手はないと感じたスパルゴは二枚目の金貨を渡し、急いでタクシーをつかまえに出た。ところが、いざ車がやって来ても、ミセス・ガッチが三杯目のジンを飲み終え、ジンの小瓶を買ってポケットに入れるまでイライラと待たされた。ようやく彼女を立たせ、社に到着すると、風変わりな人間を見るのには慣れっこのはずのポーターや使い走り《メッセンジャー》の少年の目が、ガッチ小母さんに釘づけになった。スパルゴは老女を自分のオフィスに案内して中に閉じ込め、社長の所在を確認しに行った。

編集長と、社の資産と経営のすべてを握っている社長に何をどう話したのか、自分でもよくわからなかった。だが、二人がミドル・テンプルの殺人に関する情報に精通しており、スパルゴが持ってきた新事実を本当につかめれば、会社にとって有利にはたらくかもしれないと考えてもらえたのが幸いしたのだろう。とにかく二人は、一緒にスパルゴの部屋へやって来た。そこに閉じ込められている老女に実際に会い、話を聞いてから取引をしようという腹積もりだった。

スパルゴの部屋は、生《き》のジンの香りでいっぱいだったが、ガッチ小母さんはこれまでにないほどしっかりしていた。社長と編集長に正式に紹介しろ、彼らと条件を話し合ってから詳しい話をする、と言い張った。編集長は老女が握っている真実とやらを見極めるまでのらりくらりと話を引き延ばそうとしたが、経営者である社長は持ち前の抜け目なさで彼女を品定めし、二人を部屋の外へ連れ出した。

「婆さんに好きなように話させてみようじゃないか。もしかすると、本当にこの事件の鍵となる重要なことが聞けるかもしれん。何か知っているのは間違いなさそうだ。それに、スパルゴの言うとおり、きっと飲んだくれて寿命がすぐに尽きてしまうさ。さあ、戻って話を聞こう」三人はジンの香りが漂う部屋に戻り、正式な書類を作成した。〈ウォッチマン新聞社〉の社長が、一生、ミセス・ガッチに週三ポンドを支払うというものだ。〈ミセス・ガッチは「毎週土曜日の朝、きっちりと正確に」という言葉を入れるよう主張した）そのうえで、ミセス・ガッチに話を促した。老女が腰を落ち着けて話を始める様子を見せたので、スパルゴは一言漏らさず書き留める用意をした。

「その若い旦那が言ったように、話ってのは、サルの尻尾ほど長くもないし、マンクス猫ほど短くもないんですよ」と、ミセス・ガッチは話し始めた。「でも、話の中身は卵みたいにしっかり詰まってるからね。さてと、じゃあ始めようかね。マーケット・ミルキャスターでメイトランドの事件が起きたとき、私はブライトンでミス・ジェーン・ベイリスのメイドをしていたんだ。ミス・ベイリスはケンプタウンの海岸近くで賄い付きの下宿屋をやっててね。ずいぶん成功して、それなりに小金を貯めていたっけ。お姉さんのミセス・メイトランド同様、ロンドンでパブを経営していた父親が遺したちょっとした遺産もあったから、かなりの金を持ってたよ。その金が一銭残らずメイトランドの手に渡っていた。メイトランドが銀行の金を盗んだっていうニュースが飛び込んだ日のことは忘れもしない。新聞で事件のことを知ったミス・ベイリスは半狂乱になって、一時間もしないうちにマーケット・ミルキャスターに向かった。列車に乗り込む前、駅までついて行った私にあの女が言ったんだよ。メイトランドは自分と姉の財産と預貯金をすべて握っているから、それが全部なくなっちまうんじゃないか心配なんだ、ってね」

「メイトランドの奥さんはすでに亡くなっていたんだよな」スパルゴは、メモ帳から目を上げずに言った。

「ああ、そうだよ。幸いだったと言っていいね。そうしてミス・ベイリスは出かけていって、それから一週間近く連絡がなかった。やがて、彼女は小さな男の子を連れて戻ってきた――メイトランドの息子さ。その夜、自分のお金も、その幼児のものになるはずの姉の財産も、すっかりなくなってしまったって、メイトランドのことを悪く言ってたよ。そのくせ、子供の面倒はよく見ててね。あんなによくしてあげる人はそうはいないよ。それからすぐにメイトランドが十年の懲役を食らって、そのことについて彼女と話をしたんだ。『そんなに一生懸命その子の世話をして、どうなるって言うんです？　教育やなんかも受けさせる気なんですか？』って訊いたら、『当たり前じゃないの』って言うんだよ。『だって、あなたのお子さんじゃないんだから、そんな義務はないでしょう』って言ってやったんだ。『父親が出所したらすぐに迎えに来るだろうし、それを阻止するなんてことは無理ですからね』ってね。そう言ったときのあの人の顔といったら、あんた方にも見せてやりたかったよ。すっくと立ち上がって、メイトランドにはこの子を二度と会わせない、って宣言してね。どんなことがあろうと指一本触れさせないと啖呵《たんか》を切った」

ミセス・ガッチは一息ついて、心臓のためだと言い訳しながら小瓶に口をつけた。やがて明らかに元気づいて話を再開した。

「メイトランドが息子を取り返しに来るっていう考えが頭にこびりついてたみたいで、事あるごとにその話に触れては、同じことを言っていた。『メイトランドには絶対に渡さない』って。そしてある日、その件でロンドンの弁護士に会いに行くって言って出かけたと思ったら、満足そうな様子で帰ってきて、その翌日か翌々日に弁護士らしい紳士が訪ねてきた。一、二泊して、それからはちょくちょく来るようになってね。あるとき私にこう言った。『最近よく来る紳士が誰だかわかる？』。『知りません。あなたのお尻を追っかけてるってこと以外は』って言うと、『私を追っかけてるだって？』と頭をのけぞらせたよ。『あの人はね、あのろくでなしのメイトランドが姉さんをたぶらかしさえしなかったら、姉さんと結婚していたはずだった人よ』と言われたんで、『えっ！　だったら、本当なら坊やのお父さんになっていたはずの人じゃないですか！』って言い返したらさ、こう教えてくれた。『彼、あの子の父親になってくれるんですって。手元に置いて最高の教育を受けさせ、立派な紳士に育て上げるって言ってくれてるの。亡くなったあの子の母親のためにね』ってね。『それはそれは……メイトランドが息子を迎えに来たら何て言うでしょうね』と言ったら、『あの男は来やしないわ。私はここを出て行くし、あの子はその前に引き取られることになっているからね。もう話はまとまってるのよ。あの子には父親の起こした事件のことは絶対に知らせないし父親が誰かさえも教えない、ってね』。その言葉どおり息子は連れていかれたけれど、彼女が引っ越す前にメイトランドがやって来ちまったもんだから、子供は死んだと嘘をついたのさ。あんなに打ちひしがれた男は初めて見たね。といっても、私にゃ関係ない。そういうわけで、たいそうな秘密があるんだよ。どうだい、あんたらの払ってくれるものに見合うだけの値打ちがあるだろう」

「大変結構。続けたまえ」と、社長は言ったが、スパルゴが口を挟んだ。

「息子を引き取った紳士の名前は聞いたかい？」

「ああ」と、ミセス・ガッチは答えた。「もちろん聞いたとも。その人はエルフィックって名前だよ」

第二十六章　沈黙

　スパルゴは大きな音をたてて目の前の机の上にペンを落とし、その音にミセス・ガッチが跳び上がった。酒浸りの生活で神経が弱っている彼女は、自分をぎょっとさせた相手を怒りのこもったとげとげしい目で睨んだ。

「ちょっと、やめとくれよ！　心臓が飛び出るじゃないか。だいいち行儀が悪いよ。だからね、その紳士の名前はエルフィックだって言ってるんだ」

　スパルゴは社長と編集長のほうをちらりと見やり、軽く目配せした。

「そうそう、エルフィックだったたね。確か、弁護士だったたんだよな」

「ああ、そうさ。どう見ても弁護士だった。私は、あんたじゃなくてお偉いさん二人に話しているんだけどね、そんなに訊きたいなら教えてやろう。かつらとガウンを身に着ける部類の弁護士だよ。あんたが今朝、下宿でジェーン・ベイリスに会ったあの部屋で写真を見た気がするね」

「年配の男かい？」

「今じゃ年を取って、そうなってるだろうね。でも、男の子を引き取った当時は中年だった。ちょうど、この人くらいの年だ」と言って、いきなり編集長を指さした。さすがの編集長もたじろぎ、傍らで社長はそっと笑いを噛み殺した。「そういえば、顔に髭がないところも、この人に似ていなくもないね」

「ほう！」スパルゴは言った。「エルフィックって人は、その子をどこへ連れていったんだい？」

この質問にミセス・ガッチは首を振った。

「さあね。引き取ったってことは確かだけど。さっきも言ったとおり、そのあとでメイトランドが現れて、ジェーン・ベイリスは息子が死んだと嘘をついたんだ。それ以来、あの子については私にも一切口にしない。貝のように口を閉ざしてる。一、二度尋ねてみたら、『あなたには関係ないわ』と、けんもほろろだった。『どんなに長生きしようと、あの子の人生は安泰よ』ってね。それ以上は何も教えてくれないんで、私も訊かなかったよ。けどね……」小瓶が空になったミセス・ガッチは、涙を拭いながら続けた。「ジェーン・ベイリスは本当に意地悪な女でね。私みたいな年寄りに、ささやかな慰めさえ許してくれやしない。だから今朝、イボタノキの垣根の陰であんたらの話を立ち聞きしたときに思ったんだ。今こそあの気取った女に仕返しをしてやるときだ、って。これで痛い目に遭わせてやれたら、いい気味さ」

スパルゴは編集長と社長に向かって小さく頷いた。ガッチ小母さんから引き出したい情報はこれで全部だという合図だ。

「これからどうするつもりだい？」と、スパルゴは尋ねた。「よかったら、ベイズウォーターまで車で送ろうか」

「そりゃあ、ありがたい。それと、最初の週のお手当ももらおうかね。毎週土曜のきっかり十一時に取りに来るよ。金曜に送ってもらってもいいけど。そこはあんたらに任せる。一週目のお金を財布に入れてベイズウォーターまで送ってもらったら、ジェーン・ベイリスにも一緒に住んでいたあの場所にもさっさと見切りをつけて、荷物をまとめて私を心から歓迎してくれる友達の所へ行くんだ」

「そうか。でもね、ガッチさん」スパルゴは少々不安に駆られて言った。「今夜あそこへ戻るのなら、ここに来てわれわれにすべて話したことを、ミス・ベイリスに悟られないよう細心の注意を払わなくてはいけないよ」

ミセス・ガッチは落ち着きすました堂々たる態度で立ち上り、スパルゴに向かって言った。

「あのねえ、あんた、悪気はないんだろうけど、ご婦人の扱いには慣れていないようだね。私だって、その気になれば口を堅くしていられるんだ。ジェーン・ベイリスにわざわざ自分のことなんか話しゃしないよ。あんた方のおかげで新たな未来を迎えられただなんて、話すわけないじゃないか。だけど、週二回年金がもらえたらもっといいんだけどねえ！」

「ガッチさんを下までお送りするんだ、スパルゴ。無事にお見送りしたら、私の部屋へ来たまえ」と、編集長が言った。「いいですか、ガッチさん、くれぐれも内密にしてくださいよ。今日以降は、一切口をつぐんでもらいます。さもないと、毎週土曜の朝の年金はないものと思ってください」

そこでスパルゴは、ガッチ小母さんを出納係へ連れていって第一週目の金を渡し、タクシーをつかまえて代金を前払いすると彼女を見送った。そして、ひどく考え込みながら編集長の部屋へ行った。何やら言葉を交わしていた編集長と社長は、スパルゴが入っていくと話をやめ、彼に熱いまなざしを向けた。

「ついにやりましたよ」スパルゴは静かに口を開いた。

「結局のところ、われわれは何をつかんだのだね」と、編集長が尋ねた。

「期待していた以上のことがいろいろとわかりました。これからどんな方向に広がっていくか見当がつかないくらいだ。思い出してみてください。マーベリーの遺体に残されていたのは灰色の紙切れ一枚で、そこにはある名前と住所が書かれていた――キングス・ベンチ・ウォークのロナルド・ブレトン、と」

「だから?」

「ブレトンは若き法廷弁護士です。それに文章も少々書いていましてね、うちの文芸欄にも二、三、記事を書いてもらっています」

「それで?」

「そのうえ、彼はエイルモア下院議員の長女と婚約していて、議員は今日、マーベリー殺しの容疑者として中央警察裁判所《ボウ・ストリート》に召喚された」

「それは知っている。で、要点は何なんだ、スパルゴ」

「しかし、なにより肝心なのは」スパルゴは、やけにもったいぶった口調で続けた。「こういうことです。つまり、あの老婆の話が本当だとすると――私は事実だと思ってるんですが――ブレトンが自分で言っていたんですよ。彼とはよく顔を合わせる仲でしてね。自分は後見人に育てられた、って。その後見人というのが、法廷弁護士のセプティマス・エルフィックです」

社長と編集長は顔を見合わせた。二人とも、同じ筋道で考え、同じ結論に達したようだ。勢いよくスパルゴを見た社長が、尋問するかのような鋭い口調で訊いた。「すると君は……」

スパルゴは頷いた。

「セプティマス・エルフィックこそが問題のエルフィックで、ブレトンはミセス・ガッチが話していたメイトランドの息子だと思います」

編集長が立ち上がり、ポケットに両手を突っ込んで部屋を行ったり来たりし始めた。

「だとすると――もしそうなら、謎はますます深まるな。これからどうするつもりだ、スパルゴ」

「そうですね」スパルゴはおもむろに答えた。「われわれがつかんだ事実は知らせずにブレトンに会って、彼にエルフィックを紹介してもらおうと思います。インタビューをしたいとでも言えば口実としては充分でしょう。私に任せてもらえればですが」

「ああ、もちろんだ！」と、社長が手を振りながら言った。「全面的にスパルゴに任せようじゃないか」

「報告は怠らないでくれ」と、編集長。「思うとおりにやってみろ。どうやら君は真相に近づきつつあるようだ」

お偉方二人のいる部屋を辞し、まだどこかミセス・ガッチの強烈な印象が残る自分のオフィスへ戻る途中、その朝エイルモアが召喚された中央警察裁判所に行っていた記者をつかまえた。が、特に目新しい情報はなく、当局が拘留延期を申請しただけだった。記者の知るかぎり、エイルモアはこれまでの供述以上のことは何も話していないという。

スパルゴはテンプルに向かい、ブレトンの事務所を訪ねた。若き法廷弁護士はちょうど出かけようとしていたところだったが、いつもと違って顔が曇り、沈んでいる。スパルゴの姿を見ると外扉の所で回れ右をし、中に入るよう合図して奥の部屋へ案内した。

「まいりましたよ、スパルゴ！」と言いながら椅子を勧める。「事態はきわめて深刻になりつつあります。昨日、エイルモアについて、あなたから助言をもらったでしょう」

「すべてを話すように説得しろってことかい？　ああ、確かに言った」

ブレトンは首を振った。

「ストラットン——エイルモアの弁護士ですけどね——彼と一緒に今朝、警察裁判所での審理が始まる前に面会したんですよ。あなたに言われたとおりのことを告げて、さらに、お嬢さんたちがウォッチマン新聞社を訪ねたことも話しました。個人的な感情なんてどうでもいいから、スパルゴの忠告を受け入れ、とにかく何もかも包み隠さず話してくれと、ストラットンと二人で懇願したんです。彼が不利になる証拠の重大性を説明し、すぐに真実を話さなかったためにいかに窮地に立たされているか、これまでの言動がどんなに疑惑を掻き立てているかを指摘して、証拠がある以上、どんな陪審員だって有罪にするだろうと説得したんです。ところがちっとも功を奏さなかったんだ！」

「何も話そうとしないのか」

「あれ以上、何も話さないつもりですよ。とんでもなく頑固なんです。『マーベリーが死んだ晩の彼とのいきさつについては検死審問ですべて話した』と繰り返すばかりで、『ほかに話すことは何もない。そんな証拠で、無実の人間を死罪にするというのならすればいい！』と最後まで言い張って譲りませんでした。スパルゴ、僕はもう、どうしていいかわからない」

「で、警察裁判所では特に進展はなかったのかい？」

「何も……拘留延長だけでした。連行される前に、もう一度ストラットンと会いに行ったんです。すると、エイルモアが去り際に皮肉めいた言葉を残しましてね、『私の無実を証明したいのなら、真犯人を見つけることだ』と」

「そりゃあ、一理も二理もあるな」

「ええ、それはそうですけど、それにしてもいったい、どうしたらいいって言うんだ」と、ブレトンが声を上げた。「ひょっとして、真相に近づいているんですか？　それとも、ラスベリーが何かつかんだとか。ほかの誰かに容疑を向けられそうな手がかりがあるんですか」

スパルゴは質問には答えず、しばらく黙り込んだ。明らかに何かを考えている顔だ。

「ラスベリーは法廷に来ていたか」スパルゴが唐突に訊いた。

「ええ。刑事らしき仲間二、三人と来ていて、エイルモアに大いに関心を持っている様子でしたよ」

「今夜ラスベリーに会えなかったら、明朝会いに行くことにしよう」そう言ってスパルゴはいったん立ち上がりかけたが、ふと逡巡したのち、再び腰を下ろして話を続けた。「なあ、法律的にどうなのかわからないんだが、検察がマーベリーを殺す動機を示すことができなければ、エイルモアを有罪に持ち込むのは難しいんじゃないのかい？」

ブレトンは微笑んだ。

「殺人事件では動機を証明する必要はないんですよ。でもねスパルゴ、これだけは言えます。もし、エイルモアにマーベリーを厄介払いする動機があった、つまり、マーベリーを黙らせることが彼にとって利益になると証明されてしまったら――そうなったらもう一貫の終わりだ」

「なるほど。だが今のところ、彼がマーベリーを殺す理由は見つかっていない」

「僕も一つとして思い当たりません」

スパルゴは立ち上がり、戸口に向かった。

「じゃあ、失礼するよ」と言ったあと、急に何か思い出したように振り返った。「そういえば、君の後見人のエルフィック氏は切手収集の権威じゃなかったかい？」

「相当な大家ですよ。それは熱心な愛好家でね」

「だったら、マーベリーが切手商のクリーダーに見せたというオーストラリアの切手について、ちょっと話を聞けないかな」

「きっと喜んで話してくれるでしょう。でしたら、これを――」ブレトンは名刺に走り書きをした。「エルフィックさんの住所と、僕からの紹介です。いつでも彼を見つけられる場所をお教えしますよ。夕食後、週に五日はいつも午後九時にそこへ行くんです。僕もお供したいが、今夜はエイルモア家を訪ねることになってましてね。姉妹がひどく困惑しているものですから」

「二人に伝えてくれ」連れだって外に出ながら、スパルゴは言った。「気持ちを強く持って、勇気を出すようにとね」

第二十七章　エルフィック弁護士事務所

その晩、九時にスパルゴは再びテンプルへ出かけた。道中、二つの点について繰り返し自問自答した。第一に、エルフィックはどれだけ知っているのか。第二に、彼にどこまで話すべきなのか——。アン女王の時代から連綿と大勢の旧弊な人々の住み処となってきた、目指すテンプルの古い建物には、階段や廊下が山ほどあり、目当ての部屋の正確な番号を忘れてしまったスパルゴは、人けのない建物内をうろつきまわった。ひとしきりさまよっているうちに、今しがた自分が歩いてきた階段を後ろから上がってくる、しっかりとした力強い足音を耳にした。吹き抜けの手すり越しに階下に目を凝らす。するとそこに、決然とした足取りでこちらへ向かってくる、ベールをかぶった長身の女性の姿が見え、瞬間的にスパルゴは、その日会うのが二度目となるミス・ベイリスだと気がついて急激に動悸が早まった。

素早く頭をフル回転させる。ミセス・ガッチとの一風変わった取引のおかげで知ることになった情報からすると、とにかく、ミス・ベイリスがエルフィックに会いに来たことは疑いようがない。言うまでもなく、午前中にスパルゴが訪ねてきて、メイトランドの隠された過去を追っていることを、エルフィックに知らせに来たのだ。ガッチ小母さんを見送ったあと忙しく動きまわっていたので思いもしなかったが、ミス・ベイリスとエルフィックが連絡を取り合っていたとしても何ら不思議はない。

いずれにせよ、彼女がここにいるということは、間違いなく行き先はエルフィックの事務所だ。さしあたってスパルゴにとっての問題は一つだった――この場をどう切り抜けるか。

最終的に彼女が取った行動は、階段の上で息を殺し、体を堅くして、相手がこちらを見上げない確率に賭けることだった。しかし、ミス・ベイリスは見上げるどころか見下ろすこともせず、踊り場に着くと迷わず廊下を曲がっていった。やがて、ドアを鋭く二度ノックするのに続き、扉が重そうに閉まる音が聞こえた。どうやら、どこかの部屋を訪ねて中へ招き入れられたようだ。

その部屋がどこなのか突き止めるため、スパルゴはミス・ベイリスが立ち去ったばかりの踊り場まで下りた。周囲に人影はない。実を言えば、建物に入ってからまだ誰の姿も見かけていないのだった。そこで、彼女が曲がった廊下を歩いてみた。その建物のドアはすべて二重構造になっており、オーク材の外扉もがっしりとした強固なものなので音が部屋の中へ聞こえることはないとわかっていても、こういう状況下ではつい忍び足で歩いてしまう。もしここで誰かに急にドアを開けられでもしたら、ぎょっとして跳び上がるだろうな――と思わず苦笑する。だが、開ける者がないまま、ついに廊下の突き当たりに達したスパルゴの目に入ったのは、黒い板に白地で『エルフィック弁護士事務所』と書かれた小さな札だった。

自分のいる場所を確認し納得したスパルゴは、来たときと同じように足を忍ばせて引き返した。廊下の中ほどに窓があり、さっき通ったときに、そこからエンバンクメントとテムズ川が見えるのがわかっていたので、そこまで引き上げて窓枠に寄りかかり、外を眺めながら事態を考えてみた。このまま訪ねていって――もし入れてもらえたなら――あの共謀者二人と相対するか。あるいはミス・ベイリスが出てくるまでここにいて、自分が真相に近づいていることを知らしめるのがいいか。それとも、もう一度そこらに隠れて、彼女が立ち去るのを待ってからエルフィックに面会するか。

結局、いずれの方法も選ばず、しばらく成り行きに任せることにした。煙草に火をつけ、川と、そこに浮かぶ茶色い帆船、対岸のサリー側に立つ建物を見つめていた。十分が過ぎ、二十分が過ぎたが、何も起こらなかった。やがて、近隣の時計が一斉に九時半の鐘を鳴らした。それを合図に、スパルゴは二本目の煙草を放り投げると真っすぐに廊下を進み、思いきってエルフィックの部屋のドアをノックした。

非常に驚いたことに、二度目のノックをするまでもなく、ドアはすんなりと開いた。そこに静かに立っていたのは、片眼鏡《モノクル》をかけた、穏やかでにこやかながらもどこか非難めいた表情を浮かべたエルフィックだった。スモーキングキャップをかぶり、ドレスシャツの上にゆったりとした立派な室内着を羽織って短いパイプを手にしている。

不意を突かれた格好のスパルゴは目を見張ったが、相手のほうに驚く様子は微塵もない。ドアを大きく開け、スパルゴを招き入れた。

「入りたまえ、スパルゴ君。来ると思っていたよ。居間のほうへどうぞ」

思わぬ待遇にスパルゴはキツネにつままれた思いで待合室を抜け、本や絵画がずらりと並び、立派な家具の備わる部屋へ入っていった。まだ盛夏を少し過ぎたばかりだというのに、暖炉には火が赤々と燃え、ゆったりとした肘掛け椅子の近くにあるテーブルには酒の入ったケース、ソーダ用サイフォン、タンブラー、小説といった、リラックスするためのグッズが揃っていた。どうやらエルフィックは、夕食後、ずっとここでくつろいでいたらしい。しかし、暖炉の向こう側に置かれたもう一つの肘掛け椅子には、近づきがたい雰囲気を身にまとったミス・ベイリスが座っていた。これまでにないほど敵意をみなぎらせ、陰うつな顔をして、いっそう謎めいて見える。スパルゴが部屋に入っても、口もきかなければ身じろぎ一つしない。こちらを見ようとさえしなかった。突っ立ったまま彼女に見入っていると、ドアを閉めたエルフィックが彼の肘に触れ、丁重に椅子を勧めた。

「きっと現れるだろうと思っていたんだよ、スパルゴ君」と言いながら、自分も椅子に腰を下ろす。「君がマーベリー事件の調査を始めてからずっと。ほら覚えているだろう、遺体安置所で会ったのを。あれ以来、いつかはこのときが来ると覚悟していた。ところが二十分前、ミス・ベイリスから、今朝、君が彼女を訪ねたことを聞かされて、数時間もしないうちにやって来るに違いないと感じたのだ」

「エルフィックさん、なぜ私がここへ来ると思われたのですか」ようやく冷静さを取り戻し、スパルゴは訊いた。

「君があらゆる手段を尽くして、何もかも調べ上げるだろうと確信したからだ。近頃の新聞記者の好奇心ときたら、際限がないからね」

スパルゴは身をこわばらせた。

「好奇心などではありませんよ、エルフィックさん。会社からの命を受けているんです。ミドル・テンプルで発見された男の死に関する状況を調査し、できれば彼を殺した犯人を突き止めて――」

エルフィックは薄笑いを浮かべて手を振った。

「なあ、いいかい、君！　君は己を買いかぶっているよ。昨今のジャーナリズムも、その手法も、私は感心しない。君の場合、ジョン・マーベリーが実はその昔マーケット・ミルキャスターにいたジョン・メイトランドとかいう人物だなどというばかげた話を仕入れて、ここにいるミス・ベイリスを不安にさせ――」

スパルゴはいきなり椅子から立ち上がった。彼だって、一度湧き上がったら殴りかかってもおかしくないほどの癇癪《かんしゃく》は持ち合わせており、それが今、頭をもたげたのだった。年老いた弁護士を真正面から睨みつける。

「エルフィックさん、どうやらあなたは、私が何をつかんでいるのかご存知ないようだ。これから私がどうするか、お教えしましょう。社に戻って、知り得たことすべてを記事にします。しっかりした確実な裏づけとともにね。明日の『ウォッチマン』を読んでもらえれば、あなたにもわかるはずだ」

「おやおや、それは困ったな！」と、エルフィックは茶化すように言う。「まあ、われわれは、おたくの新聞の極端にセンセーショナルな記事には慣れっこだがね。とはいえ、私もこう見えてかなり好奇心旺盛な年寄りでね。君が知ったことというのを、ひとつ聞かせてはもらえんかね」

　スパルゴは一瞬考えた。そして、テーブルの上に身を乗り出し、年老いた弁護士の顔を真っすぐに見据えた。

「いいでしょう」と、静かな声で話し始めた。「私が確信を持っていることをお話ししましょう。殺害されたジョン・マーベリーとされる男は、間違いなくマーケット・ミルキャスターのジョン・メイトランドで、ロナルド・ブレトンは、そこにいる女性からあなたが引き取った彼の息子だ！」

　それまでエルフィックが取っていた尊大な態度に対し、いくらスパルゴが一矢報いたいと思っていたとしても、この一言を聞いた老弁護士が示した反応ほど大きな成果は期待していなかった。がっくりと下を向いたばかりか、顔つきがからりと変わったのだ。鼻で笑うような表情が、絶望的な恐怖へと一変した。パイプを落とし、椅子の上で倒れかけたが、なんとか気を取り直して肘掛けをつかむと、まるで、今すぐ死刑に処すと宣告されたかのような目でスパルゴを見つめた。とっさに自分の優位を感じ取ったスパルゴはたたみかけた。

「それが私のつかんだ事実ですよ、エルフィックさん。そして、私がその気になれば、明日の朝には世間の誰もがそれを知ることになるんだ！」自然と言葉に力がこもった。「ロナルド・ブレトンは殺された男の息子で、容疑者の娘の婚約者でもある。しかも、それはただの疑いでも憶測でもない――事実なんです」

エルフィックはゆっくりとミス・ベイリスに顔を向け、絞り出すように言った。

「そんなことは……一言も……聞いていないぞ」

そこでスパルゴがそちらを向くと、ミス・ベイリスもエルフィックに負けず劣らず怯えた様子で唇まで白くなっている。

「私……知らなかったのよ！」と、低い声で言う。「この人、そんなことは言わなかったもの。今朝会ったときは、さっき私が話したことしか言っていなかったわ」

スパルゴは帽子を手に取った。

「これで失礼します、エルフィックさん」

しかし、戸口に着く前に、椅子から跳び上がるように立ち上がった老弁護士に震える両手でつかまれた。振り向いてその顔を見たスパルゴは、セプティマス・エルフィックに恐ろしいまでの打撃を与えたことを感じ取った。

「何なんですか」スパルゴは不機嫌な声を出した。

「頼むよ、君！」と、エルフィックは哀願した。「行かないでくれ！　私は――私は、この事実を記事にしないでもらえるなら何でもする。そうだ、君に千ポンドやろう！」

スパルゴはエルフィックの手を振りほどいた。

「いい加減にしてくれ！」と怒鳴る。「もう、帰らせてもらう。あなたは私を金で買収しようというのか」

エルフィックは揉《も》み手をした。

「いや、決してそういうわけでは……それは誤解だよ、君！」ほとんど泣きだしそうな声だ。「その、自分でもなぜそんなことを言ったのか……。とにかく、もう少しここにいてくれ、話し合おうじゃないか。私の話を聞いてくれ、君の気が済むまで話すよ。頼む、このとおりだ！」

スパルゴは躊躇《ちゅうちょ》するそぶりを巧みに装った。

「ここに残るには」と、しばらくして切りだした。「一つだけ条件があります。あなたにはどんな質問にも正直に答えてもらいます。さもないと……」

再び戸口に向かう様子を見せると、エルフィックはまたもや懇願するように両手でスパルゴを引き留めた。

「行かないでくれ！　君の質問に何でも答えるから！」

第二十八章　明かされた身元

スパルゴは椅子に座り直し、自分の放った不意打ちの言葉に興味深い反応を示している二人を見据えた。そして、二人を見比べているうちに、どちらも怯えているのは間違いないが、怯え方が違うことに気がついた。ミス・ベイリスはすでに平静を取り戻し、これまでどおりの陰気で厳格な雰囲気を漂わせて座ったまま、スパルゴの視線に冷淡な態度で応えている。だが心の中では、不安と、秘密を探り当てられた驚きとがせめぎ合っているように見えた。とりあえず彼女に関しては、隠し事はここまでだろうと思われた。秘密をさらけ出されたからには、この男に何をされても仕方がないと覚悟しているような態度だ。

ところが、エルフィックのほうは反応がかなり違った。動揺による震えが止まらず、うめき声とともに椅子に沈み込んで、酒をグラスに注ぐ手も震えている。グラスを口に持っていったものの、縁が歯に当たってカチカチと音をたてていた。スパルゴに対する半ば見下したような態度は今や完全に消え去り、ショックを――しかも相当ひどい衝撃を受けていた。つぶさに彼の様子を観察して、スパルゴは思った。この人は、マーベリーの正体がメイトランドで、ロナルド・ブレトンがその息子だという事実を遥かに超える何かを知っている。誰にも知られたくない、誰にも知られないはずだと信じていた何かを。まるで、地中深くに埋めて隠していたものがついに白日の下にさらされたのを知って驚愕し、怯えているようだ。

「気持ちが落ち着くまで待ちますよ、エルフィックさん」スパルゴが沈黙を破った。「あなたを苦しめたいわけじゃありません。しかし、どう見ても、私がお話しした真実のせいで相当に混乱しておいでのようだ。恐怖におののいていると言っても過言ではありませんよね」

エルフィックは、強い酒をもう一口呷った。すると、手の震えが止まり顔色も戻ってきた。

「説明させてくれ。あの子のために何をしたか、聞いてくれないか」

「それこそ望むところです。はっきり言っておきましょう。私はブレトン君のためにならないことは決してしないつもりです」

ミス・ベイリスが感情をあらわにして鼻で笑った。「よく言うわ！」と、天井に向かって声高に言う。「どうせ、例のくだらない新聞に書いて世間にさらすつもりなんでしょうに。あんなに大事に育てたロナルド・ブレトンが、実は悪党の息子だ、って。あの前科者で、どうしようもない――」

エルフィックが片手を上げて制した。

「おい、いいから黙っててくれ！」と、訴えるように言う。「スパルゴ君に悪気はないと思う。私は、そう確信している。彼に話を聞いてもらえたら――」

だが、スパルゴが口を開く前に、扉をしきりにノックする大きな音がした。エルフィックはびくりとしたが、やがて殴られてふらふらになったような歩き方で部屋を横切り、扉を開けた。少年の声がスパルゴのいる居間まで聞こえてきた。

「すみません、『ウォッチマン』のスパルゴさんはこちらにおられますか。用があったらここに来るように言われたんですが」

会社にいる使い走り《メッセンジャー》の少年の声だとわかり、スパルゴは椅子からさっと立ち上がって戸口へ行った。

「何の用だ、ローリンズ」

「今すぐ社に戻ってください。ラスベリーさんがお見えで、急用だっておっしゃってるんです」

「わかった。今行くよ」

少年を帰らせ、エルフィックを振り向いた。

「もう行かなくてはなりません。しばらく手が離せないかもしれない。エルフィックさん、明日の朝、また伺ってもいいですか」

「ああ、いいとも、明日の朝だな！」エルフィックは勢い込んで答えた。「間違いなく、明日の朝お会いしよう。十一時——そう、十一時でどうだろう」

「では十一時にこちらへお邪魔します。十一時きっかりに」

部屋を出ようとすると、エルフィックに袖をつかまれた。

「ちょっと待ってくれ、もう一つだけ聞かせてほしい！　君は、あの子に……ロナルドに言っとらんだろうな——君のつかんだ事実を。なあ、どうなんだ」

「ええ、話していません」と、スパルゴは答えた。

袖をつかむエルフィックの手に力が入り、すがるようにスパルゴの顔を覗き込んだ。

「約束してくれ。頼む、スパルゴ君、明日の朝会って話すまで彼には伝えないと。後生だから、それだけは約束してくれないか！」

スパルゴは一瞬ためらい、考えた。

「いいでしょう、約束しますよ」

「記事にもしないよな」スパルゴにしがみついたまま、エルフィックがたたみかけた。「今夜、記事に書かないと約束してくれるな?」

「今夜書くことはしません。お約束します」

エルフィックはようやく手を離した。

「お待ちしているよ、明日の朝十一時に」と言うと、後ずさりしてドアを閉めた。

スパルゴは急いで社に戻り、自分の部屋へ駆け上がった。そこで待っていたのは、安楽椅子に静かに腰かけ、呑気に葉巻をふかしながら夕刊を読んでいるラスベリーだった。泰然自若とした態度は相変わらずだ。無造作に頷いて、スパルゴを笑顔で迎えた。

「どうだい調子は?」

スパルゴは息を切らしながら、自分のデスクの椅子に座り込んだ。

「そんなことを言うために来たわけじゃないでしょう」

その言葉にラスベリーが笑った。

「ああ」と応えて、新聞を脇に放り出す。「そのとおり。最新情報を教えてやろうと思ってね。今日の夕刊に載せてもらってかまわんよ。世間に知らせたほうがいいだろう」

「それで、その情報というのは」

ラスベリーはくわえていた葉巻を口から外し、あくび交じりに大儀そうに言った。

「エイルモアの正体がわかった」

スパルゴが、はっと背筋を伸ばした。

「正体がわかったって!」

「ああ、そうだ。間違いない」

「しかし、誰だと——いったい何者だと言うんです」スパルゴの声が思わず大きくなる。

ラスベリーはおかしそうに笑った。

「昔、服役していたことがある男だ。つまり、前科者だったんだよ。ダートムア刑務所にもいたことがある。マーベリーことメイトランドとはそこで出会ったと考えるのが妥当だな。まあ、火を見るよりも明らかだろう」

スパルゴはじっと座ったまま、指先でしきりに机を叩いていた。目は向かいの壁に貼られたロンドンの地図に、耳は遥か下の階で回っている輪転機の音に向けられている。だが、その目に本当に浮かんでいるのは、二人の娘の顔であり、聞こえるのは姉妹の声だった……。

「火を見るより明らかさ、申し分ない明るさだ」ラスベリーが嬉々とした顔で繰り返した。

スパルゴは現実に引き戻され、明白で過酷な事実に直面した。

「何が火を見るより明らかなんですか」鋭い口調で訊く。

「何がって、すべてだよ！　動機も、何もかもな。わからないか？　おそらく——というより、まず間違いない。メイトランドとエイルモア——実は、本名はエインズワースというんだ——はダートムア刑務所で出会った。エイルモアが釈放される直前のことだろう。エイルモアは国外に行って一財産築き、やがて帰国すると新たな生活を始め、国会議員に当選して名士となった。メイトランドも刑期を終えて海外へ行き、同じように帰国した。そして二人は偶然出くわした。おそらくメイトランドは、今をときめく下院議員殿が前科者だと世間に公表すると言って、エイルモアを強請《ゆす》ろうとしたんだろう。その結果、エイルモアはメイトランドをテンプルに誘い出して口を封じたんだ。ほらな！　すべては火を見るより明らかじゃないか。言うなれば、白日の下にさらされるってやつさ！」

　スパルゴは再びトントンと机を指で叩いた。

「どうやって――」彼は静かに尋ねた。「どうやってエイルモアの身元を突き止めたんですか」

「仕事だからな」と、ラスベリーは胸を張った。「それが私の仕事さ。これでもかなり頭を使ったんだ。ことに、マーベリーがメイトランドだということが判明したあとはな」

「それを言うなら、私が突き止めたあとは、でしょう」

　ラスベリーは葉巻を振って言った。

「同じことじゃないか。君と私は協力し合ってるんだ、そうだろう？　今も言ったとおり、私なりに知恵を絞って考えたのさ。二十年から二十二年前にマーベリーことメイトランドは、どこでエイルモアと知り合ったのか。ロンドンではない。メイトランドは一度もロンドンに来たことがなかったんだからな。少なくとも公判前はなかった。釈放後もロンドンにいた形跡はない。では、なぜエイルモアはその場所を話そうとしないのか。きっと、知られてはまずい場所だからに違いない。そのとき突如、ひらめいたんだ。君たちのように物を書く人間は、こういう瞬間のことを何と呼ぶんだろうな、スパルゴ」

「強いて言うなら、インスピレーションですかね」と、スパルゴは言った。「直接的インスピレーションだ」

「それだ。その直接的インスピレーションってやつがひらめいたんだよ。二十年前といえば、メイトランドはダートムア刑務所にいたじゃないか。二人はそこで出会ったのに違いない、とね。そこで、当時看守だったご老人たちにロンドンまで出てきてもらって、エイルモアを面通しさせた。二十年も経っているし、髭も生やしているが、みんなの記憶が徐々によみがえってきてな。すると、一人が大事なことを思い出した。もし本人だとすれば、生まれつきのアザがあるはずだ、と。そして、あったんだよ、そのアザが！」

「正体が判明したことを、エイルモア自身は知っているんですか」

ラスベリーは葉巻を暖炉に投げ入れ、笑いだした。

「知っているかだと！」と、小ばかにしたように言う。「知っているどころか、自分で認めたよ。これだけ確たる証拠を突きつけられたら、抵抗しても無駄だからな。今夜、私の目の前で白状した。そう、だから本人もちゃんと知ってるってわけだ」

「それで何て言っているんですか」

ラスベリーは、鼻先で笑った。

「何て言ってたかって？　たいしたことは言ってないさ。新たに言ったのは、前に有罪になったときも自分は無実だった、ということくらいだな。無実を主張するのがよほど好きなようだ」

「何の罪で有罪になったんですか」

「もちろん、その点についてもすべて調べ済みだ。やつの正体がわかったとたん、いろいろと詳細が明らかになった。エイルモアことエインズワース――スティーヴン・エインズワースというのがやつの本名なんだが――エインズワースは北のクラウドハンプトンという町で共済組合のようなものを運営していた。三十年ばかり前の話だ。名目上は事務局長だったが、実質的には経営者も同然だった。顧客は主に労働者階級だ。クラウドハンプトンは人口のほとんどが職人でね、彼らは稼いだ金をせっせと預けた。ところがある日突然、倒産しちまって、金は一銭も戻らなかった。エイルモア――いやエインズワースは、ある男に騙されて金を盗られたのだと主張したが、裁判では信じてもらえず、七年の実刑を受けた。わかってみれば単純な話だ。そうだろう、スパルゴ」

「どんな話も単純ですよ、すべてが明るみになってみればね。つまり、彼が黙秘を続けてきたのは、娘たちに自分の過去を知られたくなかったからなんですね」

「そのとおりだ。そいつを責めようとは思わん。むろん、やつはマーベリー事件の容疑からうまく逃れる気だったんだろうが、最初の段階でミスを犯した。ああ、そうだとも！」

スパルゴは立ち上がり、数分間、部屋を歩きまわった。その間《かん》に、ラスベリーはもう一本葉巻を取り出して火をつけた。ようやく戻ってきたスパルゴがラスベリーの肩を叩いた。

「ねえ、ラスベリー！　あなたが今追っているのは、エイルモアがマーベリーを殺したという線ですよね」

ラスベリーが顔を上げた。驚きの表情を浮かべている。

「あんな確かな証拠が挙がったからにはな！　そりゃそうだろう。動機があるんだ、れっきとした動機が！」

スパルゴは声をたてて笑った。

「ラスベリー、エイルモアは絶対にマーベリーを殺していません！」

ラスベリーは立ち上がって帽子をかぶった。

「ほう、ひょっとして真犯人を知っているとでも？」

「二、三日中には、はっきりすると思います」

訝《いぶか》しげにこちらを見返したかと思うと、ラスベリーはいきなり戸口に向かい、ぶっきらぼうに

「おやすみ！」と言った。

「おやすみなさい、ラスベリー」と応えて、スパルゴはデスクに腰を下ろした。

だが、その晩、スパルゴは記事を書かなかった。書いたのは、エイルモアの娘らに宛てた短い電報だけだ。そこには、ほんの一言、『心配要らない』と書かれていた。

第二十九章　閉ざされたドア

翌朝、ロンドン中の朝刊の中で、唯一『ウォッチマン』だけがミドル・テンプル殺人事件についてのセンセーショナルな記事を載せなかった。他の日刊紙は、程度の差こそあれ、ブルックミンスター選出の下院議員スティーヴン・エイルモアの正体が、実はスティーヴン・エインズワースという前科者で、その昔、デイルシャーのクラウドハンプトンに本部を置いていた〈ハース＆ホーム共済組合〉の創設者かつ事務局長であり、その組合の破綻によって、真面目に働いていた数千人もの労働者が、破滅とまではいかないまでも、大変な苦境に陥ったことを派手に書きたてていた。大半が報道という名のもとにエインズワースの過去を掘り返したものだった。古い記録をひっくり返し、〈ハース＆ホーム共済組合〉の倒産について詳しく説明して、なけなしの金を失ったつつましやかな労働者の困窮ぶりにあらためて焦点を当てるのはたやすいことだ。エインズワースの逮捕から裁判までの経緯、その数奇な運命を今再び並べたてるのもまた、造作ないことだった。彼にまつわる話には、小説さながらの要素が山ほどあった。財政的手腕を発揮して立派な労働保険組合をつくり、委託された大金を私的に流用した嫌疑をかけられてその件で罰せられ、刑期を終えたあと、誰にも居場所を知られないよう実に巧みに姿を消す。そして数年後、別の名前で大金持ちとなって帰国し国会議員に選ばれると、謙虚な姿勢で誰からも認められる公人となった。新たに生まれ変わった彼を知る者は誰もが、まさか以前、太矢じり印がいくつもあしらわれた囚人服を着ていたとは夢にも思わなかったのだ。これほどの記事はない。まさに特ダネだ。数段にわたる記事を掲載している朝刊もあった。

ところが、それまで他社に先んじてマーベリー殺人事件に関する最新情報を常に世間に知らせてきた『ウォッチマン』紙は、短い発表に甘んじていた。というのも、ラスベリーが帰ったあと、スパルゴは社長と編集長と長いこと話し込み、その結果、翌朝の紙面には、次のような素っ気ない記事を載せることにしたからだ。


去る六月二十一日、テンプル内でジョン・マーベリーことメイトランドが殺害された事件で容疑者となっているスティーヴン・エイルモア下院議員は、昨日午後、三十年近く前に〈ハース&ホーム共済組合〉の資金横領に関連して懲役に処されたスティーヴン・エインズワースであることが確認された模様。


その朝、フリート街《ストリート》を軽やかな足取りで歩き、裁判所の前に差しかかったスパルゴは、ライバル紙の記者と出くわした。こちらに向かって嘲笑とも取れる笑みを浮かべている。

「君の所の新聞は、今朝はやや遅れをとったようだな、スパルゴ!」と、気取った態度で言う。「例のエイルモア事件についてこれまで耳にした中でも、とびきりのネタを逃したんだぜ。なんとも惨めな記事だったな。俺は一段半書いたっていうのに、ゆうべは何してたんだ」

「寝てたよ」スパルゴは、通り過ぎながら軽く頷いて言った。「眠っていたのさ!」

驚いた顔で見つめる相手を残し、通りを渡ってミドル・テンプル・レーンへ向かった。十一時直前にエルフィックの部屋へと続く階段を上り、十一時きっかりに外扉をノックした。テンプルでは、その時間に外扉が閉まっていることはめったにないのだが、エルフィックの部屋のドアは固く閉ざされていた。前の晩はすぐに開いたのに、最初のノックはもちろん、二度、三度と叩いても誰も出てこない。スパルゴは無意識に声に出して呟いていた。「エルフィックのドアが閉まっている」

もう一度ノックしようとは思わなかった。エルフィックのドアが閉まっているのは、彼が不在で、初めから約束を守るつもりがなかったからだと直感したのだ。仕方なく回れ右してゆっくりと廊下を戻った。ちょうど階段に達したとき、ロナルド・ブレトンが心配そうに真っ青な顔をして駆け上がってきて、スパルゴを見るなり立ち止まり、怪訝そうに彼を見上げた。互いに共感し合ったように、二人の若者は握手を交わした。

「今朝の『ウォッチマン』を読みました。二、三行のあの程度の記事にとどめてくれてほっとしました」と、ブレトンが言った。「あれこそ思いやり深い記事です。ほかの新聞ときたら、ひどいもんだ！　昨夜、エイルモアが僕に言ったんです。ダートムア刑務所に服役したのは本当だが、冤罪《えんざい》だったのだとね！　姿を消した別の男の身代わりにされたそうです」

スパルゴが頷くだけで何も言わないので、ブレトンはきまり悪そうに付け加えた。

「それから、昨夜、姉妹に電報を送ってくれてどうもありがとう、恩に着ます。かわいそうに、彼女たちは今、どんな慰めでも欲しい状態でしてね。ところで、ここで何をしているんです？」

スパルゴは階段の上の手すりに寄りかかり、両手の指を組み合わせた。

「エルフィックさんと約束していたんだよ。君に教えてもらったとおり九時に訪ねて、そのとき約束した。重要な話をするはずだったんだ、十一時にね」

ブレトンはちらりと時計に目をやった。

「だったら急がなくちゃ。もう時間を過ぎている。あの人は時間にうるさいんだ」

だがスパルゴは動かない。その代わりに首を振って困惑顔でブレトンを見た。

「私も時間は厳守するほうだ。そうするよう鍛えられたからね。君の後見人はいないよ、ブレトン」

「いない？　十一時に約束していたのに？　そんなばかな。彼が約束を破るなんてことがあるはずない！」

「三回ノックした。間をおいて三度だ」

「五回以上ノックしてみなきゃ。寝坊したのかもしれない——夜更かしする人だから。彼とカードルストーンさんは、よく夜中まで切手の話をしたり、トランプ遊びのピケットをやったりするんだ。さあ行きましょう、確かめてみようじゃありませんか」

スパルゴは再び首を振った。

「彼はいない。姿を消したんだよ！」

ブレトンはスパルゴを見つめた。まるで、セプティマス・エルフィックがフリート街でラクダに乗っているのを見た、と告げられたかのようにきょとんとしている。彼はスパルゴの肘をつかんだ。

「お願いだ！　僕はエルフィックさんの部屋の鍵を持ってるから、好きなときに出入りできるんです。彼が本当に不在かどうか、すぐにわかります」

スパルゴはブレトンのあとに続いて廊下を進んだ。

「でも、やっぱり」鍵を差し込むブレトンの傍らで、スパルゴは思案に暮れた顔つきで言った。「彼はいないよ、ブレトン。エルフィックは逃げたんだ！」

「よしてくれ。いったい何を言ってるんだ！」ブレトンは大声で抗議しながらドアを開け、玄関に入った。「逃げただなんて！　そもそも、どこに逃げるって言うんです、あなたと十一時に約束しているっていうのに。――こんにちは！」

昨夜スパルゴがエルフィックとミス・ベイリスに面会した部屋のドアを開け、敷居をまたいで中へ入ったブレトンは、とたんに鋭い声を発した。

「何なんだ、これは！　どうなってるんだ？」

スパルゴは黙ってブレトンの肩越しに部屋の中を覗いた。ひと目見ただけで、昨夜、自分が出て行ったあとで、静かだったこの部屋に何か大きな異変が起きたことは明らかだった。スパルゴが帰ったときにエルフィックが座っていた安楽椅子は同じ場所にあり、そばには慌てて押しやったようだが、酒の入ったケース、サイフォン、飲み残しが入ったグラスもまだそのままだった。本は開いたまま伏せてある。本の上にエルフィックのパイプが置かれていた。だが、それらを別にすれば、部屋の様子はひどいものだった。事務机の引き出しは開け放たれ、あらゆる種類の書類、法律関係のものと思われる古びた書類や古い手紙が、中央テーブルや床にまき散らされている。部屋の片隅に転がっている黒い漆塗りの箱は中身が散乱し、蓋がだらしなく開いたままだ。暖炉や炉格子の周囲には黒焦げになった大量の紙の残骸があり、部屋の主がどこへ消えたのかはわからないが、姿を消す前にかなりの数の書類を燃やしたのは一目瞭然だった。急ぐあまり、後片付けをすることなく出て行ったに違いない。

ブレトンは、こうした部屋の様子にすっかりうろたえて呆然としていた。やがて内側のドアへ足を踏み出し、スパルゴもあとに続いた。二人は一緒に、寝室として使っている奥の部屋へ入っていった。中には誰もいなかったが、書類を処分したのと同じように大慌てで荷物をまとめた痕跡がいくつも見られた。前の晩、スパルゴが訪ねたときに着ていた服が、あっちこっちに脱ぎ捨てられている。豪華な室内着は乱雑に隅に投げ出され、胸に立派な飾りボタンが光るドレスシャツが別の隅に放り投げてある。スーツケースが一つ二つ無造作に置かれ、あたかも吟味した結果、持ち運びやすいものを選んだために打ち捨てられたといった感じだった。ここでもシーツや下着類の入った引き出しが乱暴に開けられ、開けっ放しの洋服だんすには高価な服がずらりと並んでいた。ぐるりと見まわしていたスパルゴは、そこで起きたことが目に見えるような気がした。慌てふためいて書類を破って燃やすと、急いで着替え、運べるだけの必需品をバッグに詰め込んで逃亡し、そして――。

「これはいったい、どういうことだ」と、ブレトンが大声を出した。「どうなっているんでしょう、スパルゴ」

「さっき言ったとおりだ。エルフィックは逃げたのさ。逃亡したんだよ！」

「逃げただって！　なぜ逃げなきゃならないんだ。そんな……僕の後見人が！　誰よりもテンプルにふさわしい、あの穏やかな老紳士が逃げただなんて！　理由は何です？　それってまさか――スパルゴ、あなたがゆうべ彼に言ったことのせいじゃないでしょうね！」

「まさしく、私がゆうべ言ったことが原因だろうな。彼から目を離したのはなんとも迂闊《うかつ》だった」

ブレトンはスパルゴを見て息をのんだ。

「目を離した！　なぜ、そんな……まさかエルフィックさんがマーベリー殺しに関与しているんじゃないでしょうね。冗談じゃない、スパルゴ」

スパルゴは若い弁護士の肩に手を置いた。

「気の毒だが、君には山ほど話を聞いてもらわなくちゃならない。いずれにしても、今日にも話すつもりだったんだ。実はね――」

スパルゴが話を切りだそうとしたそのとき、掃除道具を手にした女性が入ってきて、部屋を見るなり悲鳴を上げた。ブレトンは腹立たしげに振り返った。

「おい、君！　今朝エルフィックさんを見かけなかったか」

掃除婦はびっくりして目を白黒させながら両手を上げた。

「私がですか！　いいえ、見てません。ここへは十一時半を過ぎないと参りませんし、その時間にはエルフィックさんは朝食に出かけてお留守ですからね。昨日の朝なら見ました。今はどうなさってるのかわかりませんけど、昨日はいつものようにお元気でしたよ。とにかく今朝は見かけてませんね」

ブレトンは、さらにイライラと尖った声で言った。

「部屋はこのままにしておいてくれ。エルフィックさんはどうやら慌てて出て行ったようだ。本人が帰ってくるまで何も触ってはいけない。部屋には鍵を掛けてしまうから、ここの鍵を持っているならよこすんだ」

掃除婦は鍵を手渡し、再び驚いた目で部屋を見ると、何やらぶつぶつ言いながらいなくなった。ブレトンはスパルゴに向き直った。

「さあ、話っていうのは？　聞かなくちゃならないんでしょう、山ほどの話を！　だったら、お願いですから、さっさと話してください」

だがスパルゴは首を横に振った。

「今はだめだ、ブレトン。いいかい、ミス・エイルモアのためにも、君自身のためにも、今いちばんにやらなければならないのは、君の後見人の行方を追うことだ。追わなきゃならない――絶対に！

それも直ちにだ」

ブレトンはわけがわからないという顔で一瞬、スパルゴを見つめた。それから急にスパルゴを部屋の外へ誘うしぐさをした。

「行きましょう！　彼の行方を知っている人間がいるとすれば、あの人しかいない」

「誰だ？」速足で外へ向かいながら、スパルゴが訊く。

「カードルストーン」ブレトンは険しい顔で答えた。「カードルストーン弁護士です！」

第三十章　意外な事実

その朝、ミドル・テンプル・レーンはこれでもかというほど明るい陽ざしがあふれていて、スパルゴとブレトンが急いで向かっている入り口にも降りそそいでいた。ここまで全速力で走ってきたというのに、ブレトンは階段の下で不意に立ち止まった。足元を見下ろし、壁に目をやる。

「ここじゃありませんでしたっけ?」低い声で言って、視線の先を指さした。「ねえ、スパルゴ。マーベリー――いやメイトランドが発見されたのは、ちょうどこの場所でしたよね」

「そうだ」

「遺体を見たんですか」

「ああ」

「事件のあった、すぐあとに?」

「遺体が発見された直後だ。そのことは君も知っているだろう、ブレトン。なぜ今さら訊くんだい?」

入り口に向かいながらも、現場から視線を離せないブレトンは首を振った。

「わからない。ただなんとなく……。まあ、とにかく行きましょう、カードルストーン老人が何か知ってるかもしれません。確かめなくては」

ここでもまた、別の掃除婦がバケツを手にカードルストーンの戸口に立って、ちょうど鍵を差し込んでいるところだった。ブレトンと顔見知りらしく、ドアを開けながら微笑みかけてきた。

「カードルストーンさんならお留守だと思いますよ。いつもこの時間は朝食にお出かけですからね、エルフィックさんとご一緒に」

「わかってる。でも、本当に留守かどうか確かめたいんだ」先に部屋に入っていった掃除婦がいきなり悲鳴を上げた。

「やっぱり」スパルゴが言った。「そうなるんじゃないかと思っていたんだ。いいかブレトン、カードルストーンも逃げたぞ！」

ブレトンは何も言わずに猛然と掃除婦のもとへ駆けだし、スパルゴもすぐあとに続いた。

「なんてこった――ここもだ！」ブレトンが唸った。

エルフィックの部屋の散らかりようもひどかったが、こちらはさらに大変なことになっていた。目の前に、先ほど見たのと同じ光景が再現されている。引き出しが乱暴に開け放たれ、書類が散乱し、暖炉は燃えかすでいっぱいだ。何もかもが取り散らかった混乱状態だった。奥の部屋に通じるドアも開いたままで、中を覗くと、エルフィック同様、カードルストーンも取る物もとりあえず荷造りをしたことがうかがえた。やはり急いで着替えをして、脱いだ服をそこらじゅうに放り出していったようだ。ここでもまた、起きたことが目に見えるような気がした。逃亡の準備を完了してやって来たエルフィックに促され、二人で一緒に逃げたのだろう。だが――なぜだ？

掃除婦は手近な椅子に座り込み、うめくようにすすり泣きを始めた。大慌てで何かを捜したり片付けたりした散らかり放題の部屋に置き去りにされた、書類やこまごました物の山を大股でまたぎ、ブレトンは奥の部屋へ踏み込んだ。一方、辺りを見まわしていたスパルゴは、床に転がっていたある物にふと目を留めた。素早く拾い上げてポケットに滑り込ませたところへ、ブレトンが戻ってきた。

「いったいどうなってるんだ」と、すっかり疲れきった様子だ。「おそらく、あなたにはわかっているんでしょうね。――なあ、君」掃除婦のほうを振り向いて言った。「少し黙ってくれないか。泣いたってどうにもならないんだ。カードルストーンさんは慌てて出かけたらしい。君がすべきことは……彼女は何をしたらいいんでしょう、スパルゴ」

「このままにして部屋を閉め、カードルストーンの友人である君に鍵を預けてもらうんだな」スパルゴは意味ありげな顔つきで答えた。「さあ、急いで。そうしたら出かけよう。やることがある」掃除婦が呆然と去っていくと、スパルゴはブレトンに向かって言った。

「私の知っているすべてをもうすぐ話すよ。その前に、エルフィックとカードルストーンが出て行くところを門番が見ていないかどうか確認したい。二人がどこに行ったか突き止めなければ。見つけられればいいんだが。徒歩で逃げたとは考えにくいからね」

「わかりました」ブレトンは浮かない顔つきだ。「訊きに行きましょう。それにしても、僕にはどうにもわからない。まさか、あなたの話っていうのは――」

「もう少し待ってくれ。一つずつ片付けよう」ミドル・テンプル・レーンを歩きながら、スパルゴは続けた。「まずは、門番が二人のうちどちらかを目撃していないか訊いてみてくれ。君は門番と顔見知りだろうからな」

いざ訊いてみると、門番はすらすらと答えた。

「今朝のエルフィックさんのことですか。ええ、見ましたとも。今朝早く、エルフィックさんとカードルストーンさんのためにタクシーを呼んだんですよ――七時を回った頃です。エルフィックさんは、パリに行くんだが列車が出発する前にチャリングクロス駅で朝食を摂りたいんだ、って言ってましたね」

「いつ戻るか言ってたかい？」わざとさりげなさを装って、ブレトンは尋ねた。

「いいえ、おっしゃってませんでした。でも、長旅ではなさそうでしたよ。だって、二人とも小さなスーツケースしか持っていませんでしたから。せいぜい一日か二日の旅行って感じですよ」

「そうか」ブレトンがスパルゴに目をやると、彼はすでに立ち去りかけていた。「次はどうするんです？　チャリングクロスに行くんですよね」

スパルゴは笑みを見せて首を振った。

「違うよ。チャリングクロスに用はない。彼らはパリに行ってなどいないからね。目くらましさ。とりあえず君の部屋へ戻ろう。そこですべてを話すよ」

ブレトンの家に着き、奥の部屋へ入ってドアを閉めると、スパルゴは安楽椅子にどかりと腰を下ろし、熱のこもったまなざしでブレトンを見据えた。

「ブレトン！　われわれは核心に迫ってきたようだ。君は義父になる人を助けたいんだよな？」

「もちろんです！」ブレトンは言葉に力をこめた。「そんなことは言うまでもない。でも……」

「だがそのためには、君も犠牲を払わなくてはならない。いいかい？」

「犠牲ですって！」ブレトンが声を上げた。「それはいったい――」

「君が抱いている考えを捨て去らなければならないかもしれないんだ。これまで善人だと思っていた人間が、そう思えなくなるかもしれない。例えば――エルフィックさんだ」

ブレトンの顔が曇った。

「はっきり言ってください、スパルゴ！　僕にはそれがいちばんだ」

「いいだろう。ある意味でエルフィックは、この件に関わっているんだ」

「この件って――殺人事件に？」

「ああ、そうだ。カードルストーンもね。その点については今や確信している。だからこそ、彼らは逃げたんだ。私は昨夜、エルフィックを仰天させた。その直後、彼はカードルストーンと連絡を取り、急きょ二人で逃亡した。なぜだと思う」

「なぜなんですか。それが訊きたいんだ！　なぜだ？　いったい理由は何なんですか」

「二人とも明るみに出ると困ることがあったからだよ。心底恐れた彼らの頭に真っ先に浮かんだのが、逃げることだった。危険を察知して逃げだしたんだ、愚かにもね。だが、本能的な行動だったとも言える」

　自分のデスクの肘掛け椅子に座り込んでいたブレトンが不意に立ち上がり、吸い取り紙を叩き落とした。

「スパルゴ！　あなたは、僕の後見人とその友人のカードルストーンを殺人者として告発するって言うんですか」

「そうじゃない。本人たちは話したがらないが、この殺人事件に関して、エルフィックとカードルストーンは多くの秘密を握っていると言ってるんだ。しかも、あの二人、特に君の後見人は、マーベリーことメイトランドについて詳しく知っている。昨夜エルフィックは、殺された男がジョン・メイトランドだと承知していた、と私の前で認めたよ」

「何だって！」

「そうなんだ。さてと、ブレトン。こうなったら真実と向き合わなきゃならない、覚悟してくれ。でないと、相当なショックを受けることになる。だが、私は確信を持っているんだ。これから話すことはすべて証明できる。まずいくつか質問させてもらってもいいかな。君は自分の生まれについて何か知っているのかい？」

「特には――エルフィックさんから聞かされたこと以外は知りません」

「聞かされたことって？」

「僕の両親はエルフィックさんの古い友人で、若くして僕一人を残して亡くなり、彼が引き取って面倒を見ることになったんだそうです」

「その話を裏づける書類のようなものを見たことはないのかい？」

「そんなのありませんよ！　彼の話を疑ったこともない。疑う理由がないでしょう」

「子供の頃のことは覚えていないのかな。例えば、幼いときにそばにいた人とか」

「覚えているのはみんな、三歳以降に育ててくれた人たちです。ただ、それより前だと思うんですが、一人だけ微かに記憶している人がいます。ぼんやりとしか覚えていないけど、長身で色黒の女性でした」

「ミス・ベイリスだ」と、スパルゴは得心した。「よし、ブレトン」今度は声に出して言った。「これから真実を話そう。まずはすべてを包み隠さず話して、そのあとで細かな説明をするよ。君の本当の名はブレトンなんかじゃない。君の名前はメイトランドだ。カードルストーンの玄関前の階段下で殺害され、遺体となって見つかった男の一人息子なんだ！」

この事実をブレトンがどう受け止めるか心配だったスパルゴは、最後の一言を言いながら、一抹の不安を抱えて相手を見守った。いったい、どうするだろう。何と言うだろう。はたして、どういう——。

ブレトンは机の前に静かに座ると、スパルゴの顔を正面から見据えた。

「証明してもらいましょうか、スパルゴ」敵意を含んだ、素っ気ない口調だった。「何もかも、余すところなく証明してもらおうじゃありませんか。すべて残らずね！」

スパルゴは頷いた。

「ああ、すべて証明してみせるよ。そうすべきだと思う。じゃあ、聞いてくれ」

話し始めたとき、窓の外の時計にちらりと目をやったスパルゴが確認した時間は十一時四十五分だったが、話し終わったときには一時を過ぎていた。そのあいだじゅう、ブレトンは時折わずかな質問をするだけで、熱心に耳を傾けていた。紙を引っぱり出して、時々メモも取っていた。

「これで全部だ」ついにスパルゴが話を締めくくった。

「充分すぎる話だ」ブレトンがぽつりと言った。

少しのあいだ自分の取ったメモを見つめていたが、やがて顔を上げてスパルゴを見た。「本当はどう思っているんですか」

「どうって——何について？」

「エルフィックとカードルストーンの逃亡についてですよ」

「さっきも言ったとおり、彼らは何かを知っていて、そのことでまずい立場に追い込まれるかもしれないと考えたのだと思う。昨夜のエルフィックくらい恐怖におののいた人間を見たことがない。その恐怖を、カードルストーンも共有しているのは間違いないだろう。そうでなければ、こんなふうに二人で逃げるはずがないからな」

「実際に起きた殺人事件について何か知っていると？」

スパルゴは首を振った。

「わからないが、その可能性は高い。とにかく、彼らは何かを知っている。それに、これを見てくれ」

スパルゴが胸ポケットから取り出して見せた物に、ブレトンは興味深げに見入った。

「これは何です、切手？」

「切手商のクリーダーの話からすると、メイトランドが所持していた、珍しいオーストラリアの切手に違いない。ついさっき、カードルストーンの部屋で拾ったんだ。君が寝室を見に行ったときにね」

「でも、これでは証拠にはならない。同じ切手とはかぎらないじゃないですか。たとえそうだったとしても――」

「確率としてはどうだい？」スパルゴが鋭く切り込んだ。「私は、君の父親メイトランドが持っていた切手だと思う。それがどうしてカードルストーンの部屋にあったのかが知りたい。なんとしても突き止めるつもりだ」

ブレトンはスパルゴに切手を返した。

「だけど、全体像はどういうことなんだろう。彼らが殺していないのであれば……僕にはまださっぱりわからない。僕の父は――」

「二人が君のお父さんを殺していないとしても、犯人を知っているはずなんだ！」スパルゴは大声を出した。「こうなったら、こっちも動くしかない。とりあえずはエルフィックとカードルストーンを泳がせておこう。行方は簡単に見つけられると思う。それより、今は別の線を追いたいんだ。墓を掘り返す許可をもらうにはどうすればいい？」

「内務大臣の許可が必要です。それには、なぜ掘り返さなければならないのか、相当しっかりした根拠を示す必要があります」

「いいとも！　根拠なら充分だ。どうしても墓を暴かなくては」

「墓を暴く！　誰の墓をですか」

「マーケット・ミルキャスターのチェンバレンという男の墓だ」

ブレトンは目を丸くした。

「チェンバレンの？　いったい何でまた？」

スパルゴは笑いながら立ち上がった。

「彼の墓が空っぽだと思うからさ。チェンバレンは生きている。現在の名は――カードルストーンだ！」

第三十一章　窓拭き掃除人の後悔

その日の午後、スパルゴは再び社長と編集長と三人で、重大な打ち合わせを行った。その結果、まず三人は〈ウォッチマン新聞社〉の法律関係の相談に乗ってもらっている弁護士事務所へ赴き、マーケット・ミルキャスターにあるチェンバレンの墓を直ちに開ける許可を内務省に申請する手筈を整えた。そして翌朝、『ウォッチマン』の紙面には、ロンドン市民の半分がよだれを垂らしそうな文字が躍った。スパルゴが書いたその社告は、次のようなものだった——。

賞金一千ポンド

過去一年以内の某日、スティーヴン・エイルモア下院議員がアンダーソン名義で借りていたテンプル内ファウンテンコートの部屋からステッキが盗まれたか持ち去られたかした。凝った細工が施された外国製の頑丈な品で、去る六月二十一日から二十二日にかけての夜、ミドル・テンプル・レーンにおいてジョン・マーベリーことメイトランド殺害に使用された凶器と見られており、現在は警察のもとにある。

このステッキを前述の部屋から盗む、もしくは持ち出したことを証明し、処分した経緯について情報を提供してくれた人には、〈ウォッチマン新聞社〉社長が前記の賞金（一千ポンド）を直ちに現金で支払うことを、ここに発表する。さらに社長は、問題のステッキに関するいかなる情報も極秘に扱い、情報提供者には一切迷惑をかけないことを確約するものである。情報提供者は、午前十一時から午後一時、または午後七時から十一時に弊社へお越しのうえ、フランク・スパルゴ記者に面会を申し込むこと。


「本当にその社告で情報が得られると思っているんですか」社告が発表された日の正午頃にスパルゴのオフィスに現れたブレトンが尋ねた。「本気ですか？」

「今日中に得られるだろうな」スパルゴは自信たっぷりだ。「一千ポンドの賞金にはね、ブレトン、君が思っている以上に魔力があるんだよ。真夜中までには例のステッキに関するネタをつかめるさ」

「騙されないと言い切れるんですか。自分がステッキを盗んだ、なんて言うのは簡単ですよ」

「ステッキの件でここへ来る人間は、どうやってステッキを手に入れ、それをどうしたのかを証明しなければならない。ファウンテンコートのエイルモアの部屋からステッキが盗まれるか持ち出されるかしたことは疑問の余地がないし、それが犯人の手に渡って――」

「それですよ。誰の手に渡ったって言うんですか」

「どうにかしてそれを探り出したいんだよ。すでに見当はついているんだがね。明確な情報が得られるまで待とうと思う。一つはっきりしているのは、その情報が手に入ったら――きっと入るはずだが――エイルモアの無実を勝ち取るために二人で遠出することになるってことだ」

しかし、ブレトンは黙ったまま、考え込んだ顔つきでスパルゴを見つめていた。

「スパルゴ」不意に口を開いた。「マーケット・ミルキャスターの墓を開ける許可書は取れそうなんですか」

「ついさっき弁護士たちと電話で話したんだが、まず間違いなく取れそうだ。実際、今日の午後にも許可が下りるかもしれないいんだ。その場合、墓を開けるのは明日の早朝になるだろう」

「あなたは立ち会うんですか」

「もちろん。よかったら君も来るといい。情報が入ったときのために、二人とも今日は一日連絡が取れるようにしておいたほうがいいな。君は立ち会うべきだよ、関係者なんだから」

「ええ、できれば——いえ、必ず行きます。そして、もしその墓が本当に空だとわかったら、僕はあなたに話しておくことがあります」

スパルゴは、はっとした目つきでブレトンを見た。

「私に話があるって？　話というのは何なんだ」

「たいした話ではありません。棺に遺体があるのか、それとも鉛やおがくずが入っているのかを見届けるほうが先だ。もし、遺体がないとすれば——」

そのとき、年長の使い《メッセンジャー》の少年が入ってきて、スパルゴに歩み寄った。いつもは事務的でかしこまっているのに、やけに興奮した様子だ。

「スパルゴさんに会いたいという人が下に来ています。しばらくうろうろしてまして、どうも内気な方らしくて入ってこないんです。何の用かも言わないし、面会票にも記入しようとしません。ただ、スパルゴさんと話したいと言うばかりで」

「すぐに連れてきてくれ！」少年が出て行くと、スパルゴはブレトンのほうを向いた。「ほらな！」

と笑顔で言う。「ステッキに関係する人物だ、間違いない」

「あなたって人は自信家ですよね。いつだって真っすぐに真実を追っている」

「そうしようと思ってはいるがね。とにかく、その人物の話を聞いてみようじゃないか。きっと面白い話が聞けるぞ」

使い《メッセンジャー》の少年は、まもなく〈ウォッチマン新聞社〉の一千ポンドの大金をポケットに入れて帰るかもしれない人物を自分が案内しているのだ、と意識しながらスパルゴの部屋のドアを開け、びくびくした気の弱そうな若者を紹介した。その男の痛々しいまでの緊張ぶりは誰の目にも明らかで、それは本人も自覚しているらしかった。戸口ではたと立ち止まり、居心地よく調度が備えつけられた部屋を見まわして、身なりのよい二人の若者をまじまじと見ている。こんな豪華な場所に足を踏み入れるのは恐れ多いと思っているようだ。

「さあ、遠慮せずにお入りください！」スパルゴは立ち上がって、デスク脇にある安楽椅子を指し示した。「どうぞおかけください。もちろん、例の賞金のことでいらっしゃったんですよね」

椅子に座った男は警戒するように二人を見つめた。疑念を抱いているようにも見える。わざとらしく咳払いをして、ようやく口を開いた。

「そのとおりです。ごく内密な話でして。エドワード・モリソンといいます」

「お住まいは？　それと職業も」

「ホワイトチャペルの簡易宿泊所《ロートンハウス》と書いておいてください。金に余裕のあるときは、たいていそこに泊まってますから。仕事は、窓掃除をしています。ともかく、あのときは窓の掃除をしていた日で……あのときっていうのは、つまり――」

「うちが社告に出したステッキと出くわしたときですね。ふむ、そうですか。で、モリソンさん、ステッキをどうしたんですか」

モリソンは落ち着かない様子でドアを振り返り、窓に目をやり、それからブレトンを見た。

「そのステッキの件で困ったことになる恐れは、本当にないんでしょうね。もし、そんなことになるなら何も話しません。たとえ一千ポンドのためだって、口が裂けても話しゃしない！　これまで厄介事に巻き込まれたことは一度もないんだ――そりゃあ貧乏はしてますがね」

「大丈夫、そんなことにはなりません。少しも心配は要らない。ただ真実を話してくだされば。そして、それを証明してくれさえすればいいんです。それで、ファウンテンコートのエイルモア氏の部屋から、あの風変わりなステッキを持ち出したのはあなたなんですね」

スパルゴにズバリと訊かれて、モリソンはかえって気持ちが落ち着いたのか、わずかに笑みを浮かべた。

「確かに持ち出したのは俺です。でも、盗もうとしたわけじゃありません。そんなことはしない！それに、考えてみれば――持ち出したっていうのも正確じゃない。何ていうか……押しつけられたんです」

「押しつけられた？　それはまた興味深い。で、どういうふうに押しつけられたのかな」

モリソンはまたニヤッと笑い、顎をこすった。

「つまり、こういうことです。そのとき、俺は仕事をしていました。ユニバーサル・デイライト窓清掃会社で働き始めて九カ月近く経った頃で、いつもテンプルのあちこちの窓を掃除してたんです。エイルモアさん――俺が知ってたのはアンダーソンって名でしたけど――そこの部屋の窓も担当してました。ある朝早くその部屋にいたら、掃除婦に言われたんです。『ここにある敷物を二、三、外ではたいてもらえると助かるんだけど』って。俺は元来、親切な人間なんで、『よしきた！』って受け取ったんですよ。そしたら掃除婦が『ここに、はたくのにちょうどいい物があるよ』って言って、玄関の隅のスタンドに立ててあったたくさんのステッキの中から、例の古いステッキを引き抜いた。そうして、俺が手にしたってわけです」

「なるほど。うまい説明だ。それで敷物をはたいた。それからどうしました？」

モリソンはまたもや薄笑いを浮かべる。

「それが、そのステッキを見て、珍しい品だってことに気づいたんです。それで思いました。『アンダーソンさんはいくつもステッキや杖を持ってるんだ。こんな古いのが一本なくなったってどうってことはないだろう』って。だから敷物をはたき終えるといったん隅に置いて、引き上げるときに荷物と一緒に持って帰ったんです」

「持って帰った、そうですか。ということは、珍しい物だから取っておこうとしたんですね」

頼りなげな笑みをたたえていたモリソンの顔が狡猾そうな表情に変わった。目に見えて堂々とした態度になってきた。自分の話す声を聞き、それに耳を傾ける相手の様子を見るうちに、自信が湧いたようだ。

「いや、違います。実を言うと、ちょっとした知り合いの爺さんがテンプルにいましてね。しばらく行ってないから、今もいるかどうかわからないが、骨董品を集めてる人なもんで、時々、古くて珍しい物を見つけるとその爺さんに売ってたんですよ。もちろん、ステッキを持って帰ったときも、その爺さんのことが頭にあったってわけです。わかるでしょう？」

「ええ。すると、ステッキをその老人のもとへ持っていったんですね」

「その足ですぐに持っていきました。サイモン叔父さんが外国から持ち帰った物だって爺さんに吹き込んだんです――サイモン叔父さんなんて実在しないんですがね。珍しくて貴重な品だと大げさに言ってやった。だって、本当にそうかもしれなかったですからね」

「確かに。老人は気に入ったんですね」

「その場ですぐに買ってくれました」と答えながら、モリソンはウインクのような目配せをしてみせた。

「ほう！　即刻買い取ったのか。いくらで買ってくれました？　いい値で売れたんじゃないですか」

「二ポンドです。それ以下だったら、大事な財産を手放すもんですか」

「そうですね。で、モリソンさん、その老人の名前と住所を教えてもらうことはできますか」

「ええ、いいですよ。部屋の入り口にちゃんと書いてあるから覚えてる。ミドル・テンプル・レーンを入って五軒目か六軒目だ」と、モリソンは答えた。「階段を上がってすぐの部屋に住んでいる、ニコラス・カードルストーンさんです」

　スパルゴはブレトンのほうには目もくれずに立ち上がった。

「こちらへどうぞ、モリソンさん。あなたの賞金について確認しに行きましょう。失礼するよ、ブレトン」

　ブレトンは三十分ほど一人で待たされた。やがてスパルゴが戻ってきた。

「さあ、一つ片付いたよ、ブレトン。今度は次の手だ。内務大臣がマーケット・ミルキャスターの墓を開ける許可を出してくれた。これからすぐに向かうが、君も一緒に来るよね。忘れないでくれ、もし墓が空だったら――」
「もし墓が空だったら」ブレトンがあとを引き取った。「お話ししします――いろいろとね」

第三十二章　棺の中

スパルゴとブレトン、チェンバレンの墓を開く許可書を委ねられた内務省の役人たち、そして〈ウォッチマン新聞社〉の社長のために動いている事務弁護士の一行は、その日の午後遅く、マーケット・ミルキャスターへ向かった。小さな町に着いたときにはすっかり夜も更けていたが、〈イエロー・ドラゴン〉に立ち寄ってクウォーターペイジが帰宅したばかりだということを確認したスパルゴは、ブレトンを連れて向かいの彼の家を訪ねた。クウォーターペイジ本人が玄関に出てきて、すぐにスパルゴの顔を思い出した。どうしても中へ入れと言って聞かない。家族は今しがた寝たが、自分は寝酒を一杯と葉巻をやるところだったから、ぜひ一緒にどうかと言うのだった。

「では、ほんの少しだけお邪魔させていただきます」と言って、スパルゴはブレトンとともに老人のあとについてダイニングに入った。「夜明けには起きなければなりませんから。それに、おそらくあなたも一緒に早起きしたくなると思いますよ」

クウォーターペイジは手にしたデカンタ越しに怪訝な目を向けた。

「夜明けにか？」と、驚いた声を上げる。

「実は、チェンバレンの墓を夜明けに開けることになっているんです。彼の遺体を掘り起こす許可を、内務大臣からどうにか取りつけましてね。担当役人がわれわれと同じ列車でこちらへ来ています。みんな、向かいのイエロー・ドラゴンに泊まっているんです。役人たちは必要な手続きのために町の役場へ行ってますがね。夜明けか、できるだけそれに近い時刻に行われるはずです。知ったからにはあなたも立ち会うでしょう?」

「なんとまあ、本当にそこまでやったとは! では、ついに長年の疑問が解けて真実が明らかになるのだな。やっぱり君は有能な若者だ。で、こちらの青年は?」

スパルゴはブレトンに目をやった。話してもいいと、本人から事前に許可は得てあった。「クウォーターペイジさん、この青年は、正真正銘、メイトランドの息子です。今では若き法廷弁護士ロナルド・ブレトンですが、その出生については疑いの余地がない。あなたもきっと、彼と握手をして前途を祝福してくださるでしょう」

クウォーターペイジはデカンタとグラスを置き、急ぎブレトンの手を握った。

「君が!」と、嬉々とした声を上げる。「もちろんだとも! 祝福するといえば、君の気の毒な父上のことも、悪く思ったことは一度もない。彼ははめられたんだ、チェンバレンにな。なんという晩だろう! なあ、スパルゴ君、棺が空だったとして、次はどうするのだ」

「そのときは――」スパルゴは言った。「そのときこそ、そこに入るべきだった男にたどり着くことができると思います」

「僕の父は、そのチェンバレンという男に操られていたとお思いなんですか」数分後、クウォーターペイジ家の暖かな炉辺に三人で座り、ブレトンは尋ねた。「父がその男に騙されていたと?」

クウォーターペイジは悲しそうに首を振った。

「チェンバレンという男はな、もっともらしいことを並べる小賢しいやつだった。この町に来るまでのやつの経歴は誰も知らん。それなのに、ここへ来るとすぐに町の人々に取り入った。もちろん、自分の利益のためにな。やつが父上を思いのままに操ったのは間違いないと思う。このあいだスパルゴ君に訊かれたときに言ったんだが、私はちっとも驚かん。そうとも、問題になった金はすべてチェンバレンの懐に入ったに違いないのだ。それがまあ、なんということだろう！　スパルゴ君、君は本当にチェンバレンが生きとると思うのかね」

スパルゴは懐中時計を取り出した。「その墓に彼が埋葬されているのかどうか、六時間後にははっきりしますよ、クウォーターペイジさん」

六時間というより、四時間と言ったほうがよかったかもしれない。その時点で、すでに真夜中近くになっており、午前三時前にはスパルゴとブレトンをはじめ、ロンドンから同行してきた面々は揃って〈イエロー・ドラゴン〉を出発し、小さな町の外れにある墓地へ向かったからである。東の丘陵地帯の上空がゆっくりと白みかけていた。マーケット・ミルキャスターと海とのあいだにある長い湿地は白い霧に包まれ、墓地に茂るイトスギとアカシアにはクモの巣がベールのようにぶら下がっている。彼らを取り巻くあらゆるものが、足の下で眠る死者のようにひっそりと静かだった。そして、実際に作業に当たる者は黙々と仕事に取りかかり、することがない者はその周りに立ち、押し黙ったまま見守った。

「九十年以上も生きてきたが――」墓地の門で合流し、寝不足にもかかわらずはつらつとした様子のクウォーターペイジ老人がささやいた。「こんなのは見たことがない。死者の永遠の眠りを妨げるとは……恐ろしいことだ」

「棺の中に死者がいたならの話ですがね」と、スパルゴは言った。

スパルゴは、墓掘りという作業そのものに興味をそそられていて、死者の安息の地に押し入るという行為に対して良心の呵責も感傷めいた気持ちもなかった。ただ、目の前で行われている作業を細部まで見逃すまいと、目を凝らしていたのだった。町役場に雇われ徹夜で指示を与えられた作業員は、墓をキャンバス地の布で囲っていた。おかげで作業は人目に触れることなく着々と進められた。早起きの通行人が、普段と違うことが起きているのを見に来ないよう、見張りもつけられた。初めのうちは待つ以外にすることがなかったので、スパルゴは、スコップで土が投げ捨てられるたびに真実に近づいているのだと、それればかり考えていた。マーベリー殺人事件にまつわる真実の一端が、今、明らかになろうとしている。掘り返された棺にもし遺体があったなら、あの株式仲買人チェンバレンの遺体が入っていたなら、スパルゴが思いついた推理の大部分が無に帰してしまう。だが、もし棺が空だったら、そのときは——。

「棺が現れたぞ」と、小声でブレトンが言った。

すぐに全員が墓に近づいて中を覗いた。地上に持ち上げる前に、作業員たちは棺の上を覆っている土を取り除き、一人がネームプレートの部分の土を払いのけた。だいぶ強くなってきた朝の陽ざしの中で、誰もがそこに書かれた文字を読むことができた。

ジェイムズ・カートライト・チェンバレン

一八五二年　生

一八九一年　没

ついに棺が持ち上げられ、スパルゴは振り向いてブレトンにささやいた。

「とうとうわかるぞ！　だが、何がわかるのだろう。もしも……」

「もしも、何ですか」と、ブレトンが問いただした。「何だって言うんです？」

しかし、スパルゴはただ首を振っていた。彼にとっては、このところ取り組んできた仕事の成果が判明する最大の瞬間であり、その結果は事態を大きく左右するのだ。

「いよいよだ」〈ウォッチマン新聞社〉の弁護士が声を抑え気味に言った。「さあ、スパルゴさん、ついに中を確かめられますよ」

居合わせたすべての人間が墓の脇に設置した架台に載った棺の周りに集まり、作業員がネジを開けるのを固唾をのんで見守った。ネジは錆びついていて、慎重に回すたびにキーキーと音をたてた。スパルゴは、作業員の動きがどんどんゆっくりになっているように感じられて仕方がなかった。自分でもイライラが募っているのがわかる。そのとき役人の声が響いた。

「蓋を開けろ！」

棺の両端にいた男が素早く蓋を持ち上げた。取り囲んでいた人々がすかさず首を伸ばして覗き込む。

おがくずだ！

棺の縁まで、固く押しつけられたおがくずがいっぱいに入っている。表面は、何年も前に何者かの手できれいにならされた、そのままの状態だ。遺体の痕跡はかけらもなく、完全なるペテンだった。

誰かが微かな笑い声をたて、その笑い声が重苦しい空気を破るきっかけとなった。その場にいた役人の責任者が笑みを浮かべて一同を見まわした。

「みなさん、見てのとおり、疑う根拠は充分なようだ。遺体は存在しない。おがくずの下に何が入っているのか確認しよう」と言って、作業員に顔を向けた。「中身を出してくれ！」

作業員たちは両手でおがくずをすくい出し始めた。そのうちの一人は、棺の中に本当に遺体がないのか確かめたくてうずうずしているらしく、両手であちこちをまさぐっていた。そして、この男も笑いだした。

「鉛で棺を重くしてあるんだ！　ほら！」

彼はおがくずを掻き出し、固定してある三本の鉛の棒をあらわにした。架空の遺体の頭、胴、足に当たる箇所に、しっかりと打ちつけてあるのだった。

「賢いやり方ですよ」作業員は一同を見まわして言った。「おもりの配分を見てください。遺体を棺に納めると、最終的に重量は頭と胴体の所にかかるものなんです。ほら、いちばん重い鉛棒を真ん中に置いて、足の所を軽くしてあるでしょう。こりゃあ賢い！」

「おがくずを全部出すんだ」と、誰かが言った。「ほかに何かないか見てみよう」

すると、ほかにも見つかった。棺の底に、ピンクのテープで束ねられた書類が二つ入っていたのだ。立ち会っていた法律関係者はこぞって多大な関心を示した。スパルゴも同様で、ブレトンを引っ張って、たった今発見された書類の束を急ぎ検分している内務省の役人と〈ウォッチマン新聞社〉の弁護士の所へ割り込んだ。

最初に開いた書類の束は、明らかにマーケット・ミルキャスターの商取引に関するものだった。ちらっと見ただけだが、スパルゴの知っている名前がいくつか認められ、その中にはクウォーターペイジ老人の名もあった。この書類に関しては、まったく驚くに当たらない。ところが、二つ目の束が開けられたとたん、スパルゴは愕然として目を見張った。クラウドハンプトンと〈ハース＆ホーム共済組合〉関連の書類が山ほど出てきたのである。素早く一読すると、ブレトンを脇へ連れ出した。

「こいつは期待を遥かに超えたものが見つかったぞ！」と、興奮気味に言う。「エイルモアは、クラウドハンプトンの事件の真犯人は別にいると言っていたよな――事務員か何か、そんな男だったと」

「ええ。そう主張しています」

「だとすると、真犯人はチェンバレンに違いない。やつは北部からマーケット・ミルキャスターにやって来たんだ。――その書類はどうなさるんですか」スパルゴは役人に尋ねた。

「直ちに封をしてロンドンに持ち帰ります」責任者が答えた。「きちんと保管しますから、心配要りませんよ、スパルゴさん。これで何が明らかになるのかは、われわれではわかりかねます」

「そうでしょうね。でも私には、その書類が誰も夢にも思わなかったことを大いに暴き出すだろうという絶対の自信があります。どうか慎重に扱ってください」

そして、それ以上誰とも言葉を交わそうとはせず、ブレトンを伴って急いで墓地をあとにした。門まで来ると、スパルゴはブレトンの腕をつかんだ。

「なあ、ブレトン。こうなったら白状してくれ！」

「白状って、何を？」

「話すって約束したじゃないか。棺が空だったときには、いろいろと私に話してくれると。棺は空だったんだ――さあ、早く話してくれ！」

「わかりました。僕はエルフィックとカードルストーンの居場所に見当がついています。それだけです」

「それだけだって！　それで充分じゃないか。いったいどこなんだ」

「エルフィックは、カードルストーンと時々釣りに行く小さくて風変わりな別荘を持っていましてね、ヨークシャーの荒野を入った、ひどく荒れた地にあるんです。二人はその別荘へ行ったんだと思う。そこなら彼らを知る人間はいない——ひっそりと潜伏していられるでしょう、何年だろうとね」

「行き方は知っているのか」

「ええ、以前連れていってもらいましたから」

スパルゴはブレトンをせかした。

「だったらすぐに行こう。始発の列車で出発するんだ。列車の発車時刻ならわかってる。軽く朝食を摂って、ウォッチマン新聞社に電報を打つくらいの時間は充分にあるから、そのあとで向かえばいい。ヨークシャーか——三〇〇マイル以上あるな！」

第三十三章　後手に回る

まずはイングランド南西部から中部地方へ、そこからさらに北部へと長い夏の一日を列車の旅に費やし、夜遅くヨークシャーとウェストモーランドの境のホーズ連絡駅に到着したスパルゴとブレトンの目に映ったのは、闇に包まれて索漠とした荒野にそそり立つ巨大な山影だった。夜更けのその時刻、耳にするものが近くの滝の音しかない奇妙なまでの静寂のなか、その景色は印象的で、何かを暗示しているようだった。都会の慌ただしい喧噪が別世界のことのようで、ロンドンは百万マイルも離れた遥か彼方に思えた。あちこちの谷間に明かりが見えたが、間隔がまばらで数も少なく、ほんの少し眺めているあいだにも明滅して消えていく。ブレトンと二人、やがて夜の闇に取り残されてしまうのは目に見えていた。

「ここからどのくらいだ」歩きながら、ブレトンに尋ねた。

「それより、これからどうするのか話し合いましょう。この山を越えた六、七マイル先のフォスデイルという狭い谷に別荘はあります。アウトドア派なら大喜びしそうなタフな山歩きになる。二時間半以上はかかるでしょうね。今、九時半ですから——問題はこのまま向かうか、一晩泊まるかです。幸いこの駅の近くに泊まれる場所があります。通り沿いに一マイルくらい行った、荒野と山に向かって曲がる手前に民宿荒野の鶏《ムーア・コック・イン》という宿があるんです。今夜は闇夜になりそうですね。あそこに集まっている大きな黒雲を見てください！　雨雲のように見えますが、僕らは雨対策をしていません。まあ、どうするのかはあなた次第ですけどね――僕は、何であれ、あなたの決定に従いますよ」

「道はわかるんだね」

「行ったことがあるので、昼間だったら間違いなく行けます。目印は全部覚えていますから。暗闇でもなんとかわかると思うけど、大変な道のりになりますよ」

「真っすぐ向かおう」と、スパルゴは言った。「一秒たりとも無駄にできない。だが、まずはパンとチーズ、それとビールを一杯口にできるかな」

「いいですね！　民宿荒野の鶏《ムーア・コック・イン》に寄りましょう。この大変な道を行くからには、英気を養わないと」

この時間の〈民宿荒野の鶏《ムーア・コック・イン》〉には、ほとんど人がいなかった。二人が薄暗い店内に入ったとき、ほかに客の姿はなかった。注文した飲み物を運んできた店主がブレトンの顔に目を凝らした。

「またいらしたんですね、旦那」誰かわかったらしく、急ににこやかになった。

「僕を覚えているんだね」

「去年、老紳士二人とここにおいでになりましたよね。あの旦那方が、またこっちへ来てるらしいですね。今朝、あっちからやって来たトム・サマーズってのが、別荘で二人を見かけたって言ってましたから。合流なさるんでしょう？」

ブレトンがテーブルの下でスパルゴの足を蹴った。

「ああ、一日、二日付き合おうと思ってね。この荒野の空気をちょっと吸いたくなったんだ」

「だけど、今夜あそこまで行くのは大変だと思いますよ。嵐が来そうでしてね。それに、こんな夜遅くじゃ、道がわかりにくくて骨が折れる」

「まあ、なんとかなるさ」ブレトンは当たり障りのない態度で応えた。「道なら知っているし、二人とも濡れても気にしないからね」

店主は笑って長椅子に腰かけながら腕を組み、両肘を掻いた。

「もう一人別の紳士が――訛りからするとロンドンの人だと思うんですが――今日の午後ここに来て、フォスデイルへの行き方を訊いていったんですよ。もうとっくに着いてるはずだ。明るいうちに歩きたいって言ってましたね。ひょっとして、あの人もお仲間の一人ですか、別荘の場所を訊かれましたが……」

スパルゴは、再び向こう脛《ずね》を蹴られたのがわかったが、顔には出さなかった。「たぶん、彼らの友人だろう」と、ブレトンが答えた。「どんな男だった?」

店主は考え込んだ。人相を口で説明するのが下手なようで、それを自覚してもいるらしい。

「ええと、色黒で、真面目な顔つきの人だったな。なにしろここらじゃ見ない顔だ。グレーのスーツを着て、そこのお連れさんと似たような雰囲気でしたよ。そうそう、長い道のりだと知って、パンとチーズを買っていきました」

「頭がいいな」と言って、ブレトンは急いでパンとチーズを頬張り、残りのビールを飲み干した。

「さあ、出発しよう」

真っ暗でほとんど何も見えない屋外に出ると、ブレトンはスパルゴの腕をつかんだ。「その男って誰なんだろう。見当がつきますか」

「いや。あの主人が喋ってるあいだずっと考えていたんだが……。とにかく、われわれより先に到着した人間がいるわけだ。ラスベリーでないことは間違いない。真面目な顔つきはしていないからな。

それにしてもブレトン、こんなに暗いなかで、いったいどうやって道がわかるんだい？」

「まあ、見ててください。この道を少し行って、あそこの山の斜面を登ります。登りきって少しでも晴れていれば、夜でもグレート・シャノー山とラブリー・シート山が見えるはずだ。どちらも二千フィートを超える、堂々とそびえ立つ山ですからね。目指す地点はその二つの山のあいだです。ただし言っときますが、相当きつい道のりですよ」

「行こう！」スパルゴは言った。「こんなことをするのは生まれて初めてだが、一晩中かかろうとも歩き続けるんだ。誰かに先を越されたと知ったからには、とても寝てなんかいられない。前を行ってくれ、ついて行くから」

ブレトンは、しっかりした足取りで歩いていった。最初は楽だったが、道から逸れ、獣道としか言えないような山の斜面を縫うように登りだすと、とたんにスパルゴの苦難が始まった。まるで悪夢の中を歩いている気がした。目に入るものすべてが、ひどく増幅して感じられた。頭上の暗い空、ぼんやりとした山の稜線、化け物に見えるモミやマツの不気味なシルエット、そして黙々と着実に前進を続けるブレトンの後ろ姿。地面はぬかるんでスポンジのようだったかと思うと、ごつごつした岩場になったりする。荒れ地に低く生い茂る針金のようなヒースの枝に何度か足を取られてつまずき、両膝にアザをつくった。ついには、空にくっきりと輪郭を描くブレトンの背中を見続けることを諦め、足音を頼りにひたすらついて行くことにした。

「これ以外に道はないのか」長い沈黙を破ってスパルゴは訊いた。「あの二人——エルフィックとカードルストーンも、この道を通ったって言うのかい？」

「もう一つあります。スウェイト橋とハードロウを通って谷を行く道です。ただし、何マイルも遠回りだ。こっちのほうが真っすぐ突っ切っていく近道だし、昼間ならウォーキングを楽しめるルートなんですよ。でも、夜は……ああ、まいったな、雨になりましたよ、スパルゴ」

この地方にはありがちなのだが、降りだすと同時に雨は激しさを増して打ちつけた。灰色の夜の景色はすっかり雨でかき消され、スパルゴは途方もない孤独感に立ちすくんだ。このままではきっと、そのうち溺れてしまう。ところがスパルゴよりも夜目が利き、こういう場面での知識が豊富なブレトンは、スパルゴを引きずるようにして雨宿りできそうな岩陰に連れていった。ぴたりと体を寄せ合い、ブレトンはちょっと笑った。

「フリート街《ストリート》で事件を追いかけるのとは勝手が違うでしょう。だけど、前進したいって言ったのはあなたですからね」

「たとえ大雨や洪水の中だろうと、もちろん行くさ。例の男が先に行ったことを聞かされていなければ、もしかしたら、あの宿に一泊する気になったかもしれないけどね。だが、そいつが二人を追っているのだとしたら、何かを知っている人間に違いない。わからないのは、それが誰なのか、ってことだ」

「僕にもわからない。この隠れ家を知っている人物にまったく心当たりはありません。もしかして、あなたのほかに、この件を調べている人間がいるってことはないんですか」

「いるかもしれない。だが、わからん。あと数時間早く到着していればな。あの二人から誰よりも先に話を聞きたかったんだが……」

降りだしと同様、雨は急に止んだ。すると、いきなり空が晴れ上がった。このあと越えなければならない尾根に向かって歩いていると、ブレトンが腕を伸ばし、遥か下方で輝いているものを指し示した。

「あれが見えますか。ここととコッターデイルのあいだにある湖です。あそこから左手に行って、山を越えればコッターデイルに下りられます。それからあと二つ尾根を越える。そうすれば、ラブリー・シート山のふもとにあるフォスデイル谷に下れます。まだ二時間半は強行軍が続きますが、頑張れそうですか」

スパルゴは覚悟を決めた。

「行こう！」

山道を登り、谷を下り、足首まで泥に浸かり、脛《すね》に切り傷を負い、膝にアザをつくった。スパルゴはロンドンの明かりが恋しかった。石畳の通りも、便利なタクシーも、おんぼろのバスでさえもが、今は恋しくて仕方がない。そんな思いを抱えながら、ブレトンのあとについて必死に重い足を引きずって歩いた。山と谷に覆われた大陸を何年も歩き続けて横断した気分になったとき、ついにブレトンが吹きさらしの尾根の上で足を止め、スパルゴの肩に片手を置き、もう一方の手で下を指さした。

「ほら、あそこだ！」

スパルゴは夜の闇に目を凝らした。遥か彼方にも思える遠くに、ごく微かな明かりがちらちらしているのが見えた。まるで火の粉のような小さな明かりだ。

「あれが別荘です」と、ブレトンが言った。「こんなに遅いのに起きているんだな。さてと、これからが最大の難所です。ここの荒れ野は慎重にたどらなきゃいけないので、細心の注意を払ってついてきてください。ぬかるみや穴がそこらじゅうにあるんです」

さらに一時間歩いて、ようやく二人は別荘にたどり着いた。途中、何度か地面の起伏によって目指す明かりが見えなくなることもあったが、いつも再び現れては、そのたびに少しずつ近づいていったのだった。こうして近くまで来てみると、想像がつかないほどひなびた地だということがよくわかる。こんなに人里離れた寂しい場所は見たことがなかった。ほのかな明かりのなか、グレート・シャノア山から岩や石伝いにくねくねと流れる小さな川が見える。彼らが立っている場所の反対側には荒野の外れにモミやマツを背にしたU字型の土地があり、高い木々に守られて、小さなグレーの石造りの建物が立っていた。もともとは羊飼いが羊小屋として建てたと思われる代物だ。平屋建てのようだが奥行きはあり、かなりの部分が低木や茂みに隠れていた。カーテンの開いたブラインドのない窓から、それがなければ真っ暗であろう闇をランプの明かりがくっきりと照らしている。

ブレトンは曲がりくねった小川の縁で立ち止まった。

「あそこを渡らなくては。でも、すでに膝までずぶ濡れだから、今さら濡れてもどうってことはありませんね。どのくらい歩いたかわかりますか、スパルゴ」

「数時間、数日――いや、数年だ!」と、スパルゴは答えた。

「四時間は歩きました。だとすると、とっくに二時は過ぎていますから、一時間かそこらで夜が明けるでしょう。さて、この小川を渡ったあとはどうします?」

「何のために来たと思っているんだ。もちろん小屋の中に入るんだ!」

「ちょっと待ってください。彼らを驚かす必要はありません。明かりがついているってことは、二人がまだ起きている証拠でしょう。あっ、あれを見て!」

そのとき、窓と明かりのあいだを人影が横切った。

「あいつはエルフィックでもカードルストーンでもない」と、スパルゴが言った。「二人は中背だが、あれは長身だ」

「だったら、民宿の店主が言っていた男ですね。いいですか、僕はこの場所を隅々まで知っています。小川を渡って僕が小屋まで行って、窓から中の人物を確認します。さあ、行きましょう」

ブレトンはスパルゴを誘導し、並んだ大きな岩が自然の橋となっている場所で川を渡ると、静かにするよう合図して、土手を小屋へと向かっていった。スパルゴはその姿をじっと見守っていた。ブレトンが藪や下草をかき分けて、明かりのついた窓と突き出したポーチのあいだの大きな茂みにたどり着くのが見えた。その茂みの陰でしばらく身を潜めていたが、すぐに音をたてずに戻ってきた。スパルゴの腕をつかんだその手が興奮で震えている。

「スパルゴ!」と、ささやく。「あの影の男は、いったい誰だと思います?」

第三十四章　支配者

苦労した長旅の成果を早く手に入れたくていささか苛立っていたスパルゴは、怒ったような唸り声を上げてブレトンの手を払いのけた。

「そんなクイズで時間を無駄にしてどうするんだ。誰なのか、早く教えてくれ」

ブレトンは声を出さずに笑った。

「まあ、まあ、落ち着いて。マイヤーストですよ――貸金庫会社の社員の、あのマイヤーストなんです！」

スパルゴは、まるで誰かに嚙みつかれたかのように跳び上がった。

「マイヤーストだと！」思わず怒鳴り声を上げそうになる。「マイヤースト！　なんてことだ！　なぜ思いつかなかったんだ。マイヤーストか、そうなると――」

「彼だと思いつく理由なんて、僕には見当もつかないな」と、ブレトンが言った。「でも、とにかく、中にいるのがマイヤーストなのは確かです」

スパルゴが小屋に向かって歩きだそうとするのを、ブレトンが引き止めた。

「待って！　まずは僕の話を聞いてください。中で彼らが何をしているかを聞いてからにしてください」

「何をしていたんだ」スパルゴは、もどかしそうに尋ねた。

「それが、大量の書類を調べているんです。二人の老人はたいそう具合が悪いようで、ひどい様子です。どうやらマイヤーストの言いなりになってるようなんですよ。で、僕なりに推理してみました」

「聞かせてくれ」

「マイヤーストは、何かはわかりませんが彼らの秘密をつかみ、脅すためにここまであとをつけてきた。それが僕の推理です」

スパルゴは川岸を行ったり来たりしながら、しばし考えていた。

「おそらく君の言うとおりだろうな。さて、問題はこれからどうすればいいかだ」

ブレトンも考え込んだ。

「できれば」やがて、ブレトンが口を開いた。「できることなら中へ入って、何が起きているのかを盗み聞きしたいところですが、それは無理だ。あの小屋のことは、よく知っていますからね。残された方法はこれしかない――マイヤーストの不意を突いて捕まえるんです。やつは、どうせろくなことをしに来ちゃいないんだ。ほら、見てください!」

そう言って尻ポケットに手を回すと、ブローニングのリボルバーを取り出し、ニヤッと笑ってその手を振ってみせた。

「これを持っていると便利ですよ。このあいだ、何気なくポケットに入れたんですが、なぜそんなことをしたのか自分でも不思議だった。でも、今こそこいつが役に立つ。マイヤーストが武器を持っていないとはかぎりませんからね」

「それで？」

「小屋のそばまで行くんです。僕の考えるとおりなら、欲しい物を手に入れたら、マイヤーストは出て行くはずです。あなたは、さっき僕がいた場所へ行って、あの茂みの陰に隠れて中の様子を知らせてください。僕は戸口で待ち伏せて、マイヤーストが出てきたら銃を突きつけます。急ぎましょう、もう空が白み始めてきた」

ブレトンが前に立ち、生い茂るヤナギやハンノキをうまく利用しながら体を隠し、用心深く川岸を歩いた。そして二人は一緒に小屋に近づいた。戸口に着いてポーチに陣取ったブレトンは、茂みに隠れて窓から中を見張るようスパルゴに合図した。スパルゴは足音を忍ばせ、その指示どおりに、身を隠す茂みの枝のわずかな隙間からカーテンの開いている窓ガラスの向こうを覗いた。

小屋の内部は、きわめて質素でわびしいものだった。いかにも荒野の山小屋らしく、飾り気のかけらもない。椅子とテーブルは粗末だし、壁は漆喰で、釣り竿が一、二本、無造作に隅に置かれている。サイドテーブルの上に、食べ物がいくつか見える。部屋の真ん中のテーブルを囲んで、三人の男が座っていた。カードルストーンの顔は陰になって、マイヤーストはこちらに背を向けている。テーブルに覆いかぶさるようにして、エルフィック老人が震える手で苦労しながら何やら書いている。スパルゴは相棒を振り返った。

「エルフィックが小切手を書いている。マイヤーストはもう一つ小切手を持っているぞ。準備しろ！あの二つ目の小切手を手に入れたら、やつは出て行くはずだ」

ブレトンは凄みのある笑みを浮かべて頷いた。その直後、スパルゴが再びささやいた。

「気をつけろ、ブレトン！　やつが出てくるぞ」

ブレトンはポーチの隅に後ずさった。スパルゴも隠れていた茂みを離れ、もう一方の隅に移動した。

ドアが開いた。マイヤーストが命令口調で脅す声が聞こえた。

「いいか、俺の言ったとおりにするんだぞ！　忘れるなよ、支配権は俺にあるんだ――俺が支配者なんだからな！」

そう言い残すと、マイヤーストは向きを変え、夜明けのグレーの薄明かりのなかに一歩踏み出した。その瞬間、銃口を彼の鼻先に突きつけ、物騒な拳銃をこれ以上ないほどしっかりと握り締めて構える、筋骨たくましい若者と対峙していることに気づいた。よく見ると、きびきびした様子でもう一人の若者がすぐ横に立っていて、今にも飛びかからんばかりではないか。

「おはようございます、マイヤーストさん」ブレトンが冷ややかで慇懃な口調で言った。「思いがけないところでお会いできてうれしいですよ。それに、申し訳ありませんが手を上げていただきましょうか、早く！」

マイヤーストは、さっと右手を腰のほうに持っていこうとしたが、たちまちブレトンに怒鳴りつけられ、慌てて頭の上に上げた。続いて左手も上げる。ブレトンは静かに笑った。

「それが賢明ですね、マイヤーストさん」そう言いながらも、拳銃は鼻先にぴたりと突きつけたままだ。「君子危うきに近寄らず、って言いますからね。スパルゴ、マイヤーストさんのポケットに入っているものを確認してもらってもいいですか。よく調べて。書類はいいです――今のところはね。それはあとにしましょう。時間はたっぷりありますから。武器の類いがないか見てください。それがなにより肝心です」

スパルゴは身体検査などやったことがなかったが、てきぱきと確実に所持品を調べ上げた。たちどころにリボルバーを見つけて引っぱり出す。ようやく口をきけるようになったマイヤーストは、二人に向かってさんざん悪態をついた。

「上出来だ！」と、ブレトンはまた笑った。「間違いなく、ほかに危険な物は持っていませんね？さあ、マイヤースト、回れ右だ！　小屋の中に入れ。両手はそのままだ。背中にリボルバーが二丁あるのを忘れるなよ、行け！」

マイヤーストはブレトンの高飛車な命令に渋々従いながら、ますます悪態をついた。三人が小屋の中へ入った。ブレトンは捕まえた男から視線を逸らさず、スパルゴは、二人の老人に目を走らせた。カードルストーンは青白くなって震えながら椅子にへたり込み、エルフィックも負けず劣らず驚いた様子で立ち上がると、よろよろとこちらへ来ようとした。

「待ってください」と、ブレトンがなだめた。「そんなに慌てないで。ここにいるマイヤーストをまずなんとかします。よし、マイヤースト、その椅子に座ってもらおうか。ここにある家具ではいちばん重いからな。座るんだ、さあ！　スパルゴ、あそこにロープが一巻きあるでしょう。それでマイヤーストの手足をその椅子に縛ってください。それができたら、体のほうもきつく縛って。結び目は後ろで二重にしてくださいよ」

突如、マイヤーストが笑いだした。「ばかな若造め！　俺を縛ったら、その老いぼれの悪党二人の首に縄がかけられることになるだけだぞ。そこのところをよく考えるんだな！」

「それはあとで考える」と、ブレトンは答えた。スパルゴがロープで縛るあいだもマイヤーストに突きつけた銃口は下ろさなかった。「少々痛い目に遭わせてもかまいませんよ、スパルゴ。とにかくしっかり縛りつけてください。そうすれば、その椅子を引きずって動くのは無理ですから」

スパルゴは船乗り顔負けの縛り方でマイヤーストを椅子にくくりつけた。文字どおり手も足も出ない状態にすると、マイヤーストはあまりの全身の痛みに、スパルゴを口汚く罵った。「それでいいでしょう」と言って、ブレトンはようやくリボルバーをポケットに戻し、老人たちに向き直った。エルフィックは目を逸らして、いちだんと暗い部屋の隅の椅子に沈み込み、カードルストーンは中風でも患ったかのように震えながら何かを呟いていたが、若者二人には聞き取れなかった。

「エルフィックさん」ブレトンが話を続けた。「どうか怖がらないで。あなたもです、カードルストーンさん。このあとどうなるかはまだわかりませんが、とりあえず今は何も心配することはありません。どうやら、スパルゴと僕はぎりぎり間に合ったようだ。エルフィックさん、この男は何をしに来たのですか」

エルフィックは頭を上げ、首を横に振った。今にも泣きだしそうな顔をしている。カードルストーンも、いつもの堂々たる態度はどこへやら、すっかり怖気づいているのがわかる。そこでブレトンは、スパルゴに向かって部屋の隅の古びた戸棚を指さしてみせた。

「スパルゴ、あそこにウイスキーがあるはずです。気つけ薬代わりに彼らに飲ませてください。二人とも神経がまいってしまっているみたいだ。さて、エルフィックさん」スパルゴが言われたとおりにしたのを見届けると、ブレトンはあらためて後見人であるエルフィックに話しかけた。「こいつは何をしに来たんですか。当ててみましょうか。ひょっとして、強請《ゆす》りに来たんじゃありませんか」

カードルストーンがすすり泣きを始め、エルフィックは頷いた。「そう、そのとおりだ」と呟く。「強請りだ！　あれは――強請り以外の何物でもない。やつはわれわれから金を巻き上げた――書類もな。まだ持っているはずだ」

ブレトンは縛り上げられた男に軽蔑のまなざしを向けた。

「どうせそんなことだろうと思ったよ。スパルゴ、そいつの持っている物を確認しましょう」

スパルゴはマイヤーストのポケットを探り、見つけた物すべてをテーブルに並べた。マイヤーストは高飛び、もしくは相当な長旅を目論んでいたようだった。大量の金貨、すぐに使いきれる額の紙幣、パリで換金できる世界各国の有価証券のほか、カードルストーンのサインが入った一万ポンドの普通小切手、エルフィックの名が書かれた五千ポンドの普通小切手もあった。スパルゴに渡されたこれらの品を一通り調べたあとで、ブレトンはエルフィックに話しかけた。

「エルフィックさん、なぜ、あなた方はこの男に多額の小切手や有価証券を渡したんですか。こいつにどんな弱みを握られているんです？」

カードルストーンが再び泣き始め、エルフィックは思いつめた顔をブレトンに向けた。

「やつは、われわれをマーベリー殺しで訴えると脅したのだ」と、しどろもどろに言う。「われわれは、どうやっても嫌疑を晴らすことはできんと思った」

「マーベリー殺人事件へのあなた方の関与について、そいつは何を知っているんですか。どうか何もかも話してください」

「やつはずっと事件のことを探っていたそうだ」と、エルフィックは答えた。「そいつは、ミドル・テンプルのあの建物に住んでいる。カードルストーンの棟の最上階だ。そして――カードルストーンが殺した明確な証拠を握っていて、共犯者として私も告発すると言うのだ」

「それは嘘なんですか」と、ブレトンが訊いた。

「嘘だとも！　もちろん嘘だ。しかし、そいつはあまりにずる賢くて……それで……」

「反証する術《すべ》がないんですね。そうか！　だからそいつはカードルストーンさんの上階に住んでいたんだ。なるほど、そう考えればいろいろと説明がつく。さてと、そろそろ警察を呼ばなくてはならないな」テーブルの前に座り、紙とペンを引き寄せる。「スパルゴ、僕はホーズ警察の警視に手紙を書きます。ここから半マイルの所に農場があるので、ホーズまで車で手紙を運んでくれる人が見つかるでしょう。ウォッチマン新聞社へ電報を打ちたいなら、文面を書けば、その人に出してもらえますよ」

エルフィックはますます隅っこに引っ込み始めた。

「警察を呼ばなければいけないのか、どうしても……」

「警察に来てもらわないわけにはいきません」ブレトンはきっぱりと言った。「スパルゴ、僕が手紙を書くあいだに電報の文面を書いていてください」

四十五分ほどして農場から戻ってきたブレトンは、エルフィックの傍らに座り、その手に優しく自分の手を重ねた。

「さあ、エルフィックさん」と、静かに語りかけた。「今こそ真実を話すときですよ」

第三十五章　マイヤーストの弁明

小屋に足を踏み入れた瞬間から、二人の老人が極度のショックを受け恐怖に駆られているのが、スパルゴにはありありと感じられた。カードルストーンは隅に座ったまま、終始震えていて何も説明できそうになかったし、エルフィックもこれ以上口がきけるとは思えなかった。そこで、真実を話すようブレトンが強く促したのを見て小声で口を挟んだ。

「ブレトン、今は放っておいたほうがいいだろう。疲れきっているのがわからないのかい？　二人とも疲労困憊だ。私たちが来る前にマイヤーストとのあいだに何があったのか知らないが、一睡もしていないのは確かだ。しばらくそっとしておこう。とにかく、二人を見つけたのだし、この男も捕まえたんだからな」肩越しに親指でマイヤーストのほうをさすと、ブレトンの目がつられてそちらを向いた。視線が合ったマイヤーストがせせら笑った。

「貴様ら、自分たちが賢いとでも思ってやがるんだろう。ええ？　違うか」

「少なくとも、お前を捕まえる賢さはあったさ」と、ブレトンはやり返した。「捕まえたからには、あとは警察に引き渡すだけだ」

「ほう！」マイヤーストが、またあざ笑った。「何の罪で警察に引き渡す気だ。容疑を考え出すのは難しいと思うぜ、ブレトンさんよ」

「そのうち見つけるさ。いずれにしても、この人たちを脅して金を強請り取ったのは事実だからな」

「本当にそうか？　爺さんたちが、代理人の俺に小切手を預けたのではないと、どうして言える。答えてみろ！　それとも本人たちに答えさせてみようか。おい、カードルストーン、それにエルフィック、俺が代理人だから小切手を渡したんだよな。何か言えよ、ほら、早く！」

老人を見つめていたスパルゴは、マイヤーストの恫喝《どうかつ》めいた声に、二人が縮み上がったのがわかった。カードルストーンに至っては泣きだしている。

「なあ、ブレトン」と、スパルゴは耳打ちした。「この悪党は彼らの弱みを握ってるんだ。二人とも死ぬほど怯えている。そっとしておいてやろう。ここは少し休ませたほうがいい」そして、マイヤーストに向かって大声で怒鳴りつけた。「おい、お前は黙ってろ！　話を聞きたいときには、こっちから訊く」

だが、マイヤーストは、またもやせせら笑った。

「ずいぶんと偉そうじゃないか、『ウォッチマン』のスパルゴさんよ！　あんたも自信過剰な連中の仲間だな。確かに、かなり利口なようだが、まだまだだ。いいか、もしも――」

スパルゴはくるりと背を向けた。カードルストーン老人に歩み寄って、手を触ってみる。とたんに心配そうな顔つきになってブレトンを振り向いた。

「おい！　彼はただ怯えているだけじゃない、病気だぞ！　どうすればいいだろう」

「警察に医者を連れてくるよう頼んでおきました」と、ブレトンが答えた。「それまでベッドに寝かせておきましょう。奥の部屋にベッドがあります。横にして、温かい飲み物をあげればいいんじゃないかな――さしあたって、それくらいしか考えつかないけど」

二人で両脇から抱え、なんとかカードルストーンをベッドまで運んだ。スパルゴはふと思いつき、錆びついたストーブでお湯を沸かして、湯たんぽを足元に入れてやった。それが済むと、奥の部屋で休むようエルフィックに勧めた。老人たちはすぐに眠りに落ちた。すると急にブレトンとスパルゴは、自分たちが空腹でずぶ濡れなうえに、疲れ果てていることに気がついた。

「戸棚に食料があるはずだ」と言って、ブレトンは棚を探った。「いつも缶詰をいくつかストックしてあるんですよ。ほら、あった――タンとオイルサーディンだ。僕が缶を開けるから、熱いコーヒーを頼みます」

質素な即席の朝食を準備する二人を見ていたマイヤーストの目が、徐々に光ってきた。

「言わせてもらうが、俺だって腹が減ってるんだぜ」コーヒーをテーブルに置くスパルゴに話しかけた。「俺の体を縛ることは許されても、餓死させる権利はないぞ。頼むから何か食い物をくれよ」

「餓死なんかさせやしないさ」ブレトンはあっさりと言った。パンと肉を大きめに切り、カップにコーヒーを注いで、マイヤーストの前にカップと皿を置いた。「スパルゴ、こいつの右手をほどいてやってください。それくらいはいいでしょう。やつの拳銃は取り上げてあるんだしね」

しばらく三人は無言で飲み食いした。やがて、マイヤーストが皿を押し返した。自分を捕らえた二人の若者をじっと見据える。「いいか、この事件についてよく知ってるつもりらしいがな、スパルゴ。すべてを承知しているのはたった一人しかいない。この俺だ！」

「そりゃあ、そうだろうな」と、スパルゴは言った。「あんたがここにいるのを見れば、そのくらいは見当がつくさ。釈明ならあとでたっぷりできるよ」

「聞く気があるんなら、今この場で説明してやるぜ」マイヤーストは再び冷笑を浮かべた。「そして、ちゃんと真実を教えてやる。お前らはどうせ、俺に不利な推理をしているんだろうが、何にせよ、そいつは的外れだ。そうだ、フェアな取引といこうじゃないか。あそこにある俺のかばんに葉巻が入ってる。それを一本と、あのウイスキーを一杯くれ――上等なやつをな。そしたら、知っていることを何もかも話してやるよ。いいじゃないか、ここに何もしないで座ってるよりずっとましだろう」

二人の青年は顔を見合わせた。ブレトンが頷く。「あんなに言うなら喋らせてみよう。別にやつの話を信じる必要はないんだ。もしかすると、本当のことが聞けるかもしれない。葉巻とウイスキーを渡してやってください」

少しして、スパルゴが置いたタンブラーに入ったウイスキーをマイヤーストはうまそうに飲み、葉巻を深々とひと吹きして笑った。

「あいにく俺は本当のことしか話さないぜ。こうなっちまったら真実を話すしかないだろう。実際、俺には恐れることなんてないんだ。罪に問われるはずがないからな。あの二人から、預かった金を代理人として処理してくれという委任状をもらってあるのさ。あの書類入れに入ってるから見てみるといい、ブレトン。ちゃんと法に則った正規の書類だってことがわかるだろうよ。あんたがそれに手を加えるとか、破り捨てるなどとは思っちゃいないさ。なんたって弁護士だから、法は尊重するに違いない。とにかく、それが事実だ。誰かを罪に問うっていうのなら、俺がお前ら二人を暴行と不法監禁で訴えるところだが、俺は執念深い人間じゃないし、それに――」

ブレトンはマイヤーストの書類入れの中身を調べた。それからスパルゴに目をやる。「そいつの言うとおりだ」と、小声で言った。「正式な委任状です」そして、マイヤーストのほうを向いた。「だとしても、やっぱりお前を解放はしない。なぜなら、お前がジョン・マーベリーの殺人に関与しているはずだからだ。だから、このまま縛っておくのは正当なことなのさ」

「いいだろう。間抜けな道を好きに突き進むがいい。それでも、こっちはありのままを話すと言ってるんだ。真実は、たった今、遠いアフリカの地で何が起きているのかを知らないのと同じくらい、あんたの父親を殺した真犯人も知らないってことだ。誰がジョン・メイトランドを殺したのかは知らん。本当だ！　奥で死にそうになってる爺さんかもしれないし、そうでないかもしれん。とにかく知らないんだ。ただしスパルゴ、あんたと同じように、骨を折って突き止めようとはしたがな。それが事実だよ——俺は知らん」

「そんな話を信じろって言うのか」あきれ顔でブレトンが言った。

「信じようが信じまいが勝手だ。だが真実なんだ。それとな、この事件について俺ほどよく知っている人間はいないと言ったが、それも本当だ。俺がつかんだ事実を教えてやろう。あの部屋にいる、ニコラス・カードルストーンと名乗っている爺さんの正体は、マーケット・ミルキャスターの株式仲買人チェンバレンだ。あんたの父親があの町で裁判にかけられたとき、さんざん名前が挙がっていた人物さ。こいつも疑いようのない事実だ」

「それを——」厳しい顔でブレトンが問い詰める。「どうやって証明する。なぜわかったんだ」

「それはな」と、狡猾そうな笑みを浮かべてマイヤーストが答えた。「やつが死んで埋葬された一件に、俺が一枚嚙んでたからさ。俺は当時、事務弁護士をしていて、名前も今とは違っていた。例の狂言には三人が加担していた。チェンバレンの甥と、ぱっとしない医者と、この俺だ。俺たちは実に巧妙に事を運んだ。チェンバレンは骨折り代として、それぞれに五千ポンドくれたよ。もっとも、俺が手伝ったのは初めてじゃなかったし、そのたびに報酬は弾んでくれていたけどな。最初に関わったのはクラウドハンプトンのハース&ホーム共済組合事件のときだった。あの件についちゃ、エイルモア――すなわちエインズワースは、まったくの無実だったんだ。チェンバレンが後ろで糸を引いていたのさ。だが、残念ながらチェンバレンは儲からなかった。そのときに手にした金はあっという間になくなっちまってな。それで、拠点をマーケット・ミルキャスターに移したってわけだ」

「すべて証明できるんだろうな?」と、スパルゴが念を押した。

「一言一句残らずな。ちゃんと書類だってある。それはそうと、マーケット・ミルキャスターの事件のとき、あんたの親父が言ってたことは本当だったんだぜ、ブレトン。銀行からせしめた金を全部チェンバレンが持ち逃げしたって言ってただろう。やつは金を独り占めにしたんだ。そして、例の死亡騒ぎと葬儀をでっち上げて、まんまと逃亡した。さっきも言ったとおり、片棒を担いだ俺たちに気前よく金をくれてな。あれ以上にうまい計画はなかっただろうな。事が済むと、甥は姿を消し、医者はいなくなり、チェンバレンも逃亡した。俺はツイてなかった。実を言うと、つまらん違反で弁護士会を除名になってな。そこでマイヤーストと名前を変え、今に至るわけだ。チェンバレンを見つけたのは三年前のことだ。発見した経緯はこうだ。貸金庫会社の秘書になったあと、俺はテンプルに部屋を借りた。それがたまたまカードルストーンの上階だったんだ。そして、すぐにやつの正体に気づいたのさ。海外へ高飛びすると言ってたくせに、あのずる賢い爺さんは――まあ、当時はまだだいぶ若かったが――顎髭を剃り落して、うまいことテンプルに腰を落ち着け、骨董品と切手の収集という趣味に没頭していやがった。こんなにも長いあいだ、あそこでひっそりと暮らし、誰にも気づかれず疑われることもなかった。まったく、世間のやつらの目は節穴だぜ。やつが年代物のワイン片手に収集品に囲まれ、人目に触れず道楽三昧の隠遁《いんとん》生活を送っていたとはな。だが、俺の目はごまかせない!」

「で、それを利用して金を儲けたんだな」と、ブレトンが口を挟んだ。

「ああ、そうさ。あの爺さんは三カ月ごとに口止め料として、かなりの額を進んで払ってくれた。こっちもありがたく頂戴したよ。そのうちに自然と、やつのことがいろいろとわかってきた。友人はたった一人しかいなかった。奥にいるエルフィック先生だ。今度はそのエルフィックの話をしてやろう」

「話すのは勝手だが、あの人には絶対に敬意を払って話せ」ブレトンが厳しい口調で言った。

「別に、やつに敬意を払わない理由なんて俺にはないさ。エルフィックはあんたの母親と結婚するはずだった男だ。事件のあと、お前さんを引き取り、実の父親の不名誉を知らせないように育てた。ゆうべまで、あの男はカードルストーンがチェンバレンだということを知らなかったんだ。大悪党にも友達ってのはできるんだな――エルフィックは、カードルストーンと本当に仲がよかった。やつは――」

スパルゴが、はっとした顔でマイヤーストを見た。

「エルフィックがゆうべまで知らなかったって！」と、大声を出した。「だったらなぜ、こんな逃避行をしたんだ。彼らは何から逃げてきたんだ？」

「スパルゴ、俺もあんた以上には知らない。ただ言えるのは、二人のうちのどちらかが、俺の知らない何かを知ってるってことだ。たぶん、エルフィックはあんたから逃げたくてカードルストーンの所へ行ったんじゃないのか？　そして、二人で逃走した。実はカードルストーンがメイトランドを殺したのかもしれん――本当のところはわからんがな。だが、殺人について俺が知っていることを教えてやるよ。メイトランドを殺した犯人は知らないが、この件に詳しいのは事実なんでね。まず、メイトランドが書類と貴重品や金を持っていたのは知ってるな？　よし。そいつは全部この俺がいただいた。鍵を掛けて安全に保管してある。ロンドンに戻ったら、あんたに渡してやってもいいぜ、ブレトン。そうすれば必要な証拠が見つかるだろうよ、あんたがメイトランドの息子だというな」

　マイヤーストは自分の話がもたらした効果を確認しようと、そこでいったん言葉を切った。そして、二人の聞き手の顔に呆気に取られた驚きの表情が広がったのを見て、可笑しそうに笑った。

「それから、まだあるぜ。メイトランドが俺に預けた革の箱の中身も、一つ残らず俺が持ってる。それも安全な場所に置いてあるから好きにするがいいさ。殺人が起きた翌日、俺はそいつを手に入れたあと、そこにいるスパルゴが承知のとおり、わざとロンドン警視庁《スコットランドヤード》へ出向いた。ある駆け引きを仕掛けたのさ――かなり頭を使ったぜ」

「駆け引きだと！」ブレトンが言った。「いったいどんな駆け引きだ」

「革の箱の中身を手にして初めて、マーベリーがマーケット・ミルキャスターのメイトランドと同一人物だとわかった。それに気がついたので、あれこれ知恵を絞って、ほかのやつらとは別に自分なりの線を追い始めたってわけだ。メイトランドの書類と所持品はすべて俺の手元にあるはずだったのに、一つだけ見つからないものがあった。例のオーストラリアの切手だよ。そして、ついに俺は探り出した。その切手を持っていたのは――カードルストーンだったんだ！」

第三十六章　最後の電報

マイヤーストは一息ついてウイスキーを飲み、驚く二人の顔を見ると、わざと勝ち誇ったような笑みをつくった。

「カードルストーンが持っていたのさ」と、繰り返す。「それが何を物語っていると思う？　言うまでもなく、あの晩、メイトランドがカードルストーンの部屋にいたってことだ。メイトランドの死体が発見されたのは、あそこの入り口の階段じゃなかったか？　そう、そのとおり。だが、死体を見つけたのは誰か。門番ではなく、警察でもなく――どれだけ利口か知らないが――スパルゴさんよ、あんたでもない。あの夜、あそこでメイトランドが冷たくなっているのを発見したのは――この俺なのさ！」

静まり返ったなか、それまでマイヤーストの話をメモしていたスパルゴがいきなり鉛筆を放り出し、両手をポケットに突っ込んで、座ったまま背筋をぴんと伸ばした。彼を見つめていたブレトンには、その表情の意味するものがつかみかねた。それは、自分の考えや理解を根底から揺るがされた人間の顔だった。マイヤーストもスパルゴの表情に気づき、これまで以上にせせら笑った。

「どうだ、まいっただろう、スパルゴ！　そりゃあ驚くよな、考え込むはずだ。さあ、そこで質問だ。この事実を聞いたうえで、あんたはどう考える？」

「お前が大嘘つきか、それとも謎がこれまで以上に深くなったか、どちらかだろうな」

「必要とあらば、俺だって嘘くらいつくさ」マイヤーストが言い返した。「だが、今は嘘をつく必要がない。ありのままを話してるんだ。さっきも言ったが、こんなふうに縛り上げたところで、俺をどうにかすることなどできはしない。奥にいる二人が書いた委任状があるからには、あいつらの小切手や有価証券を持っていても何の不思議もないんだからな。どう見ても、こっちに分がある。だからこそ、本当のことを教えてやってるのさ、こうして待っているあいだの暇つぶしにな。言っとくが、嘘偽りのない本当の話だぜ！」

「今の話だが」ブレトンが感情を押し殺した声で言った。「父が倒れて死んでいるのを最初に見つけたのはお前だって言ったよな」

「そうだ――俺の知るかぎりではな。要するにこういうことだ。前にも言ったとおり、俺はカードルストーンの部屋の上階に住んでいる。あの晩は帰りがずいぶん遅くなった。一時はとうに回ってたな。辺りには誰もいなかった。実を言えば、あの建物で住居として部屋を借りているのはカードルストーンと俺だけなんだ。俺は、入り口で横たわっている男を見つけた。マッチを擦ってみると、午後に会社へやって来た人物だとすぐにわかった――ジョン・マーベリーだ。そんな遅くに帰宅したといってても、こっちはまるっきりの素面《しらふ》だったし、いつだって頭の回転は速いほうだが、そのときはいつもの倍の速度で懸命に考えた。そして最初に実行したのは、遺体の所持品を奪うことだった、金も書類もすべてな。全部、鍵を掛けてしまい込んだから、誰にもバレちゃいない。翌日、貸金庫会社の秘書の立場を利用して、例の箱の中身を手に入れた。それで死んだ男の正体がわかったってわけだ。それから、あえて警察と新聞社、特にそこにいる若きスパルゴ大先生を騙す作戦に出た。俺には目的があったからな」

「どんな目的だ」と、ブレトンが訊いた。

「わかりきったことだろう！　そこまでの事実をすべて考え合わせれば、マーベリー――いやメイトランドと言ったほうがいいが、そいつを殺したのはカードルストーンかエルフィックのどちらかだという確信があった。そうして仮説を立てたんだが、その確信はスパルゴ、あんたが書いた記事を読んでますます強まったよ。あの夜、エイルモアの部屋をあとにしたメイトランドは、自分がカードルストーンの部屋の近くにいることに気づき、やつが住んでいる所を見てみようと、俺たちの住む建物に入った。そこでばったりカードルストーンに会っちまった。あるいは、カードルストーンとエルフィックが一緒にいるところに出くわしたのかもしれん。そしてお互い、相手が誰かわかったんだ。おそらく、メイトランドはカードルストーン――もとい、チェンバレン――の素性を公表するぞと脅迫した。むろん、実際に何があったかは誰にもわからないが、脅されたチェンバレンがメイトランドを殺したと俺は推理した。なんといっても、メイトランドの遺体が見つかったのはチェンバレンの部屋の真ん前だったんだからな。それから数日のうちに、チェンバレンの留守中にやつの部屋に忍び込んだ俺は、メイトランドが間違いなくあの部屋にいた証拠を見つけて大いに満足した。チェンバレンの机の中に、検死審問のときに切手商のクリーダーが言っていた珍しいオーストラリアの切手が入っていたんだよ。これこそ確かな証拠さ」

スパルゴはブレトンに目をやった。二人は、マイヤーストが知らない事実を知っていた。彼が話題にした切手は、今、スパルゴの胸ポケットに入っているのだ。散らかり放題になっていたチェンバレンの部屋の床で拾ってから、ずっとそこに入れてある。

「なぜ」少し間が空いたあと、ブレトンが口を開いた。「カードルストーンことチェンバレンを殺人の件で責めなかったんだ」

「責めたさ！　何度もな。エルフィックも同様に問い詰めた」マイヤーストは力を込めて答えた。「もっとも、最初からってわけじゃない。しばらくは、俺が疑いを抱いていることをチェンバレンに悟られないようにしていたからな。駆け引きってやつだよ。だが、ついに――ほんの数日前だ――あいつらを二人ともとっちめてやった。そうやって支配権を手にしたのさ。やつらは縮み上がった。そして、とうとうエルフィックもカードルストーンの正体を知ることになった。さっきも言ったように、エルフィックはカードルストーンに好意を持っている。不思議な話だが、実際そうなんだ。そこでやつは、カードルストーンをかくまおうと考えた」

「お前が責めたてたとき、二人は何て言った？」ブレトンが尋ねた。「その点が大事だからな。彼らの感情はこの際どうでもいい」

「そうだな。だが、あんたが思ってるより、この謎には感情が深く関係しているんだぜ」と、マイヤーストは言った。「やつらが何て言ったかって？　断固として否定したよ。カードルストーンは、誓ってメイトランド殺害には一切関わっていない、と断言した。エルフィックもだ。だが、あの二人は殺人について何か知ってる。ジョン・メイトランドを殴り殺した人間の名をはっきりと口にできないようだが、心の中では誰がやったのか見当がついているに違いない！　やつらは――」

突然、奥の部屋から悲鳴が上がり、マイヤーストの言葉を遮った。ブレトンとスパルゴはとっさに立ち上がってドアに向かったが、たどり着くより早く、中からエルフィックが真っ青な顔でわななきながら出てきた。

「逝ってしまった!」震える声で叫ぶ。「私の親友が逝ってしまった。死んでしまったんだ! 私が寝ているあいだに。ふと目が覚めて横を見たら、彼が……」

スパルゴはエルフィックを椅子に座らせて、ウイスキーを少し飲ませ、ブレトンはその間《かん》、素早く奥の部屋を見に行ったが、首を横に振りながら戻ってきた。

「死んでる。どうやら眠りながら息を引き取ったようだ」

「それじゃあ、やつの秘密も一緒にあの世へ行っちまったってことだな」平然とした口調でマイヤーストが言った。「やつがジョン・メイトランドを殺したかどうか、これでもう永遠にわからない。万事休すってやつだ!」

エルフィック老人が、すぐ脇にいたスパルゴを力いっぱい押しのけるようにして急に椅子から立ち上がった。

「彼はジョン・メイトランドを殺してなどいない!」と声を荒らげ、マイヤーストに殴りかかろうした。「カードルストーンが犯人だなどと言う者は、みな嘘つきだ。彼は私と同じように無実だ。お前たちが殺人の罪を着せようと責めたてて苦しめ、彼を死に追いやったんだ。私を責め苛んどるようにな。どいつもこいつも、よってたかって。断言する。カードルストーンはジョン・メイトランド殺しとは何の関係もない——これっぽっちもだ!」

マイヤーストが笑い声をたてた。

「だったら、誰が殺したって言うんだ」

「黙れ!」ブレトンがかっとして振り向き、怒鳴りつけた。エルフィックのそばに座り、なだめるように腕に手を置く。

「エルフィックさん、知っていることを話してくれませんか。あいつのことなら心配要りません。もう、やつは何もできない。事件について知っていることをスパルゴと僕に教えてください。カードルストーン――いや、チェンバレンか。いずれにしても、もう誰も彼を傷つけることはできないんですから」

少しのあいだ、エルフィックは首を振っていたが、スパルゴがもう一杯ウイスキーを注ぐと、頭を上げ、訴えかけるように二人の青年を見た。

「私はひどく動揺している。ここ数日、ずっと苦しんできたのだ。これまで知らなかった事実を目の前に突きつけられてしまったからな。もっと早く話すべきだったのかもしれんが、彼のことを考えると怖かったのだ。カードルストーンは良き友だった。昔はどんな人間だったとしても、親友だったのだよ。そしてあの晩のことは、一部分しか知らんのだ」

「あなたがあの夜、見聞きしたことを話してください」と、ブレトンが促した。

「あの晩、私はいつものように、カードルストーンとピケットをやるために彼の部屋に寄った。十時頃だ。十一時頃になってジェーン・ベイリスがやって来た。私にどうしても会いたくて部屋を訪ねたんだが、カードルストーンの部屋にいるのを知って、こっちへ来たのだそうだ。カードルストーンがワインとビスケットを出してやり、彼女も腰を落ち着けて三人で話をしていた。すると――たぶん十二時十五分前くらいだったと思うが、ドアをノックする音がした。外扉は開けてあったから、当然、中に明かりが灯っているのは誰でもわかる。カードルストーンが応対に行き、『カードルストーンさんですか』と問う男の声が聞こえた。『クリーダーという切手商から、カードルストーンさんを訪ねてオーストラリアの希少切手を見せるといいと勧められて来てみたら、明かりが見えたのでノックしました』と言っていた。カードルストーンに招き入れられ、男は部屋へ入ってきた。その男が、われわれが翌日、遺体安置所で見た遺体の人物だった。名誉にかけて言うが、われわれは二人とも、あの晩も翌日も、その男の素性は知らなかったのだ！」

「部屋へ入ってきて、どうしたんです？」ブレトンが訊いた。

「カードルストーンは椅子を勧め、酒を一杯振る舞った。男が言うには、クリーダーからカードルストーンの住所を教わり、ファウンテンコートの知り合いの部屋へ寄ったついでに、たまたまこの建物のそばを通ったので、場所だけでも見ておこうと思ったのだが、明かりが灯っているのを見て思いきってノックした、とのことだった。彼とカードルストーンは切手を検分し始めた。ジェーン・ベイリスが帰ると言ったので、私は二人を残して一緒に部屋を出た」

「誰も、彼が何者か気づかなかったんですか」と、ブレトンが質問した。

「誰も！　そもそも私は、メイトランドとは一、二度しか会ったことがない。ほかの二人も気がつかなかった。少なくとも私には気づいたようには見えなかった――万が一気づいていたとしてもな」

「ちょっといいですか」初めてスパルゴが口を挟んだ。「あなたとミス・ベイリスは、それからどうなさったんですか」

「階段を下りきったところで、急にジェーン・ベイリスが玄関に忘れ物をしたと言いだした。どうせ彼女はフリート街《ストリート》に出るわけだし、私はミドル・テンプル・レーンを歩いて部屋へ帰るだけだから、そこで別れたよ。ジェーン・ベイリスは再び階段を上がっていき、私は帰宅した。嘘じゃない。それが私の知っているすべてだ」

突如、スパルゴが跳び上がって帽子をひったくった。小屋に入ってきたときに放り投げた、雨でぐしょぐしょになった帽子だ。

「それで充分だ！」ほとんど叫び声になっている。「わかった。ついにわかったぞ、ブレトン！　最寄りの電報局はどこだ？　ホーズだって？　この谷を真っすぐ行くんだな。じゃあ、こうしよう！　私が戻るまでここを頼む。警察が到着したら電報局まで来てくれ、あっちで合流しよう。とにかく私は、電報を打ったらロンドンに向かう始発列車に乗る」

「でも、あなたの狙いは何なんですか、スパルゴ」と、ブレトンが大きな声を出した。「ちょっと待って！　いったい――」

しかし、すでにスパルゴはドアを閉め、全速力で谷を駆け下りていた。四十五分後、彼はのどかな田舎町の郵便局に汚れた格好で息を切らして飛び込み、おとなしい温和な電信係の度肝を抜いた。急いで電報用紙をつかむと、震える字で電文を殴り書きした――。

ロンドン警視庁《スコットランドヤード》ラスベリー殿
ジョン・メイトランド殺害の罪でジェーン・ベイリスを至急逮捕されたし。証拠を揃えて直ちに戻る。
フランク・スパルゴ

そうして郵便局のベンチにどかりと腰を下ろし、電信係が怪訝な顔で文面を打っているあいだ、ヒースが生い茂る荒野を猛然と走り続けたために絶え絶えになった息を懸命に整えた。ようやく息がつけるようになると、今度は駅を探しに歩き始めた――。

数日後、殺人の嫌疑が晴れ、二十年前の事件も冤罪だったことが認められて、スティーヴン・エルフィックがボウ・ストリートの中央警察裁判所の被告人席から堂々と出て行くのを見届けたスパルゴは、ひっそりとした裁判所の片隅で、いつの間にかジェシー・エイルモアの手を握っていた。彼女が何か話しているのだが、ぼうっとして頭に入ってこない。周囲には誰もおらず、ジェシーは人目を気にすることなく熱心に話しかけていた。

「でも、来てくださるでしょう？　今日、ぜひ、うちにいらしてほしいの。きちんとお礼を言わなくちゃ。いいわよね？」

スパルゴは彼女の手を握り直した。ジェシーの瞳を真っすぐに見つめる。

「お礼なんか要らないよ。幸運が重なっただけだ。もし、今日お邪魔するとしたら、それは……君に会うためだ。君だけにね！」

ジェシーはつないだ手に目を落とした。

「私も」と、ささやく。「私も本当はそう思ってるのよ！」

訳者あとがき

本書において事件現場となるミドル・テンプルは、ロンドンに四つある法曹院の一つで、ロンドン中心部シティに位置する。ミドル・テンプル、リンカーン、グレイ、インナー・テンプルの四つの法曹院は、いずれも五世紀以上に及ぶ歴史を持ち、法学生の登録、法廷弁護士資格の付与、弁護士就任後の監督といった業務を行う、主に教育が主体の機関である。イングランドとウェールズの法廷弁護士は、いずれかの法曹院に所属することが義務づけられている。敷地内には図書館、食堂、ホール、教会、庭園、宿泊施設（弁護士事務所を含む）などがあり、ゲートは存在するものの、一般の人々も無料で入ることができ、シェイクスピア劇の上演やパーティーといったイベントが催されることもある。テンプル内は、風格あるレンガ造りや石造りの建物に囲まれた石畳の細い路地が入り組んでおり、ミドル・テンプル・レーンもその一つだ。本書の主要人物であるブレトンも、ミドル・テンプルで教育を受け、法廷弁護士として独立して事務所を構えたばかりの新米弁護士だが、建物と階数から新米であることを刑事が推察していた場面からすると、内部にはさまざまな慣習や決まり事があるのかもしれない。そうした背景を想像しながら読み進めれば、法廷での審問の場面、登場人物たちの人物像などが、よりリアルに感じ取れることだろう。

著者のジョゼフ・スミス・フレッチャーは、一八六三年二月七日、イギリス、ヨークシャー州ハリファックスで聖職者の父のもとに生まれる。しかし、生後八カ月で不幸にも父を亡くし、ダーリントンに住む祖母に引き取られて育った。中学卒業後、法律の勉強を経てロンドンでジャーナリストを志し、A Son of Soil というペンネームで、*Yorkshire Post*、*Leeds Mercury* をはじめとする新聞や雑誌に寄稿を続けた。詩・神学・歴史・風土記など幅広い分野にわたって著述を残しており、古代研究家としての顔も持つ。やがて小説の執筆を始め、歴史小説やロマン小説も手がけたが、法律を勉強するなかで裁判を傍聴するなど、犯罪学に詳しかった経歴を活かし、一九〇〇年代に入ると推理小説を書くようになった。現在では、推理小説家としての肩書が最もよく知られている。

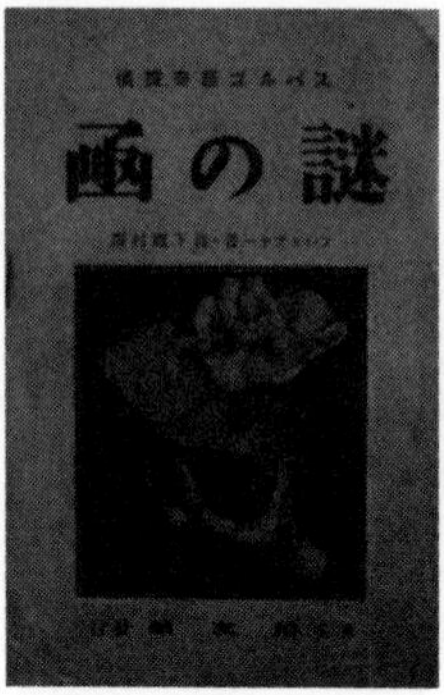

森下雨村・訳『スパルゴ怪奇探偵　謎の函』（博文館）昭和 11 年刊

The Middle Temple Murder
（1919,Robbie Rare Books）

　なかでもフレッチャーの出世作として評価されているのが、本書『ミドル・テンプルの殺人』（一九一九、*The Middle Temple Murder*）である。トーマス・ウッドロウ・ウィルソン米大統領が激賞したことから一躍注目を浴び、彼の作品はアメリカでも出版されるようになった。

　日本では、大正十一年、森下雨村氏の訳で『謎の函』（博文館）として紹介され、昭和四年には『世界探偵小説全集』（博文館）第十五巻に「スパルゴの冒険」と改題して収められた。その後、昭和三十七年に出版された『世界推理小説大系』（東都書房）第十一巻の中で、井上一夫氏が新訳として

「ミドル・テンプルの殺人」を発表している。このとき巻末の解説を担当したのは、かの松本清張氏だった。第一次世界大戦後の約二十年間は推理小説の黄金時代と言われるが、真の意味でその口火を切った作家の一人がフレッチャーだったと、松本氏は述べている。江戸川乱歩氏の言葉を借りて、フレッチャーをコナン・ドイルの作風を受け継いだ「プロット型」と称し、「第二次世界大戦後、トリック型からプロット型に推理小説が移行している今日、この型の先駆者ともいうべきフレッチャーの最高傑作といわれる『ミドル・テンプルの殺人』は、再評価されてしかるべき作品」だというのである。

確かに、フレッチャーはトリックそのものよりもプロットを大事にし、そのため、探偵役を務める主人公は、いわゆるヒーロー型の名探偵ではなく、どこにでもいそうな普通の人であることが多い。天才的な名探偵がたちどころに事件を解決してみせるのではなく、ごく一般的な人間が懸命に謎を追って走りまわる姿が、物語に現実味を与え、読者の共感を呼ぶのである。

ミステリ小説だけでも百二十冊を超える著作を生み出した多作家のフレッチャーは、一九三五年一月、七十二歳でこの世を去った。

The Middle Temple Murder
(2013,imprint,USA)

このたび、数々の名作を翻訳された井上氏が手がけた作品の新訳を担当させていただくという、またとない機会に恵まれたことは、光栄の至りであり、関係者には心から感謝を申し上げたい。訳出にあたっては、二〇一三年にアメリカで刊行されたインプリント版の原書を使用した。五十年余りの時を経てあらためて本作品を訳すにあたり、物語当時の時代感は残しながらも、現代の読者が無理なく読める文章を用いるよう、私なりに心がけたつもりだ。

なお、本作に描かれる現代の事件発生年月は一九一二年六月二十一日から七月二日だが、六月二十三日、農夫ウェブスターやエイルモア議員、切手商クリーダーの証言（本書五十三頁、七十一頁、七十七頁）、スパルゴのセリフ（五十七頁、六十七頁）に時刻の矛盾が見られたため、本書では辻褄の合うよう訂正した。諒とされたい。

懐かしいフレッチャーの代表作を、新たな目で堪能していただけたなら、訳者としてこれ以上の喜びはない。

二〇一六年十二月

友田　葉子

アメリカ大統領が愛読したフレッチャーの代表作

横井　司（ミステリ評論家）

今世紀のミステリ史において、アメリカの大統領は特にミステリとの縁が深いように思われる。有名なところで、フランクリン・デラノ・ルーズベルト（第32代大統領）が現職当時、ミステリのプロットを提供し、S・S・ヴァン・ダインやE・S・ガードナーら七人の作家がリレー形式で書き継いで完成させた『大統領のミステリ』（一九三五）がある。ルーズベルトはシャーロキアン団体ベイカー・ストリート・イレギュラーズのメンバーでもあった。また息子のエリオット・ルーズベルトはミステリ作家でもあり、母親のエレノア・ルーズベルトを主人公とするシリーズを八作ほど著している。日本には『大統領夫人は名探偵』（一九八四）、『ホワイトハウスの冷たい殺人』（一九八七）などが紹介されているが、これらはすべてウィリアム・ハリントンによる代作の由。

代作ではなく、大統領本人が書いたものとしては、エイブラハム・リンカーン（第16代）が書いた短編「トレーラー殺人事件の謎」（一八四六）が知られている。

書きこそしなかったものの、ジョン・F・ケネディ（第35代）本人やジミー・カーター（第39代）の夫人はミステリの愛読者だったらしいし、リチャード・ニクソン（第37代）およびジェラルド・R・フォード（第38代）の補佐官だったヘンリー・キッシンジャーもそうだったとか。近年では、ビル・クリントン（第42代）がミステリ・ファンで、ウォルター・モズリイの『ブルー・ドレスの女』（一九九〇）を賞賛したことは記憶に新しい。

日本では吉田茂が首相時代にシャーロック・ホームズと並んで銭形平次を愛読していると話したことが知られており、首相が読んでいるというので平次シリーズの売れ行きがあがったのだとか。もっともこれについては、いやしくも一国の首相が捕物帳を愛読しているとは情けないという批判を受けたというエピソードも伝わっている。吉田茂以外でミステリを読んでいるという首相や政治家は寡聞にして知らない。小泉純一郎を始めとして、政治家が愛読する小説ジャンルとしては、歴史小説をあげるのが常のようである。

それに比べると、歴代のアメリカ大統領およびその関係者の中に、それなりの数のミステリ好きがいることは興味深いが、ここに新訳が刊行されることになったJ・S・フレッチャーの『ミドル・テンプルの殺人』（一九一九）は、トーマス・ウッドロウ・ウィルソン大統領（第28代）が褒めたことで人気を博したという意味で、時の政権とミステリ・ジャンルとの蜜月関係を示す先駆的な作品といえる。大統領が褒めたことで、それまでイギリスのみでの刊行だったフレッチャーの作品がアメリカにも紹介されるようになったことは、よく知られている。

日本では最初、一九二二（大正一一）年に、博文館の『探偵傑作叢書』の一冊として「謎の函」のタイトルで森下雨村によって訳された。一九二九（昭和四）年に同じ訳が「スパルゴの冒険」と改題されて、博文館の『世界探偵小説全集』第15巻に収められた。さらに一九三九年には、博文館の「名作探偵」叢書の一冊として「謎の函」と復題され、再刊されている。フレッチャーの紹介は戦前が主であったが、「もはや戦後ではない」といわれてしばらくたった一九六二年、東都書房の『世界推理小説大系』第11巻に、「ミドル・テンプルの殺人」の邦題で、井上一夫による完訳が収められた。論創ミステリ叢書の一冊として刊行される本書は、実に五十五年ぶりの新訳ということになる。

フレッチャー作品の日本における紹介、受容のされ方については、論創ミステリ叢書既刊の『亡者の金』（一九二〇。邦訳二〇一六）において詳細に述べておいたので、そちらを参照していただければ幸いである。その際に紹介した、本書に対する小森健太朗の評言を再び引いておくことにしよう。

これは英語で読めばけっこう巧妙なミスディレクションが犯人に関して仕掛けられているんですよ。それが日本語の訳では表現できないんですよ。主人公のフランク・スパルゴという新聞記者が事件を追っていき、フランスの新聞小説と同じく毎回毎回驚きがあって起伏があるという古い時代の伝統を受け継いでる作風です。『ミドル・テンプル』の一作は記憶に残るけれども、あとはまあ新しい時代につながらんかったなという感じの作家だと思いました。（『本格ミステリーを語ろう！［海外篇］』原書房、一九九九）

ここで小森が述べている「日本語の訳では表現できない」「けっこう巧妙なミスディレクション」とは何なのか、すでに読了された読者には予想がつくだろうが、ここでは伏せておく。

『亡者の金』の解説では「フランスの新聞小説と同じく」という発言を取り上げ、フレッチャーの長編は「ロマン・フィユトンを簡潔にし、近代化したものだと目せる」と書いておいた。ロマン・フィユトン roman feuillton というのは新聞連載小説のことで、松村喜雄は「庶民相手の通俗娯楽小説と解すべきであろう」と述べている（『怪盗対名探偵――フランス・ミステリーの歴史』晶文社、一九八五)。フィユトンには新聞の学芸欄という意味があり、日本の感覚だと、紙面下段の連載小説欄を指すものと思われる。したがって直訳すれば、学芸欄に載っている小説ということだが、後に新聞小説そのものをいうようになった。黒岩涙香がその初期に翻案小説のタネとして使ったのは、エミール・ガボリオ、フォルチュネ・デュ・ボアゴベなどのフィユトン作家(の英訳本)だった。

涙香が一八八九(明治二二)年に『絵入自由新聞』に発表した「探偵談と疑獄譚と感動小説には判然たる区別あり」において「犯罪ありてより、探偵と解説の間に必ず裁判を出す」ものを「疑獄譚《ぎごくものがたり》(クリミナル、ローマンス)」と述べているが、この定義がガボリオやボアゴベの作品に基づくものであることは明らかである。『ミドル・テンプルの殺人』が「疑獄譚」の形式を敷衍していることも、下院議員のスティーヴン・エイルモアが逮捕され、その雪冤に尽力するというストーリーによく現われている。エイルモアの娘と婚約している新米法廷弁護士ロナルド・ブレトンの出生の秘密が事件と深く関わりがある点も、フィユトン作家のパターンを連想させるものがある。

もっとも、フレッチャーがイギリス作家であることを思えば、ロマン・フィユトンを近代化したというより、センセーション・ノヴェルを近代化したという方が妥当かもしれない。センセーション・ノヴェルというのは、十九世紀後半のイギリスで流行を見た小説のスタイルで、ウィルキー・コリンズの『白衣の女』(一八六〇)やメアリ・エリザベス・ブラッドンの『レイディ・オードリーの秘密』(一八六二)などが、その典型的な作品と目されている[註]。『レイディ・オードリーの秘密』邦訳書(近代文藝社、二〇一四・三)の「訳者解説」で三馬《みんま》志伸《しのぶ》は、センセーション・ノヴェルについて以下のように紹介している。

これらの小説の多くは犯罪を題材としており、しかも、身分詐称、過去の秘密、重婚、さらには、陰謀、復讐、殺人などといった「煽情的」な要素をふんだんに含んでいたため、当時「センセーション小説」と総称されたのであるが、内容からいえば今日の犯罪小説、ミステリに相当し、いわばその先駆けとなったジャンルであると見ることができるだろう。

三馬志伸は、センセーション・ノヴェルが「ゴシック小説と呼ばれる一群の小説の伝統を受け継いでいることは明らか」であり、「ゴシック小説の大半がイタリアやフランスなど過去の時代の外国を舞台としているのに対し、センセーション小説のほとんどは同時代のイギリスを舞台としている」と述べ、その違いが生じた理由を「新聞をはじめとするジャーナリズムが大いに発達した」社会の状況にあると指摘している。「富裕な階層の大きな屋敷の中でも恐ろしい犯罪が行なわれ得るのだという ことを、人々が知ることになった」ことで、「小説の中で展開される煽情的な出来事はもはや現実を遊離した絵空事ではなくなって」しまい、読者が「小説の中にこぞってそうした要素を求めた」ことがセンセーション・ノヴェルの隆盛をもたらしたのだと考察するのである。

三馬がここでジャーナリズムの発達をジャンル隆盛の背景に見出しているのは、フレッチャーが新聞記者を主人公の探偵役に据えたことを鑑みると、興味深い。また、三馬の文章からは、センセーション・ノヴェルの多くが上流階級の屋敷、いわゆるカントリーハウスと、それらが建っている田舎を舞台としていたことをうかがわせるのだが、それに対して『ミドル・テンプルの殺人』はロンドン市内の法曹院を舞台としており、都市空間における犯罪を想定しているという点が、近代的な印象を与えるようすがとなっているといえそうだ。法曹院がある区域には一般の人々も自由に出入りできるとはいえ、ゲートで仕切られていることから、都市における閉鎖空間といった性格も有していることを示唆している。つまり都市の中にカントリーハウス的な空間を現出させているわけである。こうした点や、過去の事件を調査するために地方都市に向かったり、最終的な決着が田舎のコテージで付いたりする点などは、センセーション・ノヴェルからの継承性をうかがわせもする。

センセーション・ノヴェルは登場人物の感情や心理について言葉が費やされ、それがストーリーを停滞させることもあるように思われるが、『ミドル・テンプルの殺人』では、フランク・スパルゴは新聞記者として調査対象に対して単刀直入であり、それが展開をスピーディーなものにしている。ウィルソン大統領が本書を褒め、アメリカで受け容れられたのも、スパルゴのこの単刀直入な行動ぶりが支持を得たからではないかと察せられる。天城一がその「フレッチャー論」（『関西探偵作家クラブ会報』第55号、一九五二・一〇）において「精神的遺児ハードボイルド派」と位置づけているのも、故なしとしない。

『ミドル・テンプルの殺人』が刊行された一九一九年といえば、二年前に『シャーロック・ホームズ最後の挨拶』が刊行されたばかり。翌年にはアガサ・クリスティーの『スタイルズ荘の怪事件』とF・W・クロフツの『樽』が上梓され、ヴィクトリア朝の名探偵物語からミステリの黄金時代へとジャンルが展開しつつあった時期である。短編ミステリから長編ミステリへの移行の時代といってもいい。サザランド・スコットはA・A・ミルン、コール夫妻とともにフレッチャーの名をあげ「彼らの貢献なくしては、黄金時代は決して到来しなかったのである」と述べており（『現代推理小説の歩み』［一九五三］長沼弘毅訳、東京創元社、一九六一）、松本清張は前掲『世界推理小説大系』第11巻の「解説」で「真に、この黄金時代の口火を切った作家」として、E・C・ベントリーと共にその重要性を指摘している。清張は右の解説で、フレッチャーの作風を「ホームズ時代の精神をそっくりそのままひきついだもの」「どこまでも、ロマンティシズムの時代の影響を多分に受けたもの」としつつも、「それまでの探偵小説によく現われたエキセントリックな人物を排除し、架空の絵そらごとであった推理小説に、現実感を吹き込んだ」と、その功績を評価している。

> たいていの作品に出てくる主人公が、読者が往来でよく行き会うようなただの人間で、実在の刑事にくらべれば、問題にならない素人ばかりである。経験はもちろん、名探偵らしい推理眼も分析的頭脳も持ちあわせていない。ただただ、その事件に対する興味と正義感から、熱意と努力を持って、ひたすらに事件の核心を追及する。そこが、超人探偵の活躍する推理小説よりは、読者に親しみ深く感じさせる所以であろう。

右に引いた清張の解説はいかにも社会派推理小説の立役者たる作家らしい認識だが、探偵役は「実在の刑事にくらべれば、問題にならない素人」であり「名探偵らしい推理眼も分析的頭脳も持ちあわせていない」というだけでは、読者の誤解を生んでしまうだろう。少なくとも『ミドル・テンプルの殺人』に登場するスパルゴは、単なる素人ではない。それなりに経験を積んだ新聞記者であり、組織の後ろ盾によって調査の利便を図られている存在なのである。刑事とは別の意味でのプロフェッショナルなのだ。それはベントリーの『トレント最後の事件』（一九一三）における探偵役フィリップ・トレントのシャーロック・ホームズ的な振る舞いと比較してみれば明らかだろう。スパルゴは、組織の後ろ盾を持った職業人探偵という意味では、ロンドン警視庁《スコットランド・ヤード》のフレンチ警部と何ら変わりはない。

〈超人探偵〉対〈凡人探偵〉、〈頭の探偵〉対〈足の探偵〉、といった図式にとらわれると、こうした特徴が見過ごされてしまうだろう。フレッチャーが不徹底だとすればそれは、最終的には組織外の人物であるロナルド・ブレトン弁護士とスパルゴとの共闘によって事件の幕が下ろされることで、この点もまた「ロマンティシズムの時代の影響」（松本清張、前掲）の現われと見るべきかもしれない。

ただ、こういうものの見方は、一方で、名探偵ロマンティシズムというべきものに毒されているのかもしれないとも思う。「名探偵ロマンティシズム」というのは、本稿を書きながら、今、思いついた言葉なので、こなれていない感じだけれども、要するに読者が探偵役に求めるヒロイズムである。ただ一人の優れた人間がすべてにわたって状況を把握・認識し、その認識に基づいて解決に導くという展開を、私たち読者は読んでいる当のミステリに求めることが多い。シャーロック・ホームズが時代を超えて支持されるのも、そうした読者のヒロイズムに訴えるところがあるからだろう。フレッチャー作品、特に『ミドル・テンプルの殺人』はそうではない。そうではないため、ヒロイズムに応じることはできないにしても、正義の成就にせよ真実の解明にせよ、一人の超人的な人間によってなされるのではなく、その一人の人間を中心として集まった人々の協力によってなされるという、極めて民主的な、あるいは協働的なありようが、スパルゴという存在に集約象徴されているように思われる点は、注目に値する。それはスパルゴが現役の事件記者ではなく、『ウォッチマン』紙の副編集長と設定されている点によく現われている。副編集長という仕事の内実の正確なところはよく分からないが、スパルゴがさまざまな人と出会い、情報を収集し、それを記事として仕立て上げるために編集するという作業はそのまま、スパルゴの立ち位置を象徴しているように思われるのだ。スパルゴは事件を解決する立役者、ヒーローではなく、事件を解決するためのさまざまな情報を集約し整理する存在なのである。スパルゴがいなければ、警察の把握した情報は読者には知らされず、スパルゴがいなければロナルド・ブレトンが持っていた、自分の後見人に対する情報（後見人がどこへ潜伏したかという情報）はもたらされないのである。スパルゴとは、このような情報集約および仲介を行なうメディエーターなのだ。

そのように考えるなら、スコットランドヤードの刑事ラスベリーとの連携も違和感がない。現代の読者が『ミドル・テンプルの殺人』を読むと、ヤードの刑事や巡査と新聞記者が、いやに協力的である点に違和感を覚えるかもしれない。それは、ミステリ・ジャンルからすれば、名探偵ヒロイズムに毒されているからだし、社会風俗的な視点からは、少なくともこの時代は新聞記者と警察とは対立する関係ではなかったことを偲ばせて興味深い。そうした現実の風俗を離れてみるなら、副編集長という〈「編集」する人〉としてのスパルゴのありようを象徴しているテクストの要請が如実に読みとれるというべきだろう。あるいはもしかしたら、ウィルスン大統領が評価し、当時のアメリカ国民が受け容れた面白さとは、そうしたスパルゴのありようにあったかもしれず、独裁につながるヒロイズムがもてはやされる現代だからこそ、『ミドル・テンプルの殺人』の輝きはいや増しているといえるかもしれない。

本作品はその他にも、最後の最後まで真犯人の正体を悟らせない技法という点において、エラリー・クイーンの『フランス白粉の謎』（一九三〇）を彷彿させるものすら感じさせる。これは本作品の、現代の読者にもアピールしうるミステリ的趣向の粋といえるのではないか。逃走した関係者たちが、逃走先である人物に脅迫を受けているという時点で、ほとんどの読者は事件が解決したと思うだろう。ところがその脅迫者が意外な人物であるだけではなく、その意外な人物が殺人事件の犯人ではなかったというストーリーテリングは、現代ミステリと比較しても劣ることはなく、むしろ優れているのではないか、といいたくなるほどだ。名探偵が関係者を集めて謎解きをするという展開とは異なるカタルシスを覚えること請け合いであり、推理（という説明）によって伏線の検証がないことを物足りなくは思うものの、最後に示される強烈なサプライズを前にすると、それも些細なことのように感じられてくる説得力を、本作品は有しているように思われる。おそらく読者のほとんどは、最終的に確定される真犯人に驚き、そのサプライズを微塵の疑いも入れずに受け容れるのではないかと思われる。ストーリーの展開がそのまま推理の根拠となっているあたり、江戸川乱歩が定義する、いわゆるプロット派の面目躍如というべきであろう。

乱歩は、『海外探偵小説作家と作品』（一九五七）に書き下ろしたフレッチャーの項で、「謎解きのデータを完全に示すことなく、探偵があてずっぽうに、それらしい方向をたどって行って、失敗をくり返しながら、最後に結論に達するという書き方」をしている、「読者に作中探偵と謎解きを競う意欲をおこさせない作風」を、「非ゲーム探偵小説」と呼んでいるが、「そういう探偵小説でも、『ミドル・テンプル』ぐらいになれば充分面白い」と述べている（引用は『江戸川乱歩全集』第30巻、光文社文庫、二〇〇五から）。S・S・ヴァン・ダインやエラリー・クイーン、アガサ・クリスティーとは「別の面白さ」だといいながらも、その面白さを無視できないとする乱歩の感性は、さすがというべきだろう。

乱歩も評価せざるを得なかった、本格原理主義の視点からはこぼれ落ちてしまうフレッチャー作品の魅力は、さまざまなスタイルのミステリが受け容れられている現代だからこそ、改めて再発見されるべきではないかと思われる。いわゆる社会派のプロパガンダに利用されかねない時代状況から解き放たれた今だからこそ、読みごろの逸品といえるのである。

（註）黒岩涙香は「探偵談と疑獄譚と感動小説には判然たる区別あり」であげている「感動小説」に、「センセエシヨン、ノベル」という英語読みを当てている。そこで涙香は「感動小説ハ、仏のガボリウ、ボアスゴベ等の一派にして必ずしも探偵あるを要せず必ずしも裁判あるを要せず要ハ唯だ痛く読者の神経を悚動《しょうどう》するに在るのみ」と述べている。ここで涙香が、ガボリオやボアゴべの影響を受けた小説をセンセーション・ノヴェルとして捉えていることは、ロマン・フィユトンとセンセーション・ノヴェルの近親性を示す証左として注目されよう。

〔訳者〕

友田葉子（ともだ・ようこ）

非常勤講師として英語教育に携わりながら、2001年、『指先にふれた罪』（DHC）で出版翻訳家としてデビュー。その後も多彩な分野の翻訳を手がけ、『極北×13＋1』（柏艪舎）、『カクテルパーティー』、『エアポート危機一髪――ヴィッキー・バーの事件簿』（ともに論創社）、『ショーペンハウアー大切な教え』（イースト・プレス）をはじめ、多数の訳書・共訳書がある。津田塾大学英文学科卒業。

ミドル・テンプルの殺人《さつじん》

――論創海外ミステリ 187

2017年1月20日　初版第1刷印刷
2017年1月30日　初版第1刷発行

著者　J・S・フレッチャー
訳者　友田葉子
装画　佐久間真人
装丁　宗利淳一
発行所　論創社

〒101-0051 東京都千代田区神田神保町2-23 北井ビル
電話 03-3264-5254　振替口座 00160-1-155266

印刷・製本　中央精版印刷
組版　フレックスアート

ISBN978-4-8460-1590-9